L'Homme Squelette

Du même auteur
chez le même éditeur

Blaireau se cache
Coyote attend
Dieu-qui-parle
Femme qui écoute
La Mouche sur le mur
Là où dansent les morts
La Trilogie Jim Chee
La Trilogie Joe Leaphorn
La Voie de l'ennemi
La Voie du fantôme
Le Cochon sinistre
Le Garçon qui inventa la libellule
Le Grand Vol de la banque de Taos
Le Peuple des ténèbres
Le Premier Aigle
Les Clowns sacrés
Le Vent qui gémit
Le Vent sombre
Le Voleur de temps
Moon
Porteurs-de-Peau
Rares furent les déceptions
Suite navajo 1
Un homme est tombé

Tony Hillerman

L'Homme Squelette

Traduit de l'anglais (États-Unis)
par Danièle et Pierre Bondil

Collection dirigée par
François Guérif

Rivages/Thriller

Retrouvez l'ensemble des parutions
des Éditions Payot & Rivages sur

www.payot-rivages.fr

Titre original : *Skeleton Man*

106, boulevard Saint-Germain, 75006 Paris

ISBN : 2-7436-1511-7
ISSN : 0990-3151

Si la collision entre deux avions de ligne qui se trouve au centre de l'intrigue s'est réellement produite et a directement entraîné la création de l'Agence de l'aviation civile avec ses règles de sécurité aérienne, le récit lui-même ainsi que les personnages appartiennent entièrement au domaine de la fiction. Certains portent cependant des noms empruntés à de généreux donateurs qui ont contribué à aider des enfants atteints de cancers.

L'auteur remercie de leur soutien ses collègues en écriture Scott Thybony, Michael Ghiglieri et Brad Dimick (tous trois connaissent ce Grand Canyon mieux que quiconque), l'ethnologue Tandra Love, le biologiste William Degenhardt ainsi que la naturaliste Ann Zwinger dont le livre, *Au fond du Canyon*, est un classique de l'édition américaine. Comme à l'accoutumée, le travail de recherche effectué par Marty Nelson m'a été infiniment précieux.

Note des traducteurs

Le lecteur américain est tout aussi ignorant que le lecteur français des mœurs et coutumes des Indiens Navajo. Nous avons donc décidé de respecter le choix de l'auteur, qui a disséminé ici et là dans son roman les informations nécessaires à en assurer la bonnc compréhension, et de ne pas alourdir le texte d'une quantité de notes explicatives et de termes en italique. Toutefois, il nous a semblé utile de faire figurer en fin d'ouvrage un glossaire qui devrait permettre au lecteur qui en éprouverait le besoin d'avoir une meilleure vue d'ensemble de cette civilisation et de ses voisines. Les mots suivis d'un astérisque dans la traduction pourront renvoyer à ce glossaire. Nous avons en outre établi une carte des territoires concernés.

Par ailleurs, certaines particularités orthographiques (accords, majuscules notamment) se retrouvent dans le texte de Tony Hillerman ; et des termes d'origine indienne peuvent présenter des différences d'un livre à l'autre : quelques lignes extraites du remarquable ouvrage de Harry Hoijer, *A Navajo Lexicon*, University of California Press 1974, permettront aisément de comprendre pourquoi (extrait consacré aux noms, les verbes étant environ dix fois plus nombreux en navajo).

N 102 táščìžìì 'swallow (the bird)'.
N 103 -tášŁòh 'hair of arms and legs'.
N 104 táčééh 'sweathouse'.
N 105 -táál : hàtáál 'chant ; ceremony'. see S 139.
N 106 táálháhòòyàn 'Awatobi ruin'. táálá-? ; hòòyàn, N 303A.
N 107 -tàáł- : hàtààł 'singer (in ceremonies)'. Lit. 'one who sings' ; see S 139.4 E 5.
N 108 tą̀žìì 'turkey'. See S 147.1.

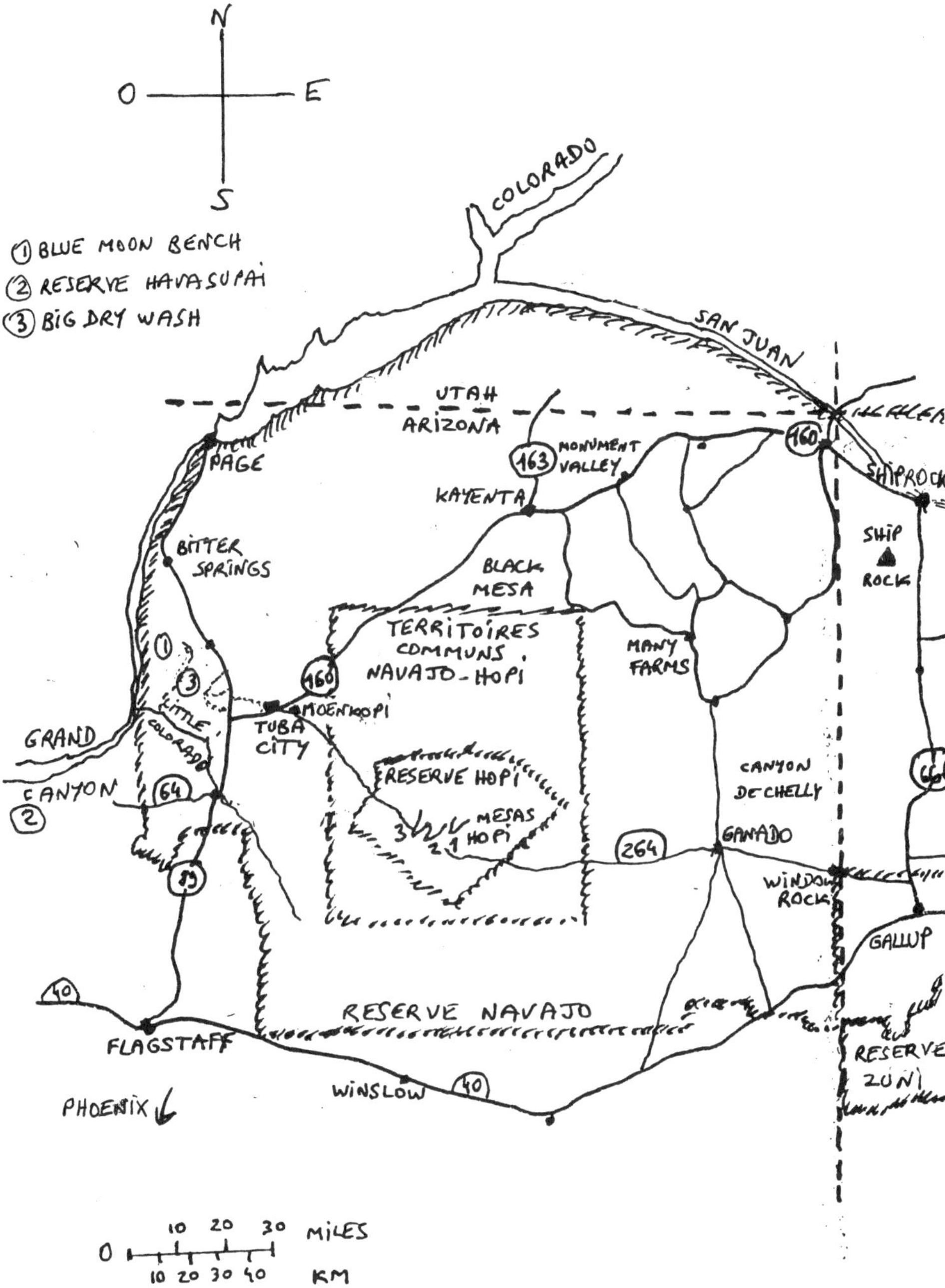
N
O
E
S
1 BLUE MOON BENCH
2 RESERVE HAVASUPAI
3 BIG DRY WASH
COLORADO
SAN JUAN
UTAH
ARIZONA
PAGE
163
MONUMENT VALLEY
KAYENTA
160
SHIPROCK
SHIP ROCK
BITTER SPRINGS
BLACK MESA
TERRITOIRES COMMUNS NAVAJO-HOPI
MANY FARMS
1
3
160
MOENKOPI
TUBA CITY
LITTLE COLORADO
GRAND
CANYON
2
64
RESERVE HOPI
MESAS HOPI
3 2 1
CANYON DE CHELLY
666
GANADO
264
WINDOW ROCK
89
GALLUP
40
RESERVE NAVAJO
FLAGSTAFF
RESERVE ZUNI
WINSLOW
40
PHOENIX
0
10 20 30 MILES
10 20 30 40 KM

1

L'ancien lieutenant Joe Leaphorn expliquait depuis un moment comment les faits imbriqués, survenus en contrebas du site sacré dédié à la Femme du Sel, illustraient sa croyance navajo en l'interconnexion universelle des choses. La cause génère des effets inévitables. Le cosmos tout entier est une machine infiniment complexe où rien ne fonctionne de manière indépendante. Ses compagnons ne l'interrompaient pas, tout à leur pause café du milieu de matinée à l'Auberge Navajo, mais ils n'avaient pas l'air particulièrement convaincus.

– Je veux bien admettre que le délai d'un demi-siècle qui sépare le jour où tous ces gens ont trouvé la mort, là-bas, et celui où Billy Tuve a tenté d'obtenir vingt dollars chez le prêteur sur gages en déposant ce diamant pose problème, concéda Leaphorn. Mais quand on y réfléchit vraiment, quand on remonte à l'origine des choses, on voit comment chaque épisode a entraîné le suivant. La chaîne existe bel et bien.

Le capitaine Pinto, qui occupait désormais l'ancien bureau de Leaphorn, au quartier général de la Police tribale navajo, posa sa tasse. Il fit signe à la serveuse, qui prêtait l'oreille à leur conversation, de la lui remplir, et observa un instant d'attente polie afin que Leaphorn puisse expliciter ses propos s'il le souhaitait. Mais le Légendaire Lieutenant n'avait rien à ajouter. Il se contenta de hocher la tête comme pour marquer son approbation avec ce qu'il venait de dire.

– Allez, Joe, dit alors Pinto. Je sais comment fonctionne cette théorie et je suis d'accord avec elle. Un vent chaud et violent fatigue les oiseaux qui s'arrêtent de voler. Il y en a un de trop qui se pose sur la branche. Elle casse, tombe dans la rivière dont elle dévie le cours. Le courant sape la berge, provoque un glissement de terrain qui obstrue le lit, inonde la vallée, modifie la flore, ce qui, par voie de conséquence, modifie la faune, et les peuplades qui subsistaient grâce à la chasse aux cervidés sont contraintes d'émigrer. Quand on réfléchit en revenant au point de départ de tout ça, on peut en attribuer la responsabilité au vent.

Pinto se tut, reçut un silence poli et attentif de la part des autres amateurs de café, et décida d'ajouter une précision.

– Néanmoins, il faut échafauder des raisonnements assez compliqués pour inclure cette Joanna Craig. Elle fait le voyage depuis New York simplement parce qu'un Hopi * qui n'a plus toute sa tête essaye de gager un précieux diamant contre vingt dollars.

Le capitaine Largo, qui avait fait la route depuis son bureau de Shiprock pour assister à une conférence sur le problème de l'ivresse au volant, se mêla à la conversation.

– La difficulté, Joe, c'est que le délai temporel est trop important pour fournir un cas d'école. Vous affirmez que tout a commencé quand le jeune photographe, sur le vol United Airlines, a pour ainsi dire tenu le rôle du dernier oiseau sur la branche fictive de Pinto. Il a dit à l'hôtesse qu'il souhaiterait prendre plusieurs clichés du Grand Canyon quand ils le survoleraient. C'est bien la théorie, non? L'hôtesse en fait part au pilote, lequel effectue un petit virage pour sortir du nuage qu'ils traversent, et il coupe en deux l'appareil de la TWA. Cela se passait le 30 juin 1956. Bon. Jusque-là, je veux bien. Un passager demande une faveur spéciale, le pilote l'accorde. *Boum.* Tout le monde meurt. Fin de l'épisode. Puis, le printemps dernier, environ cinq décennies plus tard, voilà ce Hopi, Billy Tuve, qui entre chez un prêteur sur gages de Gallup et qui essaye de déposer un diamant d'une valeur de vingt mille dollars en échange d'un billet de vingt. Cela déclenche une nouvelle série d'événements, une affaire totalement différente, en fait. Moi, je dis que ce n'est pas un nouveau chapitre, c'est un nouveau livre, complètement indépendant. Bon sang, Tuve n'était même pas encore né quand la collision s'est produite. D'accord? Pas plus que la dénommée Craig.

– Tout à fait, renchérit Pinto. Il y a une brèche monstrueuse dans votre chaîne de cause à effets, Joe. Et que le jeune à l'appareil photo ait demandé au pilote de changer de cap, ce n'est qu'une supposition. Personne ne sait pourquoi le commandant de bord l'a fait, en réalité.

Leaphorn lâcha un soupir.

– Vous réfléchissez à la brèche que vous voyez dans une seule et unique chaîne de cause à effets. Moi, je vois un faisceau de chaînes différentes qui paraissent toutes converger en un même point.

Largo secoua la tête avec scepticisme et adressa une petite grimace à Leaphorn.

– Si vous aviez l'une de vos célèbres cartes sous la main, est-ce que vous pourriez nous en proposer une représentation graphique claire ?

– Ça aurait tout de la toile d'araignée, commenta Pinto.

Leaphorn ne releva pas.

– Considérez le rôle de Joanna Craig dans cette histoire. Le fait qu'elle n'était pas née, à l'époque, c'est ce qui la relie au reste. L'accident a entraîné la mort de son père. D'après ce qu'elle dit, sa mère en a conçu une grande amertume et par conséquent Joanna Craig aussi. Jim Chee m'a confié que, quand elle est venue dans le Canyon, ce n'était pas vraiment parce qu'elle voulait ces fichus diamants. Elle voulait seulement les retrouver afin de pouvoir obtenir réparation.

Aucun commentaire ne ponctua ce développement.

– Vous comprenez comment cela s'enclenche, poursuivit-il. Et c'est ce qui a attiré Bradford Chandler. Le spécialiste de la traque des fugitifs. Il n'y avait peut-être que l'argent qui l'intéressait, mais son travail consistait à empêcher Craig de trouver ce qu'elle cherchait. C'est pour cette raison qu'il est descendu dans le Canyon. Et Cowboy Dashee s'y trouvait par devoir envers sa famille. Chee, lui, c'était par pure amitié. Et...

Il se tut, laissant sa phrase en suspens.

– Continuez, Joe, glousse Pinto. Et Bernie Manuelito, alors ? Qu'est-ce qui l'a attirée dans cette histoire, la petite Bernie ?

– Elle, c'était parce que ça l'amusait. Ou par amour.

– Vous savez, dit Largo, je n'en reviens pas de ce qu'elle a fait, notre petite Bernie. Je veux dire, la façon dont elle a réussi à se sortir de cette situation désastreuse sans se faire tuer. Et un autre aspect qui n'est pas facile à comprendre, c'est comment vous vous êtes débrouillé pour vous retrouver mêlé à ça. Je vous croyais à la retraite, moi.

– Pour ça, il faut vous en prendre à Pinto, répondit Leaphorn. Il est venu me raconter que le vieux Shorty McGinnis était mort. Vous voyez ? Encore une de ces chaînes dont je vous parlais.

– C'était juste pour vous rendre service, Joe, se défendit Pinto. Je savais que vous commenciez à vous ennuyer, en restant inactif. J'ai juste voulu vous donner une excuse pour vous frotter à nouveau au travail d'enquêteur.

– Ce qui vous permettait par la même occasion de réaliser des économies sur votre budget déplacements, rétorqua Leaphorn avec un sourire.

Il se souvenait de cette journée, de la façon dont il s'était senti totalement à l'écart, du plaisir qu'il avait ressenti à prendre la route vers le nord en quête du diamant de McGinnis... dont il n'avait jamais cru qu'il existait vraiment. Maintenant, il réfléchissait à la façon dont une catastrophe ensevelie sous cinquante ans de poussière avait ressurgi au grand jour, et aux sentiments divergents que cela avait suscités. L'appât de la fortune, c'était évident, et la haine, sans oublier le devoir familial et la dette envers un ami. Et, peut-être même, dans le cas de Bernie Manuelito, l'amour.

Le capitaine Pinto repoussa son siège et se leva.

– Ne partez pas, lui dit Leaphorn. Je voudrais vous raconter comment ça s'est terminé, tout ça, pour Bernie et Jim Chee.

– Je vais chercher des *doughnuts*, répondit Pinto. Je reviens tout de suite. Je ne veux pas rater ça.

2

Telle qu'il en gardait le souvenir, la journée du mois d'août où Joe Leaphorn avait été entraîné dans l'affaire de l'Homme Squelette avait, du point de vue de son humeur, été marquée par un cafard noir. Jamais il ne s'était senti à ce point retraité, durant toutes les années où cela avait été son lot. L'homme jeune, derrière son bureau, le capitaine Samuel Pinto, avait cessé de prendre des notes dans un carnet quand l'ancien lieutenant avait frappé à la porte. Il avait levé ce regard irrité que provoquent les interruptions, avait fait signe à Leaphorn de s'asseoir, repoussé le calepin, fouillé dans une pile de dossiers d'où il en avait sorti deux qu'il avait regardés.

– Ah, oui, dit-il alors, les voilà.

Quelques minutes auparavant à peine, Leaphorn avait dû endurer un premier rappel douloureux sur le peu de cas que l'on fait des retraités. À la réception, en bas, il était resté planté, le chapeau à la main, le temps que la jeune préposée interrompe ses activités de rangement et lève les yeux vers lui. Il lui avait annoncé que le capitaine Pinto l'attendait. Elle l'avait interrogé du regard en appuyant sur une des touches de son standard.

– Vous avez rendez-vous ?

Il avait acquiescé.

La jeune femme avait consulté son agenda de bureau, relevé les yeux vers le légendaire lieutenant d'autrefois, et demandé :

– Et vous êtes... ?

Une question du genre coup de couteau en plein cœur quand elle vous est posée dans un bâtiment où l'on a travaillé pendant la plus grande partie de sa vie professionnelle, donné des ordres, embauché des gens, et où l'on a acquis une modeste célébrité dans un rayon de deux ou trois kilomètres.

– Joe Leaphorn, avait-il répondu en constatant que ce nom ne déclenchait pas la moindre réaction. Je travaillais ici, avant...

Mais elle avait reporté son attention sur le téléphone.

– ... il y a longtemps, il faut croire, avait-il terminé à part lui.

– Le capitaine me demande de vous faire entrer, avait-elle dit en indiquant l'escalier.

Puis, dans le bureau portant l'inscription *Enquêtes spéciales* où il avait rangé ses affaires et ressassé ses inquiétudes, le capitaine l'avait invité à s'asseoir.

– Il paraît que le sergent Chee se marie enfin, déclara Pinto, les yeux rivés sur ses papiers. Qu'est-ce que vous en dites ?

– Qu'il est grand temps. Bernie est une fille très bien. Je pense qu'elle saura l'aider à mûrir.

– C'est ce que nous espérons aussi, commenta Pinto en tendant les deux dossiers à son visiteur. Jetez-y un coup d'œil, Joe. Dites-moi ce que vous en pensez. Celui du dessus est le dossier du FBI concernant ce vol avec homicide qui a été perpétré à Zuni *. Il y a eu un tas de bijoux volés et le gérant du magasin a été tué par balle, vous vous en souvenez ? Quelques jours plus tard, un Hopi, un individu nommé Billy Tuve, a tenté de déposer un diamant non serti à un mont-de-piété de Gallup. Il en voulait vingt dollars. Le gars de l'établissement s'est aperçu qu'il valait plusieurs milliers de dollars. Il a demandé à Tuve d'attendre un moment pendant qu'il allait procéder à une estimation. Et il a appelé la police. Qui a arrêté Tuve. Lequel a déclaré que c'était un vieux shaman qui le lui avait donné des années auparavant, dans le Grand Canyon. Il ignorait le nom de ce shaman. Le bureau du shérif du comté de McKinley avait le cambriolage de la bijouterie présent à l'esprit. Ils l'ont maintenu en détention le temps de se livrer à des vérifications. Certains témoins qu'ils avaient retrouvés avaient signalé un Hopi traînant du côté du magasin avant le meurtre. Ils ont ensuite procédé à l'identification de Tuve, ont découvert ses empreintes en différents endroits du magasin. Ils l'ont donc placé en détention pour présomption de meurtre.

Ayant achevé de débiter ces informations, Pinto scruta Leaphorn dans l'attente d'une question. Aucune ne vint. Les échos d'une chanson de Willie Nelson, une complainte, montaient du rez-de-chaussée. Un geai des pins pignons passa devant la fenêtre. Leaphorn observait le paysage qui avait constitué sa vue sur le monde durant la moitié de sa vie. Il poussa un soupir. Tout lui semblait si confortablement familier. Il commença à parcourir le dossier le plus récent. Sur la deuxième page, il trouva quelque chose qui éveilla son intérêt et expliquait probablement pourquoi Pinto avait exprimé le désir de le voir. Mais il ne posa pas la question. Il préférait lui laisser l'initiative. Dans la mesure où il s'agissait d'un crime grave commis à Zuni, et donc sur une réserve fédérale, l'affaire revenait officiellement au FBI. Dans l'immédiat, c'était le travail de Pinto, qui devait se charger de l'enquête de proximité. L'ancien bureau de Leaphorn était maintenant celui du capitaine et lui-même un visiteur dont on avait requis la présence.

Il acheva son étude du dossier récent, le déposa soigneusement sur le meuble et prit l'autre. Il était poussiéreux, mal rangé, et très épais.

Le capitaine attendit environ cinq minutes que Leaphorn lève les yeux de sa lecture avant de hocher la tête.

– Est-ce que vous avez remarqué en quoi cet homicide survenu à Zuni croise peut-être le chemin d'une vieille affaire de vol dont vous vous êtes occupé ? demanda Pinto. Une très vieille affaire qui s'est passée à Short Mountain. Vous vous souvenez ?

– Bien sûr. Mais qu'est-ce qui a fait ressortir ce dossier du frigo ?

– Peut-être n'en est-il pas vraiment sorti. Nous voulions juste vous poser la question. Voir si vous pouviez imaginer un quelconque lien entre l'affaire actuelle que nous avons ici (il appliqua son index sur le dossier neuf) et votre vieux cambriolage.

Leaphorn émit un petit rire.

– Vous pensez au diamant de Shorty McGinnis ?

Pinto fit un signe affirmatif.

Leaphorn sourit, secoua la tête et prit le nouveau dossier qu'il ouvrit.

– J'ai dû mal lire. Le diamant que le Hopi a essayé de mettre en gage était, il me semble, estimé à...

Il se rendit en page deux.

– ... Voilà, je l'ai : « Au prix du marché actuel, la valeur de la pierre précieuse est estimée à vingt mille dollars approximativement. »

– C'est le chiffre que l'expert a communiqué au FBI. Il a précisé que c'était un diamant de 3,8 carats. Le spécialiste en pierres précieuses du Bureau l'a décrit comme étant « d'un blanc étincelant avec un infime rappel de ciel » et il a dit que c'était une

« version Ascher spéciale de la taille émeraude », si vous avez une idée de ce que cela signifie. Tout figure dans ce rapport.

Leaphorn secoua à nouveau la tête sans se départir de son sourire.

– Et dans ce nouveau dossier fédéral, il est fait mention d'un diamant non serti de très grande valeur, dérobé dans ce lointain cambriolage qui a eu lieu au comptoir d'échanges de Short Mountain. Je parie que l'agent du FBI qui a écrit ça est nouveau dans la région. Est-ce que vous croyez vraiment qu'un diamant précieux puisse se trouver au comptoir d'échanges de Short Mountain ? Ou que McGinnis soit propriétaire d'un bijou de valeur ?

– Ça, non. Ce serait difficile de se représenter pareille chose. Il faudrait faire preuve de beaucoup d'imagination.

– En tout cas, quand nous avons enquêté autrefois sur ce cambriolage, il n'a pas mentionné le moindre diamant parmi les objets volés. Il savait peut-être que je ne le croirais pas. Vous avez certainement remarqué que la note demandant l'ajout du diamant à la liste du butin dérobé a été insérée dans le rapport avec environ un an de retard. Après le moment où la compagnie d'assurance s'est plainte auprès du FBI car notre rapport d'enquête ne correspondait pas à la description des objets volés établie par McGinnis.

Pinto souriait, lui aussi.

– Il l'avait peut-être seulement oublié. Il ne s'en est souvenu que lorsqu'il a rempli sa demande de remboursement.

– Vous lui avez posé des questions sur tout ça, à McGinnis ?

– Il est mort. Il y a longtemps, je crois.

Leaphorn retint sa respiration.

– Shorty est mort ! Ça alors ! Je ne le savais pas.

Il passa sa main sur son front en essayant d'accepter cette nouvelle. Il était difficile de croire que ce vieux bonhomme coriace, finaud et rouspéteur n'avait été qu'un être mortel comme un autre. Et maintenant, il lui fallait l'ajouter à la liste de plus en plus longue de ceux qui avaient rendu son passé intéressant (quoique pas toujours drôle) et laissé un vide particulier dans sa vie lorsqu'ils étaient décédés. Son regard se porta vers la fenêtre, derrière Pinto, vers l'immense ciel bleu, les cumulo-nimbus qui se formaient au-dessus des Chuskas, au nord, se remémorant les occasions où McGinnis et lui s'étaient assis dans le comptoir d'échanges encombré d'objets, le vieux négociant dans son fauteuil à bascule, buvant du whisky dans un verre Coca-Cola d'autrefois tout en transmettant au policier la quantité exacte de bruits qui couraient et dont celui-ci désirait avoir connaissance, mais pas un mot de plus. Leaphorn baissa les yeux sur ses mains, se remémorant la façon dont McGinnis tenait son verre, l'inclinait d'avant en arrière en se balançant dans son fauteuil de manière à empêcher le liquide de déborder.

– Vous savez, dit-il avec un petit rire ironique, j'avais complètement oublié ce cambriolage.

– Moi, j'aurais bien aimé que ce soit le FBI qui l'ait oublié, répondit Pinto. Apparemment, le vieux McGinnis a fait figurer le diamant sur sa demande de remboursement en l'évaluant à dix mille dollars... ce qui, je suppose, devrait aujourd'hui correspondre au double. Et comme la compagnie d'assurance a protesté, renâclé, les fédéraux y ont regardé de près à l'époque en pensant qu'il pouvait s'agir d'une tentative d'extorsion. Et voilà que quelqu'un de chez eux a trouvé une correspondance entre ces deux pierres précieuses dans leurs fichiers électroniques. Ça leur a paru bizarre et ils nous ont demandé de vérifier.

– Ben voyons, ça devrait être tout ce qu'il y a de plus facile, non? Est-ce qu'ils ont suggéré une façon de s'y prendre?

– Ils veulent savoir d'où provenait le diamant de McGinnis. S'il a été retrouvé. Ce genre de choses. Pour le Hopi, ils semblent disposer d'une identification solidement étayée par des témoins, de ses empreintes dans le magasin, tout ça, mais leur seule preuve matérielle est ce diamant qu'il essayait de gager. Leur thèse semble être que le Hopi l'a dérobé quand il s'est rendu coupable du vol à Zuni. Et c'est le seul élément à charge dont ils disposent à ce jour. Par conséquent, ils voudraient savoir si McGinnis a récupéré son diamant, et s'il possédait le certificat de propriété établi par un joaillier, décrivant ses particularités, taille, poids, brillant, etc.

Leaphorn hocha la tête en silence.

– Nous avons donc envoyé un de nos gars de Tuba City au comptoir d'échanges. Il a dit qu'il avait trouvé un panneau « Fermé » sur la porte et que les lieux paraissaient déserts. Il s'est arrêté chez des gens, en chemin, et d'après eux le propriétaire a eu une crise cardiaque. Ils pensent qu'il a été conduit à Page. Qu'il n'en est jamais revenu. Nous avons vérifié auprès de l'hôpital. Il n'y était pas. Aucune trace de son passage. Il est peut-être décédé dans l'ambulance, ce genre de chose. Sa famille est sans doute venue et s'est chargée d'organiser l'enterrement quelque part.

Leaphorn n'accompagna ces paroles d'aucun commentaire. Shorty McGinnis avait-il de la famille? Il ne pouvait franchement se l'imaginer. Le moment venu, Pinto en arriverait à la raison pour laquelle il lui avait demandé de passer. Rien ne pressait. Le capitaine déplaça des papiers, les rangea dans une chemise, reporta son regard sur le lieutenant.

– Joe, dit-il, est-ce que McGinnis vous a dit d'où il le tenait, ce foutu diamant ? Il vous en a touché un mot, de ça ?

– Rien. Si j'avais su qu'il l'avait fait figurer sur sa demande de remboursement, je lui aurais posé la question. Je lui aurais dit : « Monsieur McGinnis, comment se fait-il que vous soyez en possession d'un diamant aussi précieux ? » Et il m'aurait répondu : « Monsieur Leaphorn, cela ne vous regarde absolument pas. »

Pinto attendit qu'il développe davantage. Leaphorn le laissa attendre.

– Aucune idée, alors ?

– Pas la moindre. Mais à mon tour de vous poser une question. Ça ne me regarde absolument pas non plus, mais j'ai l'impression que nos amis de l'agence fédérale portent une attention inhabituelle à ce diamant. Je ne doute pas que vous l'ayez remarqué, vous aussi, et que vous ayez posé la question à l'agent spécial qui s'occupe de cette affaire. Que vous a-t-il répondu ?

Le capitaine Pinto eut un sourire qui se mua en rire.

– Ah, bon sang, Joe. Il s'agissait de George Rice. Il m'a dit que c'était juste une enquête de routine et moi je lui ai répondu : « Allons, agent spécial Rice, vous pouvez me dire les choses comme elles sont. » Ce sur quoi il m'a avoué : « Eh bien, vous savez comment ça se passe, depuis que les hommes politiques ont inventé cette Agence de la Sécurité du Territoire. Ils ont rajouté une bonne couche de bureaucrates placés sous l'influence des politiques, en plus de tout ce que nous devions déjà nous coltiner. » Il m'a confié son sentiment que l'un des collecteurs de fonds de campagnes, à Washington, rendait un service à quelqu'un. Vous savez comment ça marche. Il appelle le *jefe* de Phoenix par le bon vieux réseau des copains et lui explique que quelqu'un, à la Maison-Blanche, serait heureux de savoir tout ce que nous pourrons dénicher sur la provenance de ce diamant. Quand j'ai dit à Rice que ça me paraissait mystérieux, il m'a précisé qu'à son avis, c'était en rapport avec une décision des tribunaux concernant une très grosse affaire de succession dans la capitale, ce sur quoi je lui ai dit que cela aussi me paraissait mystérieux et il m'a répondu que c'était tout aussi mystérieux à ses yeux et que, dans la mesure où ça lui semblait être une manifestation supplémentaire de la politique washingtonienne, il serait très heureux que ce mystère demeure précisément ça, un mystère.

Leaphorn réfléchit un moment à cet exposé.

– Bon, dit-il ensuite, ça me rend plutôt content d'être à la retraite. Mais pourquoi vous ne demandez pas à quelqu'un du service de trouver la famille de McGinnis, ou la personne qui a réclamé le corps ? Ce sont eux qui doivent avoir ses affaires, à supposer qu'il y ait eu des choses dignes d'être conservées. Cela permettrait peut-être...

Il s'interrompit, secoua la tête et dit :

– Vous savez, j'ai du mal à croire que le vieux McGinnis nous ait quittés.

– On dit toujours que ce sont les meilleurs qui partent en premier. Mais même les gens comme Shorty doivent tirer leur révérence un jour ou l'autre.

– Comment cela a-t-il pu arriver ?

– Mort naturelle. Il était aussi vieux que nos montagnes, non ?

Leaphorn resta un moment sans rien dire, le regard fixé par la fenêtre.

– Il est difficile de croire que Shorty soit simplement décédé de cause naturelle, dit-il en secouant la tête. Qu'il n'ait pas été tué par balle ou autre chose.

– En tout cas, on ne nous a jamais rien dit qui aille dans le sens contraire.

Leaphorn se leva, récupéra son chapeau.

– Bon, je suis désolé de n'avoir pas pu vous être plus utile. Et si jamais j'apprends quelque chose à propos du diamant de McGinnis, je vous le fais savoir. Mais ce n'est pas cela qui va m'empêcher de dormir.

Ce qui, bien évidemment, se révéla faux.

3

Le texte du message enregistré sur le répondeur de Joanna Craig n'avait pas l'air important. Mais le ton employé par son représentant légal exprimait le contraire.

– Mademoiselle Craig, lui avait-il dit. Hal Simmons au téléphone. Nos enquêteurs m'ont fait part d'une information dont je dois m'entretenir avec vous. Je serai à mon cabinet tout l'après-midi. Veuillez m'appeler dès que vous en aurez la possibilité.

Ils avaient à peine échangé un mot depuis qu'ils en avaient terminé avec les démarches consécutives à l'enterrement de sa mère. Elle trouva le numéro du cabinet dans son agenda, obtint le signal de ligne occupée, puis appela le portier de son immeuble pour qu'il demande un taxi.

La réceptionniste du cabinet juridique Simmons se souvenait d'elle, de l'époque où elle venait souvent pour essayer de régler les affaires laissées en suspens par la mort, y compris dans le sillage des gens bien organisés. Et la mère de Joanna ne l'avait pas été du tout. Désordonnée, oubliant telles choses qui s'étaient produites la veille, se rappelant telles autres qui n'avaient jamais eu lieu. Elle souffrait de « démence sénile » pour reprendre les termes de son psychiatre. Joanna avait opposé qu'elle était trop jeune pour être atteinte de sénilité, mais il lui avait répondu : « Votre mère a connu énormément de moments difficiles. Et elle a toujours eu l'esprit... Bon, disons plutôt que votre mère a toujours eu des idées bien à elle. »

Quelle que soit la façon dont on exprimait les choses, Joanna savait où se situait la cause. C'était le décès de John Clarke, son propre père, et la cruauté à laquelle sa mère avait dû faire face de la part de la famille Clarke. Elle lui en avait rarement parlé, et jamais sans larmes.

Mais Joanna était au courant de cette injustice. La manière dont elle avait été traitée avait dû être aussi douloureuse pour elle que la perte de son amant. Et avait assurément été néfaste à sa fille.

Ce n'était pas la question de l'argent, se disait Joanna. Elle n'en avait pas besoin. Elle se débrouillait très bien sans, exactement comme sa mère. C'était à cause de la cruauté de pareil comportement. À cause du mépris. Cela avait entraîné une blessure qui ne guérirait jamais, à moins qu'elle réussisse enfin à faire rendre justice à sa mère. Et à la venger. Peut-être Simmons allait-il lui apprendre quelque chose qui pourrait enfin rendre cela possible.

En souriant, il se leva du fauteuil à haut dossier placé derrière le vénérable bureau qui portait la marque des années. C'était un homme imposant aux épaules carrées. Sa mère lui avait dit qu'elle pouvait lui accorder sa confiance en toutes circonstances, ce qu'elle faisait.

– Mademoiselle Craig. Prenez place. Installez-vous confortablement. Il va me falloir un petit moment pour vous expliquer tout ça. Je ne veux pas que vous attendiez trop de ce que je vais vous exposer. Mais il me semble, au moins, que cela représente une chance.

Joanna éprouva une soudaine faiblesse.

– Une chance ?

– Un des diamants semble avoir refait surface.

Elle s'assit. Ferma les yeux.

– Ça va ? lui demanda Simmons avant de sonner sa secrétaire pour avoir un verre d'eau.

– Les diamants seulement ? demanda Joanna d'une voix presque trop faible pour être audible.

Simmons l'étudiait. Il prit le verre des mains de sa secrétaire, le présenta à sa cliente qui regardait au-dehors les rues animées, le ciel gris et couvert, les voitures qui roulaient.

– Vous vous souvenez de la façon dont votre père les portait, fixés à son poignet à l'aide d'un cadenas, dans cette mallette spéciale dont votre mère vous a parlé ? Personnellement, j'ai le sentiment qu'en les trouvant...

Il s'interrompit, cherchant comment il allait formuler sa phrase.

– Euh, cela pourrait enfin nous donner une chance de trouver ses ossements. Et nous en savons un tout petit peu plus à cet égard aussi. Certes, il ne s'agit que d'un ensemble de rumeurs, mais...

– Oui, dit Joanna en se redressant et en rectifiant son col de chemisier. Dites-moi tout ce que vous avez appris de neuf. Dites-moi ce que nous devrions faire maintenant, à votre avis.

Simmons s'adossa à son siège, retira ses lunettes, se frotta les yeux, rechaussa les verres et la scruta pensivement.

– En tant qu'ami de votre mère ou en qualité d'avocat ?

Elle réfléchit.

– En qualité d'avocat. Sans vouloir dénigrer votre amitié.

– Comme ami, fit Simmons avec un soupir, je vous rappellerais que vous vivez très correctement. Vous avez un bon travail et je pense que l'argent que votre mère vous a laissé a toujours été bien investi. Par conséquent vous pourriez vous acheter des diamants si vous en vouliez, rien ne vous oblige à devenir une multi-millionnaire et à vous confronter à tous les problèmes que cela entraîne. Exact ?

– Euh, oui. Mais ce n'est pas le problème. Ça ne l'a jamais été.

– Je sais. Votre mère a beaucoup souffert. Et vous aimeriez voir le vieux Plymale payer pour ça. Moi aussi. Mais, Joann...

Elle leva la main pour l'interrompre.

– Je voudrais voir justice rendue. Je voudrais le voir brûler en enfer.

Simmons soupesa un instant cette déclaration et se pencha vers elle.

– Dans ce cas, je vais vous dire que si vous retrouvez ces ossements, si vous retrouvez quoi que ce soit d'où l'on puisse extraire l'ADN de votre père, je pense que nous pouvons faire ré-examiner devant le tribunal votre demande de droits de succession. Avec ça et avec les présomptions de preuves qui figurent dans les lettres que votre mère vous a laissées, nous pouvons établir juridiquement que vous êtes une descendante directe de John Clarke, et donc une descendante directe de son père. De ce fait vous pouvez déposer une demande de restitution des biens de la famille Clarke. Du même fait vous pouvez causer beaucoup de tort à Plymale et, d'après ce que j'ai entendu dire sur la façon dont il a pillé sa fondation, vous pouvez lui assurer un joli bûcher devant les instances qui statuent sur les faillites, et probablement par la même occasion devant une cour pénale.

Joanna Craig sourit.

– Ça ne paraît sans doute pas très chrétien. Mais cela me plairait énormément. En fait, j'en éprouverais une joie intense.

Simmons réfléchit un instant, haussa les épaules.

– À ma connaissance, la seule façon de trouver l'emplacement de ces ossements consiste à découvrir la personne qui a mis la main sur cette mallette de diamants. Nous savons qu'elle était cadenassée au poignet de votre père. Il faut remonter jusqu'à elle. Pour la première fois, il semble qu'il y ait une infime possibilité d'y parvenir. Et tel que je connais le vieux Plymale, je dois vous avertir qu'il va être pleinement averti de cette possibilité. Il va probablement perdre le sommeil en y pensant. En imaginant comment il peut agir pour empêcher pareille chose de se produire.

Elle souriait toujours.

– Vous me conseillez donc de partir à leur recherche ?

– En ma qualité de représentant légal, oui. Nous allons renouveler notre contrat avec cette agence spécialisée dans les enquêtes. Je vous tiendrai informée.

– Et en tant qu'ami ?

Hal Simmons secoua la tête.

– Joanna, en tant qu'ami de votre mère, votre ami à vous aujourd'hui, je vous dirais de rentrer chez vous et d'oublier tout ça. D'essayer d'être heureuse. Après toutes ces années, même si ce diamant a réapparu, les chances que le corps puisse être retrouvé sont extrêmement faibles. Et partir en quête de ce que Plymale ne veut surtout pas que vous trouviez revient un peu à aller chasser le crocodile à la nage.

– Dites-moi simplement comment m'y prendre. Par où commencer.

– Bon, fit-il avec un soupir, vous trouverez l'homme qui était en possession du diamant au Nouveau-Mexique. Dans la prison du comté de McKinley, à Gallup, où il attend d'être inculpé pour meurtre. C'est par là qu'il faut commencer.

4

Bradford Chandler fit brusquement pivoter son transat pour que la brise venue de la mer ne lui souffle plus dans l'oreille. Ce vieux salopard venait enfin de dire quelque chose d'intéressant. Il avait parlé de diamants ?

Chandler s'était laissé dériver en esprit loin de cette conversation décousue, tirant simplement plaisir du contact du sable que le vent des Caraïbes poussait vers la plante de ses pieds nus, de la caresse du soleil sur ses jambes, et du spectacle de la jeune femme superbement bronzée et extrêmement bien proportionnée qui marchait à la limite des vagues en string bikini et quasiment rien d'autre. En la considérant comme une proie. Et lui-même comme son prédateur. Tout en profitant du simple fait d'être là, sur cette plage très privée. En se souvenant de la rutilante limousine qui était venue se ranger à côté du jet privé de ce vieux salopard, et dont l'imposant chauffeur noir lui avait tenu la portière. Savourant cette impression de luxe. Sachant que c'était ce que le destin réservait à Bradford Chandler. Et que ce n'était pas acquis. Pas encore.

– Des diamants ? releva-t-il. On ne s'attend pas à trouver des diamants dans cette partie du monde. D'où venaient-ils ?

– Monsieur Chandler, répondit le vieil homme d'un ton où perçait maintenant l'impatience. Vous ne m'avez pas bien écouté. Mon intérêt ne va qu'à un seul de ces diamants. Si je savais d'où il provient, vous ne seriez pas assis à l'ombre à lorgner sur une de mes conquêtes.

L'homme qui parlait s'appelait Dan Plymale, il était installé sur une chaise longue et partageait l'ombre d'un immense parasol, juste sur la gauche de Brad Chandler. Il retira ses lunettes de soleil pour scruter son voisin. Son visage était large, austère et tanné, ses cheveux et ses sourcils d'un blanc absolu, ses yeux d'un bleu pâle et glacial. Il rappelait à Chandler son père décédé. Bradford Churchill Chandler senior. Plymale appartenait à la même race de gens. Les Anglo-Saxons, la classe dirigeante originaire du nord de l'Europe. « Les prédateurs que nous sommes », pour reprendre les mots énoncés avec fierté par son père.

Cela faisait neuf ans que Chandler senior avait cessé de vivre. Pas assez tôt, hélas. Avant de mourir, il avait eu le temps de modifier son testament et d'en rayer Chandler.

– Je viens de vous dire que je dois absolument savoir d'où provient ce diamant, disait Plymale. Moi, je suis prêt à parler affaires, là. Est-ce que vous êtes disposé à m'écouter ?

Chandler ne se souvenait pas que quelqu'un lui ait jamais parlé sur ce ton. Il l'avait entendu employer dans cent halls d'hôtels de luxe, en première classe dans les avions, et y avait lui-même eu recours à plusieurs reprises en ayant bien conscience de refléter le manque de considération des membres de la classe supérieure pour ceux qui se situent en dessous d'eux. Mais il ne l'avait jamais entendu dirigé contre lui.

– Je vous écoutais, répondit-il. Mais vous m'avez déjà dit que vous saviez où se trouve ce diamant bien précis. Il est gardé comme pièce à conviction par les flics d'une de ces villes paumées du Nouveau-Mexique. Je me trompe ?

– Non. Je ne demandais pas où il est. Je veux savoir d'où il vient.

Chandler soupira, avala une gorgée de la boisson contenue dans son verre. Un truc avec des glaçons. Tirant sur le vert. Assurément trop cher pour s'inscrire au nombre de ses rafraîchissements personnels, en l'état actuel des choses. Il adorait pareil goût de luxe sur sa langue.

Plymale tendit sa main de vieillard osseuse vers un bouton d'appel, sur la table. Appuya dessus.

– Apportez-moi un autre verre et renouvelez celui de mon invité.

Puis il se recula, prit un dossier dans la mallette posée sur la table et entreprit d'en feuilleter le contenu tout en jetant un coup d'œil à Chandler de temps à autre avec un froncement de sourcils occasionnel. Les boissons arrivèrent sur un plateau porté par une très jolie jeune femme. Aucun « merci » de la part de Plymale, remarqua Chandler. Il ne se donna même pas la peine de hocher la tête pour accuser réception. L'exacte réplique de Brad Chandler senior.

– Le moment est venu de parler affaires. De vous dire ce que vous avez besoin de savoir. Mais d'abord, nous allons consacrer quelques minutes à votre C.V.

– Mon C.V. ? Je ne vous ai pas envoyé...

– Bien sûr que non, fit Plymale en lui adressant un regard interrogateur. Ce n'est pas la façon dont quelqu'un d'intelligent procède pour obtenir un C.V. On se le procure auprès de gens qui connaissent la personne en question. Des gens en qui on peut avoir confiance.

– Oh, fit Chandler.

– Par exemple, pas plus loin qu'ici, ça dit... Bon, je ne vais pas lire ça. Votre arrestation dans une station de sports d'hiver en Suisse. Ébriété, troubles à l'ordre public, voies de fait sur un agent de la sécurité.

Il quitta la feuille des yeux, sourcils levés, et demanda :

– Vous auriez mis ça dedans, vous ?

– Non.

– Je lis ici : « Chandler paye, échappe aux poursuites. » C'est vrai ?

– Oui.

– Lequel des Chandler ? Vous ou votre père ?

– Euh, c'est moi qui ai réglé le problème.

– Combien ça vous a coûté ?

– Attendez. Je crois que c'était dix mille francs suisses au type que j'ai frappé. Plus ce que j'ai donné à celui qui a négocié ce dédommagement.

– L'argent de votre père ?

– Bien sûr, répondit Chandler que cet interrogatoire commençait à agacer.

Plymale changea de page.

– Bennington, lut-il. Trois ans d'études supérieures. On dirait que vous y avez noué de bonnes relations.

Il poursuivit sa lecture, ricana :

– De très bonnes relations mais pas de bonnes notes. Vous n'avez pas perdu votre temps à étudier les manuels. Les garçons un peu malins savent pourquoi leur père les fait entrer dans ces établissements exclusifs fréquentés par la classe dirigeante. Pour nouer des contacts avec ceux qui ont l'argent. S'ils aiment les livres, ils pourront en lire plus tard.

– Ouais.

Chandler avait retrouvé son calme. Il souriait à Plymale.

– Mais ça n'a pas trop bien marché pour vous, si ?

– Qui sait ? Il faut voir.

Plymale s'était arrêté sur une autre page.

– Cavales et Compagnie. Pourquoi lui donner ce nom-là ?

– C'est notre société. Nous pourchassons les individus qui sont libérés sous caution et qui s'évanouissent dans la nature, les voleurs en col blanc. Ce genre de ratés. Nous les dénichons. Nous les livrons à la justice. Nous encaissons la récompense. La prime.

Plymale pointa son doigt sur ce qu'il venait de lire.

– C'est comme ça que vous êtes entré en contact avec Cavales et Compagnie ? Cette histoire que je vois là, avec le juge de Portland qui avait fixé votre caution à cent mille dollars pour coups et blessures aggravés ? Vous êtes parti en cavale ? Mon document n'est pas explicite.

– Non, je n'ai pas pris la tangente.

Il était soudain très énervé et se rendit compte que cela avait dû transparaître dans sa voix. Il gomma cet effet par un rire. Il était clair désormais, ainsi qu'il le soupçonnait depuis le début, que Plymale ne l'avait pas choisi pour ses qualités de citoyen modèle. Depuis un moment il espérait que la personne engagée pour fouiller dans son passé n'était pas allée y regarder de trop près dans l'incident de Portland. Il y avait un inspecteur de la criminelle, là-bas, qui s'était beaucoup intéressé à cette affaire. Ça avait frôlé l'obsession, en fait. Il s'était acharné à enquêter. Chandler secoua la tête. Oublions ça. Mais Plymale le dévisageait, il attendait une explication.

– J'ai payé mes dix mille dollars pour l'avance de la caution. Je me suis présenté à l'heure au procès. J'ai obtenu un non-lieu faute de preuves. Cavales et Compagnie a empoché mes dix mille dollars et la caution qu'ils avaient déposée n'a pas été confisquée. À la satisfaction de toutes les parties.

Plymale avait les sourcils froncés.

– Faute de preuves ? Mon papier dit que la victime souffrait d'une fracture de la mâchoire, d'une fracture du bras, de côtes cassées, de multiples blessures superficielles. Ça me semble constituer un grand nombre de preuves.

– Il ne s'est pas présenté à l'audience.

– Pourquoi ?

Chandler haussa les épaules, lui décocha un coup d'œil.

Le vieux Plymale attendait, il voulait sa réponse.

– À ce qu'on m'a dit, sa santé l'en a empêché.

Il attendit la question suivante, le regard fixé à la limite des vagues, maîtrisant sa tension intérieure. Plymale savait probablement déjà pourquoi le plaignant ne s'était pas présenté. Il savait déjà que Chandler était soupçonné d'avoir pris ses dispositions afin qu'il ne le puisse pas. Que son corps ne soit jamais découvert. Plymale allait le lui demander, juste pour voir ce qu'il répondrait. Il avait une réponse toute prête, mais ce fut une autre question qui lui fut posée.

– C'est à ce moment-là que vous avez commencé à travailler pour Cavales et Compagnie ?

– C'est exact, répondit Chandler en se détendant un peu.

– Ils semblent apprécier la façon dont vous remplissez vos fonctions.

– Ils peuvent. Je travaille bien.

– Une carrière peu ordinaire, vous ne trouvez pas ? Je veux dire, pour un élève de classe préparatoire... Exeter, c'est ça ? Qui a ensuite intégré Bennington. Ce qui suit logiquement, n'est-ce pas de se trouver une épouse parmi les étudiantes de première année issues de la société dirigeante, un emploi à Wall Street, une nomination à tel ou tel conseil d'administration ? Un programme où on ne risque pas de devoir répondre à une accusation de coups et blessures ?

Chandler eut un bâillement qu'il cacha derrière sa main.

– Sans doute, dit-il d'un ton de léger ennui en sentant la tension refluer.

– Vous aimez ce travail ?

– Ouais. On n'a pas beaucoup de temps pour s'ennuyer quand on traque des fugitifs libérés sous caution. Ça donne une occasion de faire fonctionner ses méninges. La plupart n'ont aucune envie d'être retrouvés.

– J'avais remarqué. J'avais remarqué que dans deux cas mentionnés ici, il est fait état de coups de feu.

– Ouais, confirma Chandler désormais convaincu que c'était cela qui avait dû le rendre intéressant aux yeux de Plymale. Ils tirent et ils vous ratent, vous tirez et vous les touchez. Autrement, le système ne fonctionne pas.

Il jeta un regard sur Plymale et s'aperçut que celui-ci l'étudiait.

– Et les deux fois la police vous a innocenté.

– Bien sûr. C'est comme ça que ça marche. On se fait nommer shérif-adjoint là où c'est possible. De toute façon, on est là pour faire respecter la loi, et c'est de l'auto-défense, d'autant que les flics savent qu'en abattant le type, on vient de leur éviter un gros boulot, sans compter le coût du procès. On fait le travail à leur place. On les débarrasse d'un mandat d'amener qui leur restait sur les bras.

– Bon, fit Plymale en remisant le C.V. dans le dossier puis celui-ci dans la mallette. Le moment est venu de vous exposer la tâche que vous auriez à remplir ici. Mais d'abord, profitons un peu de la plage. Allez patauger un moment dans les vagues. Prenez quelques minutes pour nager et vous rafraîchir.

Chandler se leva en le regardant avec un petit sourire en coin.

– Vous aimeriez que je patauge suffisamment loin pour tremper le maillot, juste au cas où j'aurais un matériel d'enregistrement de haute technologie dissimulé dessous.

Plymale sourit.

– Ça fait du bien de se rafraîchir aussi, dit-il.

Et c'est vrai que cela faisait du bien, comme Chandler s'en rendit compte un peu plus tard quand, assis dans son maillot mouillé, il écouta Plymale lui exposer la situation. Son cabinet juridique représentait une œuvre caritative légataire des biens de Clarke. Malheureusement, ce dernier avait stipulé dans son testament que si son unique descendant lui survivait, ou s'il engendrait des enfants en ligne directe qui lui survivaient, ce serait lui, ou eux, qui hériterait, et non la fondation.

– Pas de veuve ?

– Décédée de longue date. Et il se trouve que cet « unique descendant » était John Clarke. Quand son père a appris la disparition du fils dans cet accident d'avion, il a été victime d'une crise cardiaque. Il est mort pendant que l'on tentait de retrouver des survivants. Pas d'enfants connus de Clarke junior, par conséquent notre fondation a hérité d'une sacrée fortune. Des milliards, en réalité, en recensant les biens immobiliers et les actions.

– Ça paraît assez simple.

– Ça l'était. Mais ça ne l'est pas resté. Une femme se présente, elle intente une action devant les instances civiles en affirmant qu'elle est la concubine du fils du défunt, qu'elle est enceinte et que l'enfant représentera la descendance directe de Clarke. Elle prétend que ce sera le petit-fils ou la petite-fille du vieux Clarke. Elle veut que cet enfant hérite de la fortune. Vous me suivez jusque-là ?

– Je crois, dit Chandler. Mais je ne crois pas que j'aimerais être son avocat. Et quel rôle le diamant dont vous m'avez parlé vient-il jouer là-dedans ?

Plymale but une gorgée.

– Si vous voulez la réponse à cette question, il va falloir que vous fassiez preuve de patience. Sinon, j'appelle mon chauffeur pour qu'il vous reconduise à mon avion. Vous choisissez quoi ?

– Désolé, fit Chandler.

– Cette femme possédait une liasse de lettres d'amour envoyées par le fils du vieux Clarke. L'écriture correspondait bien à la sienne, selon les experts. Toutes sont adressées à la plaignante. Elles expriment sa joie à la perspective de leur mariage imminent, et contiennent des références non dissimulées à leurs rapports sexuels antérieurs. Dans la dernière de ces lettres, il indique qu'il va prendre l'avion à Los Angeles le lendemain pour rentrer, qu'il lui apporte une merveilleuse bague de fiançailles avec un diamant, et qu'ils vont s'organiser un superbe mariage. Convoler avant la naissance du bébé.

Plymale porta à nouveau le verre à ses lèvres.

Chandler leva les sourcils.

– Il savait qu'il y avait un bébé en route, à ce qu'il semble, reprit Plymale. Il avait l'intention de le reconnaître. Heureusement pour notre cabinet juridique, il a attendu un peu trop longtemps. Et il est monté dans le mauvais avion.

– Donc ils n'ont pas conféré de statut légal à leur fornication, pas vrai ? Sinon vous n'auriez pas besoin de moi pour trouver ce merveilleux diamant. J'ai raison ?

– En partie. John Clarke a pris le vol numéro 2 de la Trans World Airlines à l'aéroport international de Los Angeles. Le vol numéro 2 a décollé à neuf heures du matin à destination de Kansas City, puis de New York. La future jeune mariée potentielle déclare qu'elle est allée l'attendre à l'aéroport. Qu'elle l'a attendu un temps infini dans une salle pleine d'autres personnes angoissées. Finalement, les gens de la TWA ont annoncé que leur appareil était porté disparu. On a conseillé aux proches de laisser un numéro de téléphone au comptoir de la compagnie et de rentrer chez eux où ils seraient mieux pour attendre. On leur a promis de les appeler quand l'avion serait localisé.

– Voyons, intervint Chandler. Est-ce que ça se passait à peu près à l'époque où les détournements d'avion étaient à la mode ? Est-ce qu'on l'a retrouvé à Cuba ?

– L'accident s'est produit en juin 1956. Bien trop tôt pour Castro et compagnie.

– Oh.

– C'était un Lockheed Super Constellation. Vous êtes assez âgé pour vous souvenir de ce à quoi ils ressemblaient ? Quatre moteurs à hélices et une queue avec trois gouvernes verticales. Vingt-quatre heures plus tard, ils ont retrouvé cette drôle de queue en Arizona, dans le Grand Canyon, et ce qui restait de la cabine à environ cinq cents mètres en amont. Le reste éparpillé un peu partout sur les parois rocheuses.

– Ce que vous me dites, c'est que Clarke a péri dans cet accident, il faut croire, mais qu'on n'a pas retrouvé le diamant sur sa dépouille ? C'est ça ? Qu'est-ce qui lui est arrivé, au Super Constellation ? Frappé par la foudre ou quoi ?

– Frappé par un Douglas DC7 de United Airlines. Lui, il avait décollé de Los Angeles à peu près cinq minutes plus tôt, tous les deux volaient à six mille cinq cents mètres d'altitude environ, tous deux à destination de la Côte est. Environnés d'orages. Personne ne sait comment ça s'est produit, mais les gens chargés de l'enquête supposent que l'un des pilotes, peut-être les deux, a dévié de sa trajectoire pour offrir à ses passagers une meilleure vue sur le canyon. Quoi qu'il en soit, cent vingt-huit personnes ont été tuées. Tous ceux qui étaient à bord des appareils. Le pire désastre de l'histoire de l'aviation, à l'époque. Les corps étaient disséminés sur les parois, complètement déchiquetés, certains carbonisés. Les avions eux-mêmes n'ont été localisés que le lendemain. Il n'était pas possible de faire descendre les hélicoptères dont on disposait à l'époque dans le canyon en raison des turbulences de l'air. Des unités paramédicales ont dû sauter en parachute, à ce qu'on m'a dit, pendant que des spécialistes de l'escalade apportaient leur concours.

Plymale s'interrompit, scruta son interlocuteur.

– Vous n'en avez jamais entendu parler ?

– Il y a longtemps que ça ne faisait plus la une des journaux quand je suis né.

– Eh bien, à l'époque, ça a été l'événement majeur de l'année, fit Plymale en accompagnant ses mots d'un petit gloussement de rire. Un sacré cirque. Peu de gens voyageaient en avion. On prenait le train. Et ça revenait cher, de voler. L'un des deux appareils transportait surtout des personnalités. Un vice-président de la General Motors, par exemple, un ancien ambassadeur, un haut responsable d'une autre compagnie qui figurait parmi les cinq cents plus grosses fortunes du pays, le gratin de l'échelle sociale. Absolument pas le touriste de base qu'on a maintenant. De très importantes familles étaient touchées. Il y a même un père qui a engagé des alpinistes suisses et qui les a fait venir par avion pour voir s'ils pouvaient récupérer le corps de sa fille. Une semaine plus tard, tout le monde était encore à la recherche de fragments des appareils et essayait de raccorder des lambeaux de cadavres. On les a remontés au sommet dans des sacs, petit bout par petit bout.

Plymale but. Chandler attendit. Ce vieil emmerdeur allait enfin en arriver au diamant. Il n'allait vraisemblablement plus lui poser de questions sur cette erreur homicide commise à Portland. Elle était probablement oubliée. Même par l'enquêteur de la criminelle. Une affaire vieille et enterrée. Il but également. Profita de la brise. Un jour, il pourrait s'offrir ce style de vie sans avoir à supporter pareille attitude arrogante.

– Les bagages aussi sont tombés sur le site. Valises, sacs à main, cages servant au transport des animaux de compagnie. On en a retrouvé une avec un bouledogue à l'intérieur. Une autre avec un perroquet. Le tout disséminé comme une averse de grêle délirante. (Plymale rit, réjoui de cette description.) Imaginez un peu. J'aurais bien aimé y assister.

– Et Clarke ?

– Quoi ?

– Clarke aussi, est tombé du ciel ?

– En voilà une question idiote. Tout le monde est tombé. Pilotes, copilotes, hôtesses de l'air, hommes, femmes, enfants, deux nourrissons au moins. Certains encore dans les carlingues, les autres en chute libre.

– Est-ce qu'il avait ce diamant qu'il apportait à sa future ?

– Sans doute. Il avait dit qu'il allait le lui rapporter. Il était dans l'avion au décollage de Los Angeles. Je ne vois pas comment il se serait éclipsé en vol.

Plymale fit tinter contre les parois la glace qui restait au fond du verre, la regarda, secoua la tête.

Ce vieil emmerdeur se fout de moi, pensa Chandler. Qu'il aille se faire voir. Pareil pour son histoire.

– Écoutez, dit-il. Je veux des renseignements sur ce travail que je suis venu vous entendre m'exposer. Vous voulez que je découvre quelque chose, je suppose. Peut-être John Clarke est-il encore en vie. Peut-être n'a-t-il jamais pris cet avion. Peut-être voulez-vous que je trouve ce qu'il reste de son corps s'il l'a pris. À moins que je n'aie pour mission de chercher ce splendide diamant qu'il rapportait à la femme de ses rêves ?

– Vous n'êtes pas très doué pour les devinettes. Pas plus que pour rester tranquillement assis en écoutant ce qu'on a à vous dire.

– Ou que pour jouer à ce genre de petits jeux. Qu'est-ce que vous attendez de moi ? Et qu'est-ce que j'ai à y gagner ?

– Je veux que vous retrouviez le bras gauche de John Clarke, répondit Plymale en s'esclaffant. Qu'est-ce que vous en dites ? Et si vous n'y parvenez pas, bon sang, je veux que vous fassiez en sorte que personne d'autre n'y arrive.

Chandler réfléchit. Il jeta un regard au vieux juriste qui affichait un rictus souriant, puis il finit son verre, glissa les pieds dans ses sandales, se hissa hors de son siège et observa Plymale.

Le rictus disparut.

– Si vous partez maintenant, vous m'aurez fait perdre du temps et de l'argent. Il faudra que je trouve quelqu'un d'autre pour s'en charger. Vous, vous aurez repris votre travail de gagne-petit qui consiste à traquer les fugitifs. À poursuivre les types qui profitent de leur conditionnelle pour prendre la clé des champs. Et vous vous interrogerez sur ce que vous avez raté.

– D'accord. Alors dites-le-moi.

– Il semble que le bras gauche de Clarke ait été arraché. L'aile de l'un des appareils a sectionné la partie de la carlingue où se trouvaient les passagers de l'autre. Ça s'est peut-être produit à ce moment-là. Ou alors quand il a été éjecté de l'avion dans la collision. Peut-être quand son corps a dégringolé le long d'une falaise.

Il haussa les épaules avant de poursuivre.

– Ça n'a plus d'importance maintenant. Ce qui en a, c'est qu'il s'agissait de son bras gauche, car il avait une mallette de sécurité attachée à ce bras-là. Comme par une menotte. Le dispositif qu'utilisaient les messagers du Département d'État pour convoyer des documents secrets. Les négociants en pierres précieuses et certains gros courtiers en devises s'en servaient aussi. La menotte était bouclée autour du poignet, la mallette fermée à double tour, personne ne disposait de la deuxième clé à l'exception de celui ou de celle à qui la livraison était destinée.

– Bien sûr, commenta Chandler.

– Enfin bon, peu après le désastre, un type qui travaillait dans le fond du canyon a vu une partie du bras : la main, le poignet, l'avant-bras, pratiquement la totalité y était, je crois. Il dépassait d'un amas de branches et d'autres débris coincés dans l'un des rapides du Colorado. Il a vu l'avant-bras avec la menotte et la mallette reliée par une chaîne. Il a même vu un tatouage sur le biceps. C'est ce qu'il a prétendu, en tout cas. Mais il n'a pas pu le récupérer. Il est retourné au même endroit le lendemain avec de l'aide mais le niveau du fleuve avait monté et emporté les résidus. Le bras avec, c'est du moins ce que nous supposons. Qui sait ? Quelqu'un a très bien pu passer par là et le repêcher.

– Et il se serait emparé de la mallette contenant le diamant.

– Peut-être, dit Plymale en secouant la tête. En tout cas, ça marque la fin de cette partie de l'histoire.

– Pourquoi une mallette de sécurité ? s'enquit Chandler. Cette bague de fiançailles destinée à l'élue de son cœur, il aurait pu la mettre dans sa poche.

– Clarke s'occupait d'une partie du négoce de bijoux de son père. Il s'était rendu sur la côte afin d'en rapporter un lot de diamants « spécialement taillés » pour la frange supérieure de sa clientèle. Il s'agissait des plus belles pierres, des bijoux parfaits, d'un blanc presque bleu, taillés spécialement pour la crème de la crème. Je crois qu'il y en avait dans les soixante-dix, recensés dans la déclaration de sinistre, tous de deux carats et demi au moins. La société qui assurait la compagnie aérienne a payé la limite maximum de cent mille dollars fixée pour préjudices subis. Les gens de la profession pensent que les diamants devaient valoir cent fois cette somme, même en considérant leur valeur de l'époque. Aujourd'hui, qui sait ? Le plus petit se vendrait probablement plus de vingt mille dollars. Si on considère qu'on peut doubler ce chiffre pour obtenir une moyenne et multiplier par environ soixante-quinze, on arrive à une multitude de millions.

L'ennui avait déserté Chandler. La fatigue aussi.

– Et ils n'ont jamais été retrouvés ?

– Pas légalement, en tout cas. Ni signalés, ni restitués à leur propriétaire. Tout le problème est là. Il n'est pas exclu qu'ils l'aient été. Nous essayons peut-être de découvrir entre les mains de qui ils se trouvent.

Cela n'avait aucun sens pour Chandler. Ce vieux type n'était pas quelqu'un à qui il allait pouvoir faire confiance. Une pensée qu'il trouva ironique, car lui non plus.

– Pour moi, dit-il, si quelqu'un les avait trouvés, ils auraient été revendus depuis longtemps. Vous ne croyez pas ?

– S'ils avaient été mis sur le marché, nous le saurions. La famille Clarke et la compagnie d'assurance ont alerté les négociants en bijoux. Ici, en Europe et partout ailleurs. Le monopole DeBeers garde l'œil ouvert, et ces pierres sont suffisamment rares compte tenu de leur prix et de leur taille pour qu'elles aient été repérées. Ce qui n'a pas été le cas.

Plymale vérifia que son verre était bien vide, le posa et se tourna vers Chandler.

– Pas avant que ce diamant ne fasse son apparition lors du vol qui s'est produit au Nouveau-Mexique.

– Oh ? Vous allez m'en parler ? On dirait qu'on en arrive à l'essentiel.

Chandler venait de s'imaginer qu'il retrouvait la mallette aux bijoux. En cuir, peut-être, ou dans un plastique résistant. La fermeture éclair en serait bloquée. Il pratiquerait une entaille. Ferait glisser les diamants sur sa paume. Un par un. Les examinerait. Estimerait leur valeur.

– Le bras n'a pas été découvert non plus, dit Plymale.

Chandler rit.

– Personne n'en a rien à foutre, de ce fichu bras.

– Si, moi. Énormément. Et je pense que vous aussi, si vous voulez ce travail.

Il étudia Chandler, attendant que celui-ci lui demande pourquoi.

– Pourquoi ?

– Les diamants représentent simplement une possibilité de se remplir les poches au passage, rien de plus. C'est de la bricole. Le bras, c'est lui qui est important.

Chandler avait l'air perplexe. Il n'avait aucune raison de feindre.

– Cette femme que Clarke rentrait épouser, elle a eu une fille qui donne dans la divination. C'est du moins ce qu'elle prétend. Les boules de cristal, le pouvoir occulte de la pyramide, ce genre de trucs loufoques. En tout cas, c'est ce qu'on nous a dit. Elle s'appelle Joanna Craig, habite à New York. Elle a fait passer des petites annonces dans la région du Grand Canyon à l'intention des guides du parc national, des organisateurs d'excursions dans le site, diffusant l'information selon laquelle une récompense de cent mille dollars ira à qui retrouvera ce bras.

– Eh bien dites donc, commenta Chandler. Et vous savez pourquoi ?

– À ce qu'on nous a dit, elle aurait reçu un message du fils Clarke par-delà la tombe. Elle affirme que, dans son rêve, le fantôme de Clarke se plaint que son bras amputé lui fait mal. Il lui dit qu'elle est sa fille, qu'elle doit retrouver ce bras et l'enterrer avec le reste de son corps...

Chandler remarqua que Plymale souriait.

– ... C'est ce qu'elle prétend. Le problème est que la plupart de ces dépouilles étaient tellement déchiquetées qu'il n'a pas été possible d'en récupérer les lambeaux et de les reconstituer. Certaines ont été réduites en cendres, d'autres mangées par les coyotes avant d'être retrouvées, beaucoup de morceaux ont été enterrés dans des fosses communes. Comment pourrait-on espérer se présenter devant la justice avec ce genre de preuves ?

Chandler afficha un sourire.

– Par conséquent, nous exhumons les os d'un autre bras gauche et nous empochons la récompense. Mais vous y aviez sûrement déjà pensé.

– Bien sûr. Vous n'êtes pas aussi lent que vous le laissez croire. Mais évidemment, ça ne marcherait pas. D'après la petite annonce qu'elle a diffusée, il avait eu à ce même avant-bras une fracture qui avait été réduite quelques années plus tôt. Radios et compagnie. Il avait fallu lui poser une broche. Impossible.

– Bon, d'accord, fit Chandler en repensant aux diamants. Dites-moi simplement ce que vous cherchez. Et ce que vous voulez que je fasse. Sans oublier ce que Bradford Chandler a à y gagner.

– Vous m'avez écouté quand je vous ai parlé de l'action intentée devant les tribunaux civils ? Bon, écoutez-moi bien, maintenant. Ça se complique. Clarke, le père, était veuf. Pas de parents proches à l'exception de son fils, John. Dans la plainte que la mère de Joanna a déposée, à l'époque, elle affirmait que sa fille était le bébé qu'elle attendait de John. Ce qui fait de Joanna Craig la petite-fille du père de John Clarke. Et en fait la descendante « en ligne directe » qui hérite de la fortune familiale.

– La lumière commence à poindre, dit Chandler en le regardant. Est-il nécessaire que je vous demande qui dispose actuellement de cette fortune ?

– Selon les termes du testament, s'il n'existait aucun descendant direct, l'argent était versé à l'œuvre de charité à but non lucratif que nous avons contribué à créer. Il me semble vous l'avoir expliqué.

– Ah, fit Chandler. Et vous avez été son exécuteur testamentaire ?

Plymale ne répondit pas directement.

– La future maman de Joanna Craig a engagé un avocat, mais les seules preuves qu'elle avait en sa possession étaient une liasse de vieilles lettres. Trop peu pour permettre à sa demande d'aboutir devant le tribunal. Nous avons tenté de parvenir à un accord avec elle. Elle a refusé et cela a semblé marquer la fin de l'histoire.

– Elle donne l'impression d'être une dingue.

– Elle l'était. Le vieux Clarke disait qu'elle souffrait de schizophrénie paranoïaque. Elle paraissait avoir toutes ses facultés mentales quand elle prenait les médicaments que les psychiatres peuvent bien prescrire en pareil cas. Mais folle, de toute façon.

Il marqua une pause, adressa un signe afin qu'on lui apporte un autre verre. Attendit. Le regard de Chandler se porta au-delà de la plage sur les vagues, puis sur la jeune femme en bikini qui revenait, accompagnée d'une seconde, également en bikini. Elles regardaient de son côté et riaient.

Le verre arriva. Plymale en but une gorgée. Posa l'extrémité de son index sur le bras de Chandler.

– Écoutez bien, maintenant. Voilà pourquoi cela nous importe beaucoup de retrouver ce bras. Ces fichus scientifiques prétendent maintenant qu'ils peuvent récupérer l'ADN en partant d'ossements anciens. Même terriblement anciens, comme dans les pyramides d'Égypte. Vous comprenez ce que cela signifie ?

Chandler hocha la tête, mais Plymale le lui explicita quand même. Cela signifiait que les os du bras gauche égaré de John Clarke, avec les radios de sa vieille fracture et peut-être même la mallette aux diamants encore menottée autour du poignet, pourraient apporter la preuve que Joanna Craig était effectivement sa fille.

Et, pensa Chandler, cela voudrait dire que le vieux Plymale perdrait le contrôle d'une somme colossale. Peut-être les conséquences seraient-elles encore pires pour lui. Le tribunal pourrait exiger des justificatifs concernant ce que son « œuvre de charité à but non lucratif » avait fait de cette montagne d'argent durant toutes les années où il en avait eu le contrôle.

Chandler fixait du regard les deux filles en bikini, mais ses pensées étaient tout entières dirigées vers cette fortune monstrueuse.

5

Quelques minutes après son retour chez lui, suite à l'entretien avec Pinto, Leaphorn comprit que cette préoccupation liée aux diamants n'allait pas disparaître comme ça. La lumière de son répondeur clignotait et le deuxième appel venait de l'adjoint du shérif Cowboy Dashee. Dont les pensées tournaient autour d'un diamant.

Le premier venait, lui, du professeur Louisa Bourebonette qui semblait contente. La vieille dame qu'elle était partie interroger à Bitter Springs avait été un trésor d'informations concernant les légendes des Havasupais *. Demain, elle emmènerait Louisa voir un oncle, encore plus âgé qu'elle, qui était une vraie mine sur les traditions et les coutumes des Paiutes *.

« Je reste ici cette nuit. Demain je rencontre ce vieux monsieur et je vois ce que je peux enregistrer. Je te rappelle demain pour te dire quand je serai de retour. Je pense que ça va me permettre d'établir un lien entre l'histoire des origines * des Havasupais et celle des Hopis. Dommage que tu ne sois pas avec moi. Ces légendes t'intéresseraient. Et n'oublie pas que demain, c'est le jour de ramassage des ordures ménagères dans ta rue. »

Il n'avait pas oublié. Il avait déjà traîné le bac à roulettes au carrefour pour le camion de la compagnie d'enlèvement des poubelles de Window Rock.

Le second message appartenait exactement à cette catégorie d'appels que les retraités espèrent recevoir.

« Lieutenant », lui disait Dashee, « deux de vos anciens subordonnés ont fixé une date de mariage. Ce sera lundi en quinze, chez la mère de Bernie Manuelito, au sud de Shiprock. Vous êtes invité. Moi, du coup, je suis témoin. Au cas où vous ne vous en douteriez pas, le futur de Bernie est Jim Chee, et ce n'est pas trop tôt. »

Cowboy avait eu un petit rire, suivi d'un léger silence, avant que n'arrive le moment dont les retraités savent qu'il succède aux amicales entrées en matière.

« Par ailleurs, lieutenant, je rencontre un problème. J'aimerais vous en parler. Peut-être vous demander conseil. L'homme qui a été placé en détention, dans cette histoire de vol associé à un homicide, à Zuni, euh, c'est mon cousin. Le diamant qu'il essayait de gager, euh, il dit qu'il l'a depuis des années. Ce n'est pas lui l'auteur du vol. J'aimerais que vous m'apportiez votre concours, pour ça. »

Il s'était tu à nouveau. S'était éclairci la gorge. Leaphorn soupira.

« Bon, c'est le sergent Chee qui m'a suggéré de vous en parler. De vous demander conseil. Il m'a appris un truc sur le vieux tenancier du comptoir d'échanges qui se trouve du côté de Short Mountain, entre Tuba City et Page... McGinnis, je crois. Enfin bon, Chee m'a dit que dans une de vos anciennes affaires de cambriolage, McGinnis avait déclaré qu'on lui avait volé un gros diamant à son magasin. Est-ce que vous pouvez me faire savoir si vous auriez le temps de m'en dire plus à ce sujet ? »

Un nouveau silence.

« Voilà, merci, lieutenant. »

Est-ce qu'il avait du temps ? Que pouvait-il avoir d'autre ? Il composa le numéro que Dashee avait laissé, obtint son répondeur, dicta un message disant que du temps, il en avait. Plein. Il n'avait que ça. Par ailleurs, cette histoire de diamant était suffisamment inhabituelle pour être intéressante. Il regarda dans le réfrigérateur, ne vit rien qui le tentait, se coiffa de son chapeau et sortit pour prendre le volant de son pick-up truck[1]. Il allait s'acheter un sandwich à l'Auberge Navajo et après il... Que ferait-il ? Regarder des gens jouer au golf à la télé tout l'après-midi ? Faire des réussites sur son ordinateur ? Écouter tous ces petits bruits solitaires qu'on entend dans une maison quand elle n'est habitée par personne d'autre ? Pas question. Il appela à nouveau le numéro de Dashee.

– Il se trouve que je vais traverser votre territoire, tout à l'heure, dicta-t-il au répondeur. Je m'arrêterai au Centre Culturel Hopi pour y avaler un déjeuner tardif. Vous pourriez m'y rejoindre si cela vous

1. *Pick-up truck* : omniprésent dans les États de l'Ouest, il s'agit d'un camion léger, en général monté sur un châssis d'automobile, dont l'arrière ouvert autorise tous les transports. *(N.d.T.)*

convient. Sinon, je poursuivrai ma route vers le vieux comptoir d'échanges de Short Mountain dont vous me parliez. Vous pourriez peut-être m'y retrouver.

Ceci fait, il rédigea un mot à l'intention de Louisa, l'informant qu'il avait des choses à faire au nord de Tuba City et qu'il l'appellerait. Il monta dans son petit camion en réfléchissant au sergent Chee qui avait enfin eu la sagesse de comprendre que Bernie l'aimait. Ce qui l'amena à se demander s'il devrait, à nouveau, soumettre au professeur Louisa Bourebonette l'idée du mariage. Il avait déjà abordé le sujet une fois, quand ils avaient décidé qu'elle utiliserait la maison qu'il possédait à Window Rock comme base nord de ses éternelles recherches sur la mythologie des Navajos *, des Utes *, des Paiutes, des Zunis, des Hopis et de toutes les autres tribus qu'elle parvenait à convaincre de s'exprimer dans son magnétophone. La première fois qu'il le lui avait demandé, la réponse avait été brève et ferme.

– Joe, lui avait-elle dit, j'ai déjà essayé et ce n'est pas pour moi.

La fois suivante, elle lui avait rappelé qu'il était toujours amoureux d'Emma, ce qui restait vrai, même au terme de dix années écoulées depuis qu'elle l'avait abandonné au veuvage et à la solitude. Louisa avait conclu qu'elle allait lui octroyer dix ans de plus pour réfléchir.

Il soupira, décida de laisser les choses en l'état et tourna vers l'ouest pour s'engager sur l'U.S. 264. Il fit halte à Ganado pour remplir son réservoir, passa l'heure suivante à tenter de décider comment il expliquerait à Dashee qu'il n'avait pas la moindre idée de la façon dont il pourrait aider son cousin. Une perspective qui n'avait rien de positif. Il abandonna pour essayer de restaurer l'harmonie * navajo qu'il ressentait d'ordinaire avec le monde environnant, un monde dans lequel un trop grand nombre de ses vieux amis semblaient passer de vie à trépas. Même Shorty McGinnis, aussi difficile que cela lui paraisse de s'en persuader.

Le pick-up truck du Bureau de l'Attribution des Terres, au volant duquel il avait vu Dashee la dernière fois, ne se trouvait pas parmi les quatre véhicules garés sur le parking du Centre Culturel Hopi, une déception. Mais la jolie réceptionniste hopi du café-restaurant le reconnut (le premier rayon de soleil de sa journée) et lui adressa un grand sourire. Bien sûr qu'elle connaissait Dashee. Il n'était pas passé aujourd'hui, mais elle lui signalerait que le lieutenant Leaphorn était venu et poursuivait son chemin en direction de Short

Mountain. Il but deux tasses de café, mangea un taco, ou tout au moins l'idée que s'en faisait le cuisinier hopi, puis il reprit sa route vers Tuba City et, au-delà, l'immensité désertique composée de falaises multicolores et de canyons.

Il s'arrêta à Tuba en quête d'amis qu'il s'était faits en ville au début de sa carrière quand il était un tout jeune policier inexpérimenté. Ce serait agréable, songea-t-il, de les revoir avant qu'ils ne rendent les armes et ne partent pour leur Ultime Grande Aventure avec le Peuple * Sacré. Il en trouva trois, dont un était trop occupé pour consacrer beaucoup de temps à un visiteur, un qui soignait une vilaine attaque de rhumatismes, et son ancien sergent chef de Tuba City qui fut bien trop heureux de lui rappeler les erreurs qu'il commettait à l'époque. Tout cela prit du temps.

Il quitta la ville par le nord, conduisant plus vite qu'il n'aurait dû, mais quand il effectua le virage à gauche pour s'engager sur la surface semblable à de la tôle ondulée de la Route Navajo 6130, le soleil était suffisamment bas, à l'ouest, pour l'éblouir.

Un inconfort plus que compensé pour lui (en raison de son éducation navajo associant la valeur à la beauté et l'importance économique aux conditions météorologiques) par les immenses rangs serrés d'imposants nuages qui se dressaient tels des châteaux blancs au nord et à l'ouest. L'habituelle « mousson » de fin d'été était en retard. Peut-être la pluie si indispensable arrivait-elle enfin.

Il fut secoué de cahots en traversant Big Dry Wash * (le site occasionnel de torrents rugissants) et en franchissant la crête pour replonger dans Bikahatsu Wash puis grimper sur Blue Moon Bench *.

Les seuls bâtiments existant à cet endroit constituaient le comptoir d'échanges de Short Mountain, une grange de belle taille aux parois de planches non équarries, avec son enclos à moutons ceint de poteaux, un second parc plus petit pour les autres animaux, et le magasin lui-même, deux pompes à essence plantées juste devant. Le seul véhicule garé sur la terre compacte était une vieille conduite intérieure Ford rouillée qui n'avait plus de vitres. Ses roues étaient manquantes. Elle reposait sur des blocs de pierre. Un amas d'herbes-qui-roulent étaient prises au piège sous le châssis.

Leaphorn se rangea à côté, coupa le moteur et resta assis à étudier les environs, les confrontant au souvenir qu'il en avait gardé, en quête d'un signe de vie mais avec l'espoir de plus en plus réduit d'en voir un. Le long banc de bois était toujours sur le pas de la porte, mais les clients qui s'y asseyaient autrefois pour échanger des ragots et boire les sodas que McGinnis leur fournissait n'étaient plus là. Les enclos des bêtes étaient vides. Si des balles de foin étaient stockées dans la grange, il ne les voyait pas. Et à l'exception d'un petit vent, qui chassait maintenant une boule d'herbe pour l'ajouter à la collection amassée sous la vieille voiture, il régnait un silence total.

Il consulta sa montre. Il s'était écoulé un temps suffisant pour que McGinnis ouvre sa porte, jette un coup d'œil au-dehors et lui fasse signe d'entrer. Mais la porte ne s'était pas ouverte. Il était bien obligé d'affronter la réalité présentée par le capitaine Pinto. Shorty McGinnis avait plié bagages, il était mort, disparu à jamais, Pinto ne s'était pas trompé. Leaphorn en avait seulement douté parce qu'il avait refusé de le croire. Il admit alors la vérité, s'avoua qu'il avait effectué ce long trajet en espérant découvrir que le capitaine avait été dans l'erreur, ou trouver quelqu'un qui pourrait lui raconter comment pareille chose était survenue. Un tiers avait mentionné une crise cardiaque. Vraisemblablement une attaque d'apoplexie. McGinnis n'aurait jamais accepté de partir de son plein gré dans un hôpital pour y mourir au milieu d'inconnus. Leaphorn avait eu l'espoir de rencontrer quelqu'un, au comptoir, qui aurait pu le rassurer à cet égard. Quelqu'un avec qui il aurait pu échanger des souvenirs. Mais il n'avait trouvé que le silence, l'absence et la poussière.

Il mit pied à terre, essayant de décider de ce qu'il allait faire, n'aboutit à rien de probant et se laissa guider par ses habitudes. Il grimpa les marches menant à la petite terrasse en bois et frappa à la porte, frappa à nouveau. Pas de réponse. Il n'en attendait pas. Le panneau était toujours à côté de l'entrée, annonçant à quiconque passait par là : ÉTABLISSEMENT À VENDRE RENSEIGNEMENTS À L'INTÉRIEUR. Un nouveau propriétaire l'avait-il acheté ? Très improbable. Leaphorn cogna à nouveau à la porte. Pas de réaction. Il s'avança sur la petite terrasse jusqu'à la fenêtre la plus proche, essuya la poussière avec la main, colla le front à la vitre, s'abrita les yeux et scruta l'intérieur.

Des rangées d'étagères essentiellement vides, le pupitre du vieux commerçant au bout du long comptoir, sur la droite, un scintillement. Un scintillement ? Il concentra son regard sur cet endroit, à travers la vitre sale. Un écran de télévision affichant ce qui ressemblait à une publicité pour de la bière, en noir et blanc. Devant l'appareil, l'arrière de ce qui devait être un fauteuil à bascule, et la nuque de quelqu'un qui y était assis. Des cheveux blancs.

Leaphorn respira à fond, revint frapper, tourna la poignée. La porte n'était pas fermée à clé. Il tira le battant à lui et s'immobilisa en regardant à l'intérieur.

– Monsieur McGinnis, appela-t-il. Shorty ?

Et il se hâta d'entrer.

C'était McGinnis et il était vivant, mais Leaphorn n'en eut la certitude que quand il fut presque assez proche pour pouvoir le toucher. À ce moment-là, le vieux commerçant porta la main gauche à un gadget permettant d'ajuster les écouteurs qu'il avait aux oreilles. Ce faisant, il remarqua Leaphorn et fit pivoter son fauteuil.

– Vous êtes né dans une étable ? lui demanda-t-il. Personne ne vous a jamais appris à frapper avant d'entrer ?

Leaphorn ne sut que répondre. Il regarda McGinnis se lever maladroitement de son siège et retirer le casque qu'il portait.

– À Window Rock, tout le monde vous croit mort, annonça l'ancien lieutenant. C'est ce qu'on m'a dit.

– Parlez plus fort. Je n'entends plus aussi bien qu'avant et je n'arrive pas à comprendre quand vous marmonnez. Mais je devrais être mort, c'est ça ?

– Mort et enterré.

McGinnis avait chaussé ses lunettes et s'appuyait au dossier du fauteuil à bascule, le regard fixé sur Leaphorn.

– Voyons voir. Vous êtes le célèbre policier navajo. Celui qui venait ici il y a des années de ça, pour boire mon soda et m'inciter à vous dire où vous pouviez trouver les gens. C'est ça ? Vous êtes venu souvent quand Grand-Père * Tso a été assassiné. Je m'en souviens. Et je crois que votre grand-père à vous était ce vieux monsieur qu'on surnommait Homme-qui-Donne-des-Coups-de-Pied-à-son-Cheval. Et que votre mère était une Gorman. Qu'elle appartenait au Dineh * à la Parole Lente.

– Mon grand-père était Hosteen * Klee, et vous êtes le seul à l'avoir jamais appelé Homme-qui-Donne-des-Coups-de-Pied-à-son-Cheval. Monsieur McGinnis, je tiens à vous dire que cela me fait très plaisir qu'ils se soient trompés en vous croyant mort.

– Si vous croyiez que je l'étais, qu'est-ce qui a bien pu vous faire pousser jusqu'ici, bon sang ? Qu'est-ce que vous cherchez ? Ce n'est pas votre genre, de venir sans but ni raison.

Avant que Leaphorn ait pu répondre, McGinnis était parti en boitillant vers l'arrière du magasin où se trouvait la porte menant à son espace privé.

– Je vais vous préparer du café. À moins que vous n'ayez perdu cette habitude que vous aviez de ne pas boire de whisky.

– Le café, je veux bien, répondit Leaphorn en le suivant.

Mais il grimaça en prononçant ces mots. Après toutes ces années, il se souvenait encore de l'épouvantable goût acide de ce breuvage.

McGinnis alluma le brûleur à gaz du petit fourneau posé sur ce qui servait de plan de travail, prit une tasse ébréchée et un verre Coca-Cola dans le placard situé juste au-dessus. Il posa sa cafetière sur le brûleur et sortit une bouteille de Jack Daniel's d'un tiroir, l'ouvrit, versa le liquide jusqu'à ce qu'il atteigne très exactement le bas du C rouge de la marque déposée.

– Retournons nous asseoir, dit-il. Je vais boire une gorgée ou deux en attendant que votre café soit prêt et vous allez me raconter ce que je peux faire pour vous. Me dire quel genre de faveur vous attendez de moi, cette fois.

– Eh bien, pour commencer, je voudrais savoir comment vous allez. Il semble que vous soyez toujours en affaires. Et toujours aussi grincheux.

McGinnis exprima sa dérision par un bruit, porta le bourbon à ses lèvres, réitéra son geste. Il leva le verre à la hauteur de ses yeux, l'étudia de près, se saisit de la bouteille qu'il inclina juste assez pour que le liquide atteigne à nouveau la base du C.

– En affaires ? On peut difficilement dire ça. Les clients crèvent tous de faim, ou ils font la route jusqu'à Page pour y effectuer leurs achats. De loin en loin quelqu'un entre dans le magasin. En général, c'est uniquement pour me proposer un troc. C'est devenu plus ou moins ma seule activité. Je me débarrasse juste de ce qui me reste. Les gens des compagnies pétrolières géantes ont déjà arrêté d'envoyer leur camion de livraison de carburant jusqu'ici. Ils m'ont dit que je n'achetais pas ce qu'ils devaient consommer pour venir.

Ils parlèrent un peu de ça, de Grand-Mère Nez qui venait de temps en temps avec sa fille pour lui faire du pain et un peu de cuisine en échange des boîtes de conserve qu'il avait encore sur ses étagères.

– À cette exception près, je ne vois plus grand monde. Et maintenant qu'on s'est débarrassé de ce sujet, vous allez me demander ce que vous voulez savoir.

– D'accord. Je veux des renseignements sur ce vol dont vous avez été victime.

– Ce n'était pas un vol. Quand il y a vol, on vous braque un pistolet dessus et on vous prend ce qui vous appartient. Un flic comme vous devrait savoir faire la différence. C'était un cambriolage. Le type s'est introduit pendant que je dormais, il a embarqué une boîte de viande en conserve, du sucre, des trucs comme ça, et l'argent que j'avais dans mon tiroir-caisse. Mais surtout de la nourriture. C'est ça que vous vouliez savoir ? Je ne peux pas vous fournir de détails. Il ne m'a pas réveillé.

Il eut un sourire qui n'était pas très fier et leva la bouteille de bourbon.

– J'avais regardé cette fichue télé en buvant un peu plus que je n'aurais dû. Je ne l'ai même pas entendu, ce salopard. Je ne me suis pas rendu compte que quelqu'un s'était introduit chez moi avant de remarquer que des produits avaient disparu sur mes rayonnages d'épicerie.

– Uniquement des produits d'épicerie ? Rien d'autre ne manquait ?

– Il a pris la couverture qui était accrochée là-bas, du ketchup et...

Il fronça les sourcils, s'efforçant de raviver ses souvenirs.

– ... Je crois qu'il me manquait une boîte de munitions trente-trente. Mais surtout de la nourriture.

– Rien n'a jamais été récupéré ?

McGinnis rit.

– Bien sûr que non. Si le cambrioleur n'avait pas mangé ce qu'il m'a pris, c'est vous, les policiers, qui vous en seriez chargés à condition de l'avoir arrêté.

– Vous n'avez pas mentionné un diamant. Vous pouvez m'en parler, de ça ?

– Un diamant, comment ça ?

– Un diamant d'une valeur d'environ dix mille dollars.

McGinnis fronça les sourcils. But une toute petite gorgée. Leva les yeux vers Leaphorn.

– Oh, fit-il, celui-là.

– Celui que vous avez fait figurer sur la déclaration de vol destinée à l'assurance. Vous avez précisé qu'il valait dix mille dollars.

– Oh, ouais, fit McGinnis avant de boire à nouveau un peu de bourbon.

– Vous l'avez récupéré ?

– Non.

– Est-ce qu'il vous a été remboursé par l'assurance ?

McGinnis fixa l'ancien lieutenant de ses yeux bleus chassieux. Il cligna des paupières, les frotta avec sa main, posa son verre et soupira.

– Je me souviens de la fois, il y a des années de ça, où vous êtes venu ici en essayant de trouver une shamane. Margaret Cigaret, il me semble... une Femme-qui-Écoute *, si je me souviens bien. Et je vous ai dit à quel clan * elle appartenait, je vous ai parlé d'une kinaalda * organisée pour une des fillettes de son clan, vous avez été suffisamment intelligent pour comprendre que Grand-Mère Cigaret avait toutes les chances d'être là où ils tenaient cette cérémonie et nous avons, pour ainsi dire, appris à nous connaître.

Ayant achevé cette déclaration qui visait à rappeler à quel point son aide avait été précieuse, il hocha la tête, indiquant à Leaphorn qu'il pouvait se permettre un commentaire sur sa serviabilité sans violer l'interdiction polie interdisant aux Navajos d'interrompre les propos de leur interlocuteur.

– Je m'en souviens, confirma Leaphorn. Vous m'avez également dit que vous connaissiez mon grand-père. Vous avez prétendu que les gens l'appelaient Homme-qui-Donne-des-Coups-de-Pied-à-son-Cheval. Ma mère était furieuse quand je lui en ai parlé. Elle m'a dit que seul un menteur pouvait affirmer ce genre de chose.

– Un garçon ne devrait pas raconter ça à sa mère. Une insulte faite à votre grand-père. (McGinnis choisit de ne pas aller au bout de ce que cela impliquait.) Quoi qu'il en soit, ce jour-là, on en est arrivé à une conversation se situant plutôt entre deux amis. Vous et moi. Ce n'était pas comme si vous étiez un représentant des forces de l'ordre.

Il posa un regard interrogateur sur Leaphorn qui confirma de la tête.

– Votre sentiment est toujours le même ? insista McGinnis.

Leaphorn réfléchit.

– Quand le capitaine Pinto m'a annoncé votre décès, je n'ai pas trouvé ça normal. Je n'ai pas voulu le croire. Un trop grand nombre de mes anciens amis meurent. Je ne pensais pas être en mesure d'apprendre quelque chose sur ce diamant, en venant ici. Je voulais seulement voir si j'étais capable de faire ressurgir des vieux souvenirs de l'époque où j'étais vraiment policier. Peut-être cela allait-il m'aider à retrouver l'harmonie avec l'idée de vivre alors que tant de mes amis ne sont plus là.

McGinnis reprit son verre, eut un geste qui ressemblait à demi à un toast pour accompagner ces paroles et but une gorgée, se hissa hors du fauteuil à bascule et franchit en traînant les pieds la porte menant à la partie habitation d'où il rapporta une tasse fumante.

Leaphorn trempa les lèvres dans le café. Le souvenir qu'il avait conservé de son goût de produit chimique se révéla exact. Il posa la tasse, regarda la poussière flotter en suspension dans un rayon de soleil qui pénétrait à l'oblique par la fenêtre, se remémorant ce qu'avait été cet endroit (et sa propre vie) quand il était un tout jeune policier de Tuba City qui apprenait son métier.

McGinnis avait repris place dans le fauteuil. Il posa sur son visiteur un regard austère.

– Le moment est venu de m'expliquer quel genre d'informations vous souhaitez obtenir de moi.

– Ça me paraît juste. Vous avez peut-être lu des choses sur un vol qui a eu lieu à Zuni, il y a quelque temps. On en a parlé dans les journaux. À la télé. À la radio.

– Un type qui a tué un de ces gérants de pièges à touristes, c'est bien ça ? Un de ces endroits où ils achètent toutes ces cochonneries fabriquées par des Indiens ? J'en ai entendu parler à la radio. Il a filé en emportant de l'argent et divers autres trucs.

– Exactement. Bon, ils ont maintenant un suspect en détention, à Gallup. Un Hopi qui a tenté de déposer un diamant au mont-de-piété et qui n'en demandait que vingt dollars. Le FBI est persuadé qu'il se l'est procuré au cours de ce vol. Mais il prétend qu'un homme le lui a donné il y a des années de ça, quelque part dans le Grand Canyon. Le nom de ce Hopi est Billy Tuve, et c'est un des cousins de Cowboy Dashee. Vous vous souvenez de Cowboy ?

McGinnis fit oui de la tête.

– Dashee affirme que Tuve n'est pas coupable. Le capitaine Pinto a vu la référence au diamant, dans les papiers d'assurance associés à votre cambriolage. Les diamants ne sont pas très fréquents par ici. Et donc je me suis demandé si vous sauriez quelque chose qui pourrait m'aider.

– Tiens, tiens. Voilà qui est intéressant. Ce Tuve, il prétend le tenir d'un homme qui se trouvait dans le fond du Grand Canyon, c'est ça ?

Il se hissa hors du fauteuil, s'éloigna dans l'allée du magasin en traînant les pieds, disparut à nouveau en franchissant le seuil donnant sur son logement.

Leaphorn resta assis à ruminer ses pensées. Il médita sur le coup de vieux qui avait affecté son interlocuteur. Sur le fait que McGinnis et son magasin donnaient l'impression de mourir ensemble. Il reprit son étude des particules de poussière qui voletaient à travers un rayon de lumière provenant du soleil de plus en plus bas.

McGinnis revint sur ses pas avec au bout de sa main droite une petite bourse qui devait être en peau de cervidé. Il reprit place sur son siège, se tourna vers Leaphorn.

– Je vais vous raconter une histoire. À vous de décider si elle peut vous être utile. Probablement pas.

L'ancien policier acquiesça de la tête.

– C'était il y a des années. En hiver, je me souviens. Un des hivers froids qu'on a eus. Beaucoup de neige. Un homme est entré, il m'a dit qu'il s'appelait Reno, il devait avoir dans les trente-cinq ans, il arrivait à cheval, tout emmitouflé. Il portait un feutre maintenu en place par un lambeau de couverture qui en rabattait les bords sur ses oreilles. Il m'a dit qu'il avait besoin de nourriture et qu'il voulait utiliser mon téléphone. Comme ma ligne était hors service, je lui ai dit qu'il en trouverait un au magasin de Bitter Springs, et que si ça ne marchait pas non plus, il faudrait qu'il aille jusqu'à Page. Il a pris des denrées sur l'étagère et je lui ai fait réchauffer une boîte de porc aux haricots. Après, il m'a dit qu'il n'avait pas d'argent mais qu'il me laissait son cheval et sa selle si je lui donnais davantage de nourriture et si je le conduisais à Page.

McGinnis gloussa à ce souvenir, trouva son verre Coca-Cola, se versa un filet de bourbon, y trempa les lèvres et secoua la tête.

– C'était une petite jument rouanne qui était sérieusement au bout du rouleau. Elle boitait de la jambe arrière. La selle était assez belle, c'est vrai. Je l'ai installée dans la grange avec du foin en me disant que cet échange n'allait rien me rapporter mais que si je ne prenais pas sa monture, je me retrouverais vraisemblablement avec le cow-boy sur les bras en plus. Je lui ai demandé d'où il venait. Et c'est là qu'on arrive à la partie bizarre de l'histoire. Il m'a raconté qu'il était descendu dans le Canyon avec une bande de hippies, qu'il avait perdu les autres et tenté de trouver un chemin pour en remonter. Et pendant qu'il essayait de suivre un canyon secondaire, il avait rencontré un vieil Indien. L'étroit défilé qu'il grimpait était un cul-de-sac, lui a dit le vieux bonhomme. Il lui a montré comment il pouvait rejoindre une piste que son cheval pourrait emprunter, et il lui a demandé s'il aurait un bon couteau ou une petite hache dont il serait prêt à se séparer. Reno m'a raconté qu'il lui a montré son couteau en lui disant qu'il était prêt à le lui céder pour dix dollars. L'Indien n'avait pas d'argent, mais il a proposé un échange.

Ayant prononcé ces paroles, McGinnis avala une petite gorgée de plus, prit la bourse en cuir sur ses cuisses et entreprit d'en dénouer la lanière.

Il leva les yeux de sa tâche.

– Vous en avez déjà vu, de ces trucs-là, hein ?

– On dirait la bourse * à medicine où il devait garder le pollen * pour les cérémonies, confirma Leaphorn. Ou mettre la farine de maïs * en prévision d'un rite * de bénédiction. Mais je ne reconnais pas le personnage qui est cousu sur le cuir. On dirait vaguement un arbitre de base-ball avec son plastron de protection. C'était quel genre d'Indien ? Hopi ? Havasupai ? Hualapai * ? Yuman * ? Ça pourrait même être un membre d'une des tribus apaches *. Ils ont tous des bourses à medicine.

– Ce cow-boy, Reno, il m'a dit qu'il n'y connaissait rien, en Indiens. Mais il m'a dit que ce vieux bonhomme parlait beaucoup de Masaw, je ne sais pas bien comment on prononce le nom de ce kachina *. En tout cas, les Hopis le connaissent, et je pense que certains des Yumans qui vivent au fond du Canyon le connaissent aussi. Pareil pour les Supais *. Il y en a qui l'appellent l'Homme Squelette. Ils disent que c'est le Gardien du Monde des Profondeurs, et l'esprit qui a accueilli les premiers Hopis au moment de l'émergence du monde des ténèbres dans lequel ils vivaient. C'est cet esprit qui leur a enseigné comment ils devaient effectuer leurs migrations religieuses et où ils devaient vivre quand ils les auraient achevées. Et le plus important en ce qui le concerne, pour les Hopis, c'est qu'il leur a appris à ne pas craindre la mort *.

McGinnis se tut, but encore un peu.

– J'ai la voix qui s'enroue, dit-il. Ça fait un sacré moment que je n'avais pas parlé autant. Mais bon, on raconte que cet esprit a autorisé un groupe d'anciens de la tribu hopi à regarder dans le monde inférieur et à voir où les gens qui sont morts vivent confortablement en prenant du bon temps.

Il se tut, examina le niveau du whisky dans son verre, demanda :

– Votre question, c'était quoi, déjà ?

– Qu'y avait-il dans la petite bourse ?

– Eh bien, ce n'était pas du pollen. Il n'y avait rien de sacré dans cette bourse à medicine-là.

Il en versa le contenu sur sa paume.

Une petite boîte métallique ronde apparut, abîmée et portant sur la tranche l'inscription *Truly Sweet* en lettres rouges. Du tabac à priser, pensa Leaphorn. On n'en trouvait plus beaucoup sur la réserve, aujourd'hui.

McGinnis dévissa le capuchon et en sortit une pierre claire, d'un blanc bleuté, qui avait la taille d'une bille mais pas la forme. Il la présenta entre le pouce et l'index, la fit tourner dans un rayon de soleil qui la traversa tel un éclair, projetant des éclats de lumière éblouissants.

– Quand on répand le pollen contenu dans une bourse, c'est une bénédiction que l'on dispense, en fait. C'est le symbole de la régénération de la vie. De tout ce qui est bon, sain et naturel. Mais si c'est cette petite cochonnerie qu'on en fait sortir, on obtient le symbole de la cupidité. La représentation de ce pour quoi les hommes sont capables de mentir, de voler et de tuer. Les femmes blanches aiment en porter pour montrer aux autres qu'elles sont riches *.

Il le tenait dans le rayon de soleil, admiratif.

– Il est beau, non ?

– Ah, fit Leaphorn avec un sourire. Monsieur McGinnis, vous commencez à parler comme un vénérable Navajo traditionaliste d'autrefois.

– Pas tout à fait. Mais souvenez-vous, quand votre Premier * Homme, votre esprit à vous, les Navajos... quand il parlait des charmes maléfiques qu'il avait dans sa bourse à medicine, il parlait de « la manière de devenir riche ». J'ai toujours été convaincu que c'était un point très important dont nous, les Blancs, nous n'avons pas tenu compte. Je veux dire, quand quelqu'un possède plus qu'il n'en a besoin et en entasse encore davantage alors que les gens qui l'entourent ont faim, c'est un très bon indice qu'il est en proie à cette maladie de la cupidité, et qu'il accumule ces richesses pour établir qu'il est supérieur à ses amis dans le domaine de la rapacité.

Sur ce, McGinnis eut un petit caquètement de vieillard et remit le diamant dans sa boîte en fer-blanc avant de ranger celle-ci dans la bourse en cuir.

– Quelqu'un a dit que l'argent est la racine de tous les maux, poursuivit-il. En ce qui me concerne, je n'ai jamais été assez prospère ici pour en avoir beaucoup.

– Et ce diamant ? Il semble que vous ayez eu l'intention de vous en servir pour ça.

McGinnis tendit le bras, laissa tomber la bourse dans la main de Leaphorn et changea de sujet.

– Jetez-y un nouveau coup d'œil. De près. Il est beau, c'est indéniable. Mais il n'y a pas de quoi risquer la prison.

Leaphorn sortit la boîte de tabac à priser, y préleva le diamant et laissa le soleil briller au travers. Il le fit pivoter, l'étudia.

– On dirait qu'il a été taillé de manière à s'intégrer dans un collier ou quelque chose comme ça. Un pendentif. Vous lui avez seulement donné quelques articles d'épicerie en échange, et vous avez eu son cheval en plus ? Je dirais que vous avez conclu un marché très avantageux. Ça donne l'impression que vous essayiez de mettre en application « la manière de devenir riche ».

McGinnis avait l'air sur la défensive.

– À vous entendre, c'est pire que ça n'était. Mon pick-up roulait toujours à l'époque. Je l'ai conduit à Page. Je pensais que c'était un faux, de toute façon. Reno aussi.

Leaphorn parut surpris.

– Oh ! C'est vrai ? Alors comment se fait-il que vous l'ayez estimé dix mille dollars quand le cambrioleur l'a emporté ?

McGinnis rit, dévisagea Leaphorn, leva les sourcils.

– Est-ce toujours une conversation amicale que nous avons là ? Ou est-ce que vous êtes redevenu flic ?

– Restons dans le cadre de l'amitié.

– Bon. Voilà. Je lui ai dit, à ce jeune cow-boy, que je n'étais pas né de la dernière pluie et que j'étais parfaitement au courant de ces histoires de diamants artificiels. Des zircons, je crois. Est-ce qu'il s'imaginait vraiment que j'allais le croire ? Il me donnait un authentique diamant contre un peu de nourriture et un trajet au milieu d'une tempête de neige ? Et il m'a répondu qu'à la vérité, il aurait été déçu si ça avait été le cas. Il m'a dit qu'il avait toujours pensé que c'était une pierre artificielle.

– Il a reconnu que c'était un faux, c'est ce que vous me dites ?

– Ouais, fit McGinnis en hochant la tête. Reno m'a dit que pour lui, le vieil Indien qui le lui avait donné était soit quelqu'un d'un peu dérangé, soit un fanatique religieux. Il s'est dit qu'il essayait peut-être de lancer une sorte de culte dédié à l'Homme Squelette, dans le fond du Canyon.

– Mais vous l'avez mentionné comme étant un diamant de valeur, sur votre déclaration de vol. Si je ne vous connaissais pas depuis si longtemps, cela aurait de quoi me surprendre.

– Eh bien, après le cambriolage, j'ai commencé à y réfléchir, et je me suis dit que je devenais peut-être trop cynique, dans ma vision des choses. Que c'était sans doute un authentique diamant.

Il scruta Leaphorn du regard, hocha la tête.

– Oui, ajouta-t-il. Une pierre authentique, et parfaite, en plus.

– Et le reste de l'histoire ? s'enquit Leaphorn. Vous l'avez retrouvé après avoir envoyé la demande d'indemnisation ? Ou alors le cambrioleur l'a vraiment volé avant de vous le rendre ?

– À vous de choisir. La compagnie d'assurance a sérieusement revu ma demande à la baisse, de toute façon.

– Et vous auriez une adresse, pour ce dénommé Reno ?

McGinnis rit.

– Je lui ai dit : « D'où vous venez, fiston ? » Et il m'a répondu : « De Reno. C'est pour ça qu'on m'appelle comme ça. »

Leaphorn étudia à nouveau le bijou.

– J'ai déjà vu des pierres zircon. Celle-là ressemble à un vrai diamant.

– Je crois que c'en est un. Ce cow-boy, s'il était cow-boy d'ailleurs, m'a dit : « Comment un vieil Indien qui vit dans le fond du Canyon pourrait s'en procurer un ? » Cette idée le faisait rire.

Il pointa le doigt sur la bourse et dit :

– Regardez-la bien, Joe. Je pense que c'est une sorte de lézard qui est cousu, là, sur le cuir. Mais je n'en ai jamais vu de semblable. Et cette sorte d'insecte à l'air méchant, de l'autre côté : vous pensez que ça a un rapport avec la religion de ce gars-là ?

– Je la montrerai à Louisa. Elle est dans le Canyon, en ce moment, elle y enregistre des récits appartenant à la tradition orale des Havasupais.

– Gardez-la, alors. Ça vous intéresse d'entendre l'histoire qu'il m'a racontée ?

– Je crois que c'est pour ça que je suis venu. Rappelez-vous, le cousin de Cowboy Dashee prétend que son diamant à lui, il le tient d'un vieux monsieur qui habite le Canyon.

– Je vous en ai déjà dit une partie.

– J'aimerais bien l'entendre à nouveau. Voir si vous la racontez de la même façon.

McGinnis hocha la tête.

– J'ai peut-être oublié quelque chose. Bon, ce Reno m'a dit qu'il pleuvait et tombait de la neige fondue, et lui il tenait son cheval par la bride en remontant un de ces étroits défilés que les eaux de ruissellement creusent dans les parois du Canyon, se disant qu'il pourrait peut-être le suivre jusqu'au sommet. Il progresse un petit moment, il dépasse l'embouchure d'un de ces petits lits de torrent à sec qui se jettent dans le Canyon, et il voit un vieil homme qui se tient là, à l'abri des intempéries. Mon cow-boy se roule une cigarette et il en roule une pour le vieux bonhomme qui lui demande s'il aurait un couteau ou une petite hache qu'il serait prêt à échanger contre quelque chose. Reno lui montre un gros couteau repliable qu'il rangeait dans un étui de ceinture. Le vieil Indien l'admire. Il va dans sa caverne et quand il en ressort, il tient une espèce de mallette sophistiquée. Le genre que pourrait avoir un vendeur ambulant, et il y a tout un tas de petites boîtes de tabac à priser à l'intérieur. Il en ouvre une et en sort une petite pierre précieuse qu'il tend comme s'il la proposait en échange. Reno dit non. Le vieil Indien lui en présente une plus grosse. À ce moment-là, à ce que m'a dit Reno, il décide que cette pierre pourrait valoir autant que son vieux couteau, et qu'elle plairait beaucoup à sa petite amie. Alors il accepte de procéder à l'échange.

McGinnis haussa les épaules, but une nouvelle gorgée.

– C'est tout ?

– Fin de l'histoire.

– Ce Reno a vu plusieurs diamants ?

McGinnis médita.

– Je suppose. En réalité, je pense qu'il a vu plusieurs petites boîtes. Il a eu une remarque sur la présence d'un bon nombre de ces boîtes de tabac à priser. Il m'a dit qu'à son avis, le vieil Indien s'en servait pour protéger ses diamants.

– Et d'où provenait la grande, la mallette sophistiquée ?

– Reno m'a dit qu'il avait posé la question. L'Indien ne parlait pas anglais mais il a eu des gestes pour représenter un avion, il a essayé de simuler un accident et une pluie d'objets. Suivis d'un grand feu.

Leaphorn réfléchit sous le regard du négociant.

– Monsieur McGinnis. Est-ce que vous habitiez ici en, voyons, en 1956, je crois me souvenir.

– J'attendais de savoir si vous êtes toujours aussi malin que dans le temps, fit McGinnis en riant. Vous avez passé l'examen avec succès. C'était l'été, au mois de juin, avant le début des pluies. À cette époque-là, c'était le plus grave accident jamais survenu dans l'aviation civile. Deux gros avions qui se sont percutés.

– Et c'est arrivé là, à peu près.

Leaphorn pointait le doigt en direction de la rive du Canyon de Marbre, invisible de l'endroit où ils se trouvaient, mais à peine distant d'une trentaine de kilomètres.

McGinnis fit une grimace.

– Dans mes affaires, j'ai un certain nombre d'articles dessus que j'ai découpés dans les journaux. C'était de l'histoire ancienne quand je me suis installé, mais les gens en parlaient encore. Deux des plus gros avions de ligne de leur temps qui étaient entrés en collision ; l'un des deux avait eu tout l'arrière sectionné dans le choc, l'autre avait perdu une aile, et tout avait été disloqué avant de tomber dans le canyon. Les corps de cent vingt-huit personnes qui dégringolaient sur les parois... L'événement le plus spectaculaire qui soit jamais survenu dans le coin.

– Sans oublier tous leurs bagages, précisa Leaphorn.

– Et vous pensez que dans le nombre pouvait parfaitement se trouver une mallette de voyageur de commerce en cuir avec des bijoux à l'intérieur.

– C'est exactement ce que je pense.

– Pour vous dire la vérité, la même idée m'est venue, à moi aussi. Et je ne me suis jamais imaginé qu'un représentant en diamants emporterait des zircons dans une mallette aussi protégée.

6

Presque tout le monde aimait Bernadette Manuelito. Depuis toujours. Ses camarades de l'équipe de basket à l'école de filles de Shiprock l'appréciaient. Elle était très populaire auprès des autres étudiants de botanique quand elle était assistante au laboratoire de biologie de l'université. Elle avait les faveurs des autres recrues du programme de formation de la Police tribale navajo ainsi que de ses collègues lors de son bref passage à la Police des Frontières des États-Unis. Demandez pourquoi à n'importe lequel ou laquelle d'entre eux et la réponse aurait été qu'elle était toujours gaie, enjouée, riante, d'une indéfectible bonne humeur.

Mais pas aujourd'hui.

Aujourd'hui, tandis qu'elle roulait vers l'ouest sur l'U.S. 64 en direction de Shiprock au volant de son vieux pick-up Toyota bleu, pour remplir un devoir de respect à l'égard de Hosteen Peshlakai, elle se sentait tout sauf joyeuse. Sa mère était pénible, elle ne cessait de lui poser des questions personnelles auxquelles il est difficile de répondre. Était-elle absolument sûre de Jim Chee ? N'avait-elle pas entendu dire que le clan du Dineh à la Parole Lente produisait des maris sur lesquels on ne pouvait pas compter ? Avait-il toujours l'intention de devenir medicine-man, chanteur * ? Ne devrait-elle pas s'occuper de se trouver un nouveau travail avant de se marier ? Comment cela se faisait-il qu'il ne soit encore que sergent ? Et ainsi de suite. Finalement, où allaient-ils habiter ? Bernie ne respectait-elle pas les traditions du Dineh ? C'était Chee qui allait, qui devrait du moins, entrer dans leur famille ; pas l'inverse. Il devait venir vivre avec elle. Leur avait-elle trouvé un logement ? Et les questions n'en finissaient pas. Une visite épuisante nerveusement qui s'était éternisée jusqu'à ce qu'elle accepte d'aller en discuter avec Hosteen Peshlakai qui, étant le frère aîné de sa mère, était le père de clan de Bernie. C'était une promesse qu'elle avait été heureuse de faire, et pas seulement pour mettre un terme aux interrogations maternelles. Elle admirait Peshlakai, elle l'aimait aussi. Un homme merveilleux.

La matinée elle aussi était merveilleuse en cette fin d'été, avec un immense château de cumulus aux nombreuses tourelles blanches qui se formait au-dessus des Monts Carrizo et un autre orage potentiel qui se préparait à la verticale des Chuskas. En temps normal, pareille beauté sublime et la promesse de la pluie bénie l'auraient incitée à fredonner gaiement un des nombreux airs qu'elle gardait en mémoire dans sa tête. Mais aujourd'hui, elles ne faisaient que lui rappeler l'aspect ravagé par la sécheresse des versants où paissaient les troupeaux de moutons du clan de la Maison Haute, le fait que les pluies estivales diluviennes étaient trop tardives pour améliorer grandement la situation et que même ces nuages apparemment prometteurs allaient probablement s'éloigner dans la mauvaise direction.

Elle pouvait tenir pour responsable de son humeur négative l'insistance des questions maternelles, mais ce fut le message lui signalant l'appel qu'elle avait raté sur son portable, quand elle revint à son véhicule, qui la fit réfléchir sérieusement, et douloureusement, aux interrogations qu'elle venait de subir.

C'était Jim Chee qui l'avait appelée. Le ton de sa voix était strictement officiel : le sergent Chee qui s'exprimait sans aucun accent de sentiment amoureux.

« Bernie, je ne vais pas pouvoir venir chez toi aujourd'hui. »

Puis suivait une explication succincte concernant le coup de main qu'il devait donner à Cowboy Dashee, lequel voulait venir en aide à son cousin, ce qui nécessitait une descente dans le Grand Canyon, vers l'endroit où était situé le Sanctuaire du Sel des Hopis où « il se pourrait qu'il soit obligé de passer un jour ou deux ».

Au moins, se dit-elle, il ne m'a pas appelée agent Manuelito. Mais il y avait assurément de la sagesse dans certaines des questions de sa mère. Est-ce que, comme elle l'avait soulevé, elle allait perpétuer son rôle de subalterne en épousant son sergent ? Peut-être les mères avaient-elles raison, pour ces choses-là. Bernie ne le croyait pas. Ce n'était probablement pas le cas. Elle aurait aimé que le message de Jim contienne au moins une note de regret. Ou d'intimité. Et pourquoi n'avait-il pas au minimum suggéré qu'elle pourrait souhaiter les accompagner ?

Peut-être ne se souvenait-il plus de son animation le jour où elle avait relaté combien elle avait été passionnée quand leur professeur de sciences naturelles avait emmené sa classe de sixième en excursion dans le Canyon. Il leur en avait exposé la géologie et la biologie, les différentes variétés de batraciens, etc., comment la chaleur renvoyée par la falaise orientée au sud permettait à différentes variétés de plantes de pousser, etc., une expérience passionnante et enrichissante. L'oubli de cette conversation pouvait expliquer dans une certaine mesure qu'il ne l'ait pas invitée à venir avec eux. Mais cela signifiait alors qu'il ne lui prêtait pas attention quand elle parlait. C'était tout aussi inexcusable. Voire pire.

À Shiprock, Bernie emprunta le vieux Highway 666 vers le sud en décidant que sa visite à Peshlakai pouvait attendre. Elle allait consacrer une minute à remonter la route qui longeait la San Juan afin de voir si la voiture de Chee était rangée à côté de sa maison mobile, près de la berge. Ce ne serait vraisemblablement pas le cas puisque c'était un jour de travail, mais s'il n'était pas chez lui, elle aurait l'occasion d'opérer une visite privée sur les lieux où il habitait.

Elle se gara à l'endroit où il rangeait d'ordinaire sa voiture, mit pied à terre, s'appuya à la portière et étudia les environs. La caravane avait le même aspect cabossé, crasseux et décrépit que dans son souvenir. Mais les vitres étaient propres, remarqua-t-elle, et elle en attribua le mérite à Jim puisqu'il en était l'unique occupant. Les essieux, où les roues seraient remises quand viendrait le moment de déplacer l'habitation, étaient enveloppés de bâches afin de les protéger contre la pluie, la rouille ou tout ce qui pouvait abîmer ce genre de mécanisme. La petite « trappe de visite » qu'il avait pratiquée dans le bas de la porte s'y trouvait toujours alors que la chatte n'était plus dans les parages depuis longtemps.

Ce petit panneau articulé raviva un souvenir lié à la façon dont fonctionnait l'esprit du sergent. La chatte, enceinte et abandonnée par un touriste, avait dû se réfugier dans l'un des arbres qui étendait son ombre sur la caravane. Chee l'avait secourue. Tout en refusant de l'adopter comme animal de compagnie (ce qui aurait violé la relation naturelle sacrée entre l'homme et le félin), il avait choisi un endroit destiné à la nourrir et à l'abreuver situé près de sa porte, lui offrant une chance de survie pendant qu'elle apprenait les lois de la campagne tout en respectant son droit d'être une chatte libre et indépendante et non une esclave de l'espèce humaine dont il était membre. Quand Chatte, ainsi qu'il l'avait nommée, avait échappé de justesse à une nouvelle attaque menée par un coyote, il avait pratiqué ce trou dans sa porte, fixé le panneau pivotant qu'il avait maintenu en position ouverte avec l'assiette de nourriture juste à l'intérieur afin que Chatte prenne l'habitude d'entrer pour manger, boire ou échapper aux coyotes. Mais cette disposition était demeurée de pure forme.

À trois mètres de la porte environ, en suivant la paroi en aluminium, une plaque métallique avait été ajoutée pour couvrir un trou. Une femme à l'esprit perturbé, prenant Chee pour un porteur-de-peau * qui l'avait ensorcelée, avait perforé la paroi en tirant à l'aide d'un fusil de chasse, juste au-dessus de la couchette où il dormait. Chatte, dont l'ouïe était attentive à détecter les coyotes qui rôdaient, avait entendu arriver l'intruse et s'était précipitée à l'intérieur par la trappe, réveillant Chee et, selon la façon qu'il avait de raconter l'épisode, lui sauvant la vie.

Au souvenir de cet acte d'héroïsme de Chatte, Bernadette Manuelito eut son premier sourire de la journée. Elle fit le tour de la maison mobile, grimpa à petits pas rapides les quatre marches qui menaient au patio de planches construit par Jim Chee sur le côté faisant face à la rivière, s'installa dans la chaise-longue et contempla la vue.

Le bruit de la San Juan qui coulait presque juste en dessous allait s'apaiser en automne jusqu'à n'être plus qu'un murmure. Dans le sud des Rocheuses, l'hiver n'avait pas été marqué par de grosses chutes de neige. La contribution apportée en amont par la rivière des Animas était donc minimale pour la saison. La San Juan elle-même continuait d'apporter son concours, dans sa partie inférieure, aux canaux de dérivation du Projet d'Irrigation Navajo. La San Juan, ici, mais hélas aussi sur toute cette portion de l'immense plateau du Colorado, était assoiffée et continuait d'attendre la mousson estivale déjà très tardive.

Mais bon, peut-être ces précipitations importantes allaient-elles survenir. Le bulletin météorologique de la veille au soir, à la télévision, avait laissé entendre que la grosse bulle de hautes pressions qui stagnait au-dessus du désert d'altitude se disloquait enfin. Bernie s'aperçut qu'elle recommençait à se détendre, que son optimisme naturel reprenait le dessus, repoussait les inquiétudes de sa mère quant à la propension de Jim Chee à conserver avec détermination le grade de sergent, qu'elle se souvenait de son sourire, de sa tendance à enfreindre les règles de l'homme blanc pour privilégier la gentillesse des Navajos, qu'elle se souvenait de son bras qui la serrait contre lui, de sa façon d'embrasser. Ah, se dit-elle, après tout, elle allait poursuivre sa route vers le Canyon du Coyote et le remonter jusqu'au hogan de Hosteen Peshlakai. Elle était pratiquement certaine qu'il lui dirait ce qu'elle espérait entendre : sa version navajo sage et pondérée de « l'amour triomphe de toutes les difficultés ».

Et les nuages s'amoncelaient à l'ouest. Ce qui générait toujours l'optimisme.

7

Joanna Craig était fermement décidée à ne pas laisser transparaître son irritation. C'était bien trop important. C'était la seule chose de sa vie qui avait vraiment de l'importance. De toute sa vie. Elle ne pouvait pas prendre le risque de se mettre à dos ce petit Indien à l'aspect peu docile qui, assis près de la fenêtre, scrutait le dos de sa main pour ne pas regarder sa visiteuse. Elle devait contenir son agacement. Et la colère qu'elle avait réprimée pendant presque toute sa vie. Elle y était toujours parvenue à ce jour. Ce n'était pas maintenant qu'elle allait flancher.

Néanmoins, toute l'ironie de la situation était que l'entreprise entière semblait vouée à un échec inévitable. Cela tenait aussi à cette pièce. À sa décoration destinée à une autre génération. Comme si elle avait été conçue pour la ramener à l'époque où son père avait trouvé la mort, pour la faire penser à ce jour-là. Non que le souvenir soit jamais absent de ses pensées, de même que tout ce qu'elle avait lu dans l'épaisse liasse de coupures de presse qu'elle avait découverte dans le placard, après le décès de sa mère. La tristesse des articles, l'horreur des photos d'actualité montrant les épaves des deux avions, lui donnaient l'impression qu'elle en avait été témoin oculaire. Les représentations créées par son imagination avaient maintenant acquis une réalité intrinsèque. Son père occupait un siège en première classe, il avait hâte de retrouver sa mère, il l'aimait, il pensait à leur lune de miel, il regardait en contrebas le gigantesque paysage coloré des falaises du Canyon et, à ce moment-là, il voyait cet autre avion de ligne qui sortait d'un nuage, elle se le représentait conscient qu'une seconde seulement le séparait d'une mort atroce. Arrivée à ce point, elle avait toujours fui devant cette pensée pour envisager comment la vie aurait pu être. Aurait dû être.

Billy Tuve continuait d'étudier le dos de sa main, sans témoigner aucun intérêt pour ce qu'elle venait de dire à propos de la richesse que ces diamants pourraient lui apporter. La richesse semblait être quelque chose qui ne le motivait pas. Il voulait parler de sa mère qui était en proie à l'inquiétude, dire que c'était vraiment bien que son cousin, qui était adjoint du shérif, fasse ce qu'il pouvait pour l'aider.

– Monsieur Tuve, reprit Joanna. Je crois que je ne vous ai pas vraiment expliqué pourquoi je suis venue ici déposer la somme qui vous a permis de sortir de prison. Je vous ai seulement laissé entendre que j'agissais de la sorte parce que je savais que vous n'aviez pas tué cet homme pour lui voler son diamant. Uniquement parce que je voulais que vous soyez traité avec équité. Je comprends très bien ce qui peut vous empêcher de le croire, et je ne pense pas que vous l'ayez cru.

Il leva les yeux, eut un vague sourire.

– Non, reconnut-il. J'ai rencontré un certain nombre de gens qui étaient des Blancs. Ils veulent toujours obtenir quelque chose.

– Par conséquent, vous savez que j'ai une raison pour agir ainsi. Je veux vous expliquer de quoi il s'agit et vous demander si vous pouvez m'aider.

Tuve la dévisagea, hocha la tête.

Maintenant elle avait éveillé son intérêt. Tout au moins sa curiosité.

– Le diamant qui vous a été donné par l'homme du Canyon, ce diamant que l'on vous accuse d'avoir volé au commerçant, avant, il appartenait à mon père. Il s'appelait John Clarke. Maman l'appelait Johnnie, et il était à bord d'un des avions qui sont entrés en collision au-dessus du Canyon il y a un grand nombre d'années de cela. Avant que nous soyons nés, vous comme moi. C'était ça, le métier de John. Les diamants. Il en rapportait une pleine mallette à New York et l'un d'eux était pour ma mère. Ils devaient se marier dès son retour. Le diamant allait être son cadeau.

Tuve réfléchit à ces informations.

– Oh ? fit-il.

– Mais il a été tué dans l'accident, reprit Joanna. Elle ne l'a jamais eu.

Tuve la regarda en réfléchissant à ce qu'elle venait de dire. Hocha la tête avec cette expression indiquant qu'il avait compris.

– Bon, compléta Joanna. Ils avaient eu des rapports quand ils s'étaient fiancés. Elle était déjà enceinte.

Tuve eut un haussement d'épaules.

– Ils avaient prévu une grande cérémonie de mariage. La robe était prête. Les invitations envoyées. Beaucoup de...

Elle se tut, tenta de s'imaginer à quoi pouvait ressembler un mariage hopi, sachant qu'elle n'en avait pas la moindre idée.

– Mais après la mort de mon père, sa famille n'a pas voulu entendre parler d'elle. Ni de moi non plus d'ailleurs.

Elle s'interrompit. En quoi la moindre partie de ce qu'elle lui disait pouvait-elle toucher son interlocuteur ? Pourtant, ça semblait être le cas. Il semblait impatient d'en apprendre davantage. Il avait le visage un peu asymétrique, comme si du côté droit sa pommette avait été enfoncée, ou quelque chose d'approchant. Cela rendait ses traits un peu difficiles à déchiffrer, mais pour l'instant ils paraissaient exprimer de la compassion. Il secoua à nouveau la tête.

– Même pas vos grands-parents, dit-il. C'est vraiment moche.

– Ils habitaient loin.

Et tout à coup elle s'aperçut qu'elle avait très, très envie de tout raconter à ce petit homme au physique ingrat. De toute évidence, il était mentalement handicapé. Mais il avait souffert, lui aussi. C'était une chose qu'il pouvait comprendre.

– Oui, disait-il. Mon grand-père m'a appris plein de choses. Mon grand-père m'a appris à monter à cheval, il m'a appris à chasser les lapins. Quand j'étais à l'hôpital, ils venaient me voir tous les deux. Et ils m'apportaient toujours des choses.

Et donc Joanna poursuivit son récit. Elle raconta comment, quand elle avait atteint la puberté, sa mère lui avait tout raconté, son histoire d'amour, les plans de mariage, comment elle s'était rendue à l'immense maison familiale de son amoureux après sa mort et avait su aussitôt qu'elle n'y était pas la bienvenue. Avec quelle froideur ils l'avaient reçue... surtout son père. Comment elle était repartie sans que personne lui dise au revoir.

– Personne ne lui a jamais dit au revoir ? demanda Tuve chez qui cela semblait déclencher un souvenir.

Joanna avait commandé des repas au service en chambre de l'hôtel. Elle parla sans discontinuer pendant qu'ils attendaient la nourriture, raconta comment elle était devenue infirmière, parla de la mort du professeur de technologie beaucoup plus âgé qu'elle avait épousé, de la façon dont, après l'avoir accompagné à sa dernière demeure, elle était venue dans le Grand Canyon voir si elle pouvait trouver la tombe de son père.

– Je suis allée au cimetière où on a élevé un monument à leur mémoire, à l'université d'Arizona Nord, mais c'était pour ceux qui avaient été tués dans un des appareils... Il y avait une grosse stèle en granite avec tous les noms gravés dessus, mais mon père se trouvait dans l'autre avion et son nom n'y figurait pas. Alors je suis allée au Grand Canyon, au Centre des Services du Parc national. Ils ont les noms des victimes de son avion sur le mémorial de pierre, là où ils ont enterré les fragments des corps qu'ils n'ont pas réussi à identifier. Un vieux monsieur qui y était m'a appris que l'avion de mon père avait foncé tout droit dans la paroi du Canyon contre laquelle il s'était plus ou moins pulvérisé avant de prendre feu, mais certains des corps avaient été éjectés, complètement déchiquetés. Je lui ai dit que mon père ramenait une mallette remplie de diamants pour le compte de sa compagnie new-yorkaise, qu'il avait dit à ma mère que le plus beau de tous décorerait sa bague de mariage et que la mallette contenant tous ces bijoux était menottée à son poignet afin que personne ne puisse la voler.

Sur ces mots, Joanna marqua une pause, elle essuya une larme avec le dos de sa main. C'était l'endroit idéal où verser des pleurs pour émouvoir Tuve, mais elle ne l'avait pas fait intentionnellement. Les larmes étaient apparues de manière spontanée. Depuis son enfance, elle ressentait de l'adoration pour cet homme qu'elle était condamnée à ne jamais voir. Et elle pleurait sur son sort. À moins que ce ne fût sur ce dont son décès l'avait privée.

– Désolée, dit-elle. Bon, cet homme m'a raconté que beaucoup des corps étaient en charpie, ou carbonisés, et qu'on les avait simplement ensevelis dans des fosses communes. Et il m'a raconté qu'un des habitants du Grand Canyon affirmait avoir vu un bras, pris au milieu d'un tas de débris, en aval d'un des rapides, qui avait une sorte de mallette attachée par une menotte, mais avant qu'il puisse être récupéré, le courant l'avait emporté.

Elle s'interrompit à nouveau, étudia Tuve. Son visage était inexpressif.

– Vous voyez où je veux en venir ?

Il garda un moment le silence.

– Non, dit-il alors.

– L'homme qui vous a donné le diamant a dû trouver ce bras et la mallette qui y était attachée.

– Ouais, fit Tuve avec un sourire. Vous voulez que je vous aide à trouver cet homme pour que vous puissiez trouver les diamants. Ceux qui vous rendraient riche.

– Je veux trouver cet homme pour pouvoir trouver le bras, corrigea-t-elle. Je veux le rendre à mon père. L'enterrer là où il est inhumé, au mémorial des victimes de l'accident. Mais si nous trouvons le bras, nous trouverons aussi les diamants, et cela prouvera que vous avez dit la vérité à la police et que vous n'avez pas volé le vôtre.

Ces paroles provoquèrent un nouveau silence songeur.

– Oui, dit-il. Mais pour ce que vous m'avez dit, à propos de ce bras que vous voulez enterrer. Vous croyez que ça fera une différence ?

– Je fais des rêves, là-dessus. Je ne vois pas mon père, dedans. Je ne l'ai jamais vu. Mais je l'entends. Et il se lamente de la perte de son bras. Il en implore le retour pour qu'il arrête de le faire souffrir. Pour que la douleur s'en aille. Pour qu'il puisse reposer en paix.

Tuve réfléchit.

– Vous rêvez souvent de ça ?

– Tout le temps.

– Oui. Parfois j'ai peur de m'endormir. Les rêves me terrifient.

– Je sais. Une fois, je me suis réveillée, j'étais frigorifiée et je tremblais. Dans mon rêve, je dormais sous un pont et je ne trouvais plus mon sac à main, je n'avais nulle part où aller pour me laver ou pour me réchauffer.

Elle se tourna vers Tuve.

Il semblait fasciné.

– Et j'étais environnée par des rats, compléta-t-elle.

– Parfois, c'est affreux. Une fois, j'ai rêvé que j'étais sous le cheval et que je ne pouvais pas me dégager, et ma tête, ben, elle était presque aplatie, comme une assiette. Mes yeux étaient sortis des orbites et je ne savais pas où les mettre.

Joanna frissonna en entendant ces mots.

– C'est pire que tous les rêves dont je peux me souvenir. Je crois que vous comprenez pourquoi je pense que vous et moi, nous devrions nous aider.

Quelqu'un frappait à la porte. Le service en chambre, conclut-elle. Elle regarda Tuve.

– Je les fais entrer ?

– Ce n'est pas grave, dit-il. Je comprends.

8

L'orage qui s'était progressivement rapproché de Gallup en venant du sud-ouest lança un éclair fulgurant au moment précis où Cowboy Dashee, adjoint du shérif du Comté Navajo, et Jim Chee, de la Police tribale navajo, descendaient de la voiture de ce dernier sur le parking. Deux secondes plus tard retentit un violent coup de tonnerre suivi de l'odeur d'ozone caractéristique générée par les charges électriques contenues dans l'air, puis d'une bourrasque de vent qui souleva la poussière, rendit la porte de la prison difficile à ouvrir et propulsa le chapeau de Chee dans la pièce avant lui.

– Ça alors, fit la femme assise derrière le bureau. Regardez un peu ce que le vent nous apporte. Et moi qui espérais qu'on finirait par avoir de la pluie.

– Elle arrive, la rassura Dashee. C'est aujourd'hui que les Zunis organisent leur rodéo. Ils ont tenu leur danse de la pluie hier soir.

Chee récupéra son couvre-chef.

– Bonjour, madame Sosi, dit-il.

Elle riait.

– J'ai posé la question à l'un d'entre eux, l'an dernier, quand ils ont été noyés sous les eaux une fois de plus. Je lui ai suggéré d'organiser la danse après le rodéo. Il m'a répondu que les annulations pour cause de pluie permettaient aux cow-boys de ne rien se casser. Que ça permettait de réduire les frais médicaux. Et vous deux alors, vous êtes juste entrés pour vous abriter du mauvais temps ?

– Je veux parler à un de vos pensionnaires, répondit Dashee. Billy Tuve. C'est mon cousin.

– Tuve... ? fit Sosi en fronçant les sourcils.

Elle consulta le registre posé sur le bureau devant elle.

– ... M. Tuve est très demandé aujourd'hui. Mais vous arrivez trop tard. Il a été libéré il y a une heure contre le versement de sa caution.

– Hein ? Sa caution n'avait pas été fixée à cinquante mille dollars ? Elle a été baissée ? Tuve n'aurait jamais pu trouver, dans ce qui lui appartient, de quoi atteindre ce chiffre-là. Et je vous garantis qu'il n'avait pas les cinq mille dollars qu'exige la compagnie qui avance les cautions.

Mme Sosi regarda ses archives puis leva les yeux avec une expression qui trahissait l'incrédulité et la stupéfaction.

– Et la somme a été déposée en liquide, précisa-t-elle.

– En liquide ? Cinquante mille dollars en liquide ?

– C'était tout comme. Un chèque de banque certifié et garanti. Émis par la Bank of America.

La réaction de Dashee fut de ne plus pouvoir articuler une parole.

– Qui l'a versée ? intervint Chee.

– Une femme. Dans les quarante-cinq ans, je dirais. Jolie. Je ne l'avais jamais vue.

Elle se reporta une nouvelle fois à son registre.

– Ms Joanna Craig. Ça vous dit quelque chose ?

– Pas à moi, répondit Dashee.

– Ce n'était pas quelqu'un d'ici ? D'où était-elle ?

– Euh, elle s'est servie d'un compte en banque new-yorkais. Elle a dit qu'elle représentait M. Tuve et je pense qu'elle était peut-être accompagnée d'un avocat.

Dashee avait l'air complètement déconcerté.

– Et Tuve la connaissait ? s'enquit Chee.

– Il a paru aussi surpris que vous. Mais il n'a pas hésité une seconde à partir avec elle. Il est monté dans la voiture qu'elle conduisait.

– Quel type de voiture ? insista Chee. Pour quelle destination ?

– Elle a dit qu'elle logeait à l'hôtel El Rancho. La voiture ? Pour moi c'est une des conduites intérieures Ford qu'Avis loue à l'aéroport.

– Je n'y crois pas, dit Dashee. Je crois qu'on ferait bien de partir à sa recherche.

Chee le retint en levant la main.

– Cet avocat qui était avec elle. Il est parti dans la même voiture qu'eux ?

– Non, il n'y avait qu'elle et Tuve. L'homme, je ne sais pas si c'était un avocat. Il est venu avant. Un personnage massif, il m'a dit qu'il représentait la famille de Tuve, mais ce qu'il y a de certain, c'est qu'il n'était pas hopi. Il m'a simplement dit qu'il voulait s'entretenir avec lui pour voir comment réunir la somme correspondant à sa caution. L'adjoint l'a accompagné à l'intérieur un moment puis le type est rapidement ressorti, il a dit merci et il est parti. Je ne l'ai pas revu depuis.

– Mais il était avec la femme ?

Elle fit non de la tête et rit.

– On ne voit pas tant de gens que ça, ici, qui ne sont pas de la ville, alors c'est moi qui les ai en quelque sorte associés. Deux personnes dont l'intention était de faire libérer Tuve. Mais je ne sais pas. Maintenant, j'en douterais plutôt. Il est parti avant qu'elle arrive. À aucun moment je ne les ai vus ensemble.

– On y va, pressa Dashee. Allez. On va lui parler, à Tuve. Voir ce que c'est que cette histoire.

Le trajet dans Railroad Avenue pour arriver au El Rancho s'effectua en soulevant des gerbes de pluie et sous d'irrégulières rafales de grêlons qui avaient la taille de pop-corns.

– Jim, qu'est-ce que tu en penses ? Dans quelle situation il est allé se mettre, cet abruti ? Je ne vois vraiment pas ce qu'il pourrait faire qui puisse justifier un tel investissement de la part de quiconque.

– Tu penses qu'il a peut-être abattu ce gérant de magasin, finalement ?

Mais Chee répondit lui-même à sa question en accompagnant ses mots d'un signe de tête négatif.

– Non. Ça ne collerait pas avec le reste. Ça ne justifierait pas que quelqu'un fasse le voyage de New York pour racheter sa liberté à un tel prix.

Il secoua la tête, réfléchit, dit :

– Je me demandais qui pourrait être cet homme dont elle nous a parlé. Tu as des idées, là-dessus ?

– Non. Et Billy n'a tiré sur personne. C'était un gentil gosse. Pas le plus intelligent du lot, après son accident à la tête. Mais il n'a jamais cessé d'être gentil. Il aimait participer au rodéo pour enfants. Il attrapait les veaux au lasso. Et un jour son cheval lui est tombé dessus alors qu'il devait avoir dans les douze ans. Il lui a roulé sur la tête. Fracture du crâne. Coma prolongé. La totale. Et quand il est enfin sorti de l'hôpital, il n'était plus tout à fait normal. La vérité, c'est qu'il était déjà plus ou moins attardé avant. Mais ça a toujours été un garçon gentil.

– Ça n'a pas modifié sa personnalité ?

– Ça l'aurait même rendu encore plus gentil. Il rendait des services à tout le monde. S'assurait que ses voisins avaient toujours du bois à brûler d'avance. Il ne dérangeait personne, même quand il buvait. Et ça ne m'étonnerait pas qu'il ait arrêté.

– Tu te souviens de ce dont on devait aller lui parler ensemble ? De ce bijou de grande valeur. Je pense que tout ça ne doit pas être étranger à ce fichu diamant.

– Probablement, reconnut Dashee avec un petit rire dur. Et Tuve m'a dit que ce truc était un faux. Il m'a dit que tout le monde le croyait bête, mais qu'il n'était pas assez stupide pour croire que c'était une vraie pierre.

L'hôtel El Rancho avait été construit à la glorieuse époque, depuis longtemps révolue, des studios de cinéma hollywoodiens. L'un des grands noms de l'industrie l'avait financé pour y loger les stars et les équipes de production tournant les films de cow-boys et d'Indiens qui remplissaient les salles dans les années 1930 et 1940. En dépit d'une certaine remise à neuf, son patrimoine restait clairement affiché. Les murs étaient encore décorés de photos publicitaires dédicacées datant de la génération Hoot Gibson – Roy Rogers et il y régnait une atmosphère empreinte d'une poussiéreuse grandeur.

– Oui, répondit l'employé de la réception à Dashee. Une Ms Joanna Craig. Elle est dans la chambre 101. Nous l'appelons la suite Clark Gable. Voulez-vous que je la prévienne de votre arrivée ?

– S'il vous plaît.

– Non, attendez, intervint Chee qui se tourna vers son ami. Tu sais à quel point Joanna adore les surprises. C'est quoi, déjà, le numéro de sa suite ? On va juste monter frapper à sa porte.

Ils s'engagèrent dans l'escalier.

– Qu'est-ce que c'était que cette histoire ? demanda Dashee qui avait l'air de ne rien comprendre.

– Pur cynisme de ma part. Je me suis dit qu'on allait lui faire la surprise. Qui c'est, cette femme, après tout ?

La suite se trouvait au premier et donnait sur le couloir qui dominait le hall d'entrée. Derrière la porte ils perçurent un bruit diffus de conversation. Chee frappa. Attendit. La porte s'ouvrit. Une petite femme aux cheveux blonds, vêtue d'un ensemble bleu foncé de bonne coupe, posa sur lui un regard sévère qu'elle reporta ensuite sur Dashee, un peu en retrait.

– J'ai cru que c'était le service en chambre, dit-elle. Qui êtes-vous ?

– Moi, je présume que vous êtes Joanna Craig, fit Chee en tendant la main vers sa poche.

– Vous êtes policier, dit-elle.

– Je suis le sergent Jim Chee, énonça-t-il en présentant l'étui avec sa plaque.

– Et moi, je suis le cousin de M. Tuve, dit Cowboy.

Il fit signe au jeune homme qui était avachi dans un fauteuil près de la fenêtre, et lança :

– Ça fait plaisir de te voir, Billy. Comment tu vas ?

En le voyant, son cousin lui rendit son geste avec un sourire heureux.

– Je vous demanderais bien d'entrer, dit Joanna, mais M. Tuve et moi-même sommes en pleine conversation. Une conversation de travail.

– Nous aussi, nous sommes ici pour le travail, répondit Chee. Notre travail de policiers.

– Je ne comprends pas, fit-elle d'un air plus austère encore. Je suis la représentante légale de M. Tuve. Et il a été remis en liberté sous caution. Libre comme l'air jusqu'à ce qu'il soit appelé à témoigner ou que cette ridicule accusation soit abandonnée.

– Moi, je ne suis pas venu pour raison professionnelle, intervint Dashee. Je suis là pour raison familiale. La mère de Billy Tuve et la mienne sont sœurs. Nous sommes de la même famille. Cousins. Il faut que je parle à mon cousin Billy.

– Salut, Cowboy, dit celui-ci. T'as bonne mine. C'est Mama qui t'envoie ?

Ms Craig réfléchit à la situation. Elle regarda Chee.

– Se pourrait-il que nous ayons un intérêt commun ? Je veux innocenter M. Tuve de cette accusation de vol assorti d'un homicide. Vous aussi ?

– Oui, précisément, confirma Chee.

Elle regardait derrière lui, maintenant, la table à roulettes du service en chambre qui arrivait. Elle s'écarta, fit signe à l'employé d'entrer dans la suite, engloba Chee et Dashee dans son geste.

– Vous voulez vous joindre à nous ? Prendre une tasse de thé, de café ou autre chose ? Il suffit de lui demander, il nous le montera.

– Non, merci, dit Chee. Nous souhaiterions simplement interroger M. Tuve sur plusieurs points de détail.

– Je vous en prie. M. Tuve et moi allons manger, mais cela ne vous empêche pas de poser vos questions.

Chee et Dashee se consultèrent du regard. Le Hopi haussa les épaules.

– Le problème, c'est que ce dont nous souhaitons discuter avec M. Tuve concerne la police. C'est confidentiel.

– Confidentiel, répéta-t-elle en souriant. Bien sûr. Personne ne l'entendra en dehors de nous quatre. Vous deux, M. Tuve et...

Elle pointa à plusieurs reprises son index sur son chemisier.

– ... moi-même. Sa conseillère juridique.

Chee, qui semblait sceptique, jeta un regard en direction de Tuve. Il avait un physique d'athlète, estima-t-il, râblé comme nombre de Hopis, avec des muscles en acier, bâti comme un lutteur.

– Monsieur Tuve. Avez-vous engagé Ms Craig pour assurer votre défense ?

Le cousin de Dashee sembla perdu.

– Je ne crois pas. Je n'ai pas d'argent.

– Ma présence est associée aux intérêts d'une fondation publique à vocation caritative bénéficiant d'une exonération fiscale, dit Craig dont le visage s'était légèrement empourpré. Ce que je veux, c'est protéger M. Tuve de poursuites injustifiées.

Elle se tourna vers lui.

– Monsieur Tuve, est-ce que vous désirez parler à ces messieurs ?

Il haussa les épaules.

– Bien sûr. Pourquoi pas ? T'as bonne mine, Cowboy. Comment t'as su, pour mes ennuis ? Je parie que c'est ma mère qui t'a envoyé me chercher.

Chee soupira, avouant sa défaite.

– C'est bon, dit-il. Ms Craig, je vous présente l'adjoint Dashee, du bureau du shérif du comté Navajo.

Elle ne pouvait savoir que ce comté se trouvait de l'autre côté de la frontière, en Arizona, et qu'il n'avait donc aucune autorité à intervenir ici.

– Vous devez savoir, poursuivit-il, que les seuls éléments de preuves matérielles dont dispose l'État pour établir un lien entre M. Tuve et le vol avec homicide commis à Zuni est un diamant qu'il a tenté de gager. Nous espérons trouver des preuves concrètes établissant que M. Tuve s'est procuré ce diamant exactement comme il l'affirme. Pour le vérifier, nous avons besoin de précisions supplémentaires de sa part, relatives aux circonstances.

Craig soupesa ces paroles. Hocha la tête.

– Prenez un siège, dit-elle. Ou installez-vous avec nous à la table.

Elle libéra une chaise en prenant son sac à main et en le posant sur une étagère du placard. C'était un gros sac en cuir à la mode et, aux yeux de Chee, il parut remarquablement lourd, même compte tenu de sa taille.

La suite Clark Gable offrait un grand choix de sièges confortables : un canapé luxueusement recouvert, trois fauteuils moelleux, une ottomane et quatre chaises de salle à manger normales disposées autour de la table. Les fenêtres proposaient une vue sur les voies de la ligne ferroviaire principale, au nord et à l'est, où défilaient actuellement en direction de la Californie une succession apparemment sans fin de wagons de marchandises tandis que la circulation roulait parallèlement sur l'Interstate 40, et au-delà sur les fantastiques falaises rouges qui avaient attiré Hollywood en ce lieu pour y produire les westerns si fréquents au milieu du siècle. Par-delà une double porte, Chee apercevait la superbe chambre de l'appartement.

Il sélectionna un des fauteuils et s'y assit. Dashee, qui arborait une expression du genre « si ça les amuse », adopta le canapé.

– Nous allons donc poser quelques questions à M. Tuve, reprit le policier navajo. Et il semble que nous partagions un intérêt commun pour ses réponses. Mais d'abord, nous aimerions savoir quel intérêt l'organisme que vous représentez peut avoir à investir cinquante mille dollars dans cette affaire.

Joanna Craig médita un moment en l'étudiant.

– De quel organisme parlez-vous ? demanda-t-elle.

– Celui que vous venez de mentionner, qui vous a envoyée ici pour protéger M. Tuve. Celui qui vous a remis le chèque pour payer le montant de la caution et le faire sortir de prison.

– Ce renseignement est confidentiel.

– Le chèque que vous avez déposé pour payer la caution a été tiré sur un compte de la Bank of America. Votre nom figurait dessus.

Joanna Craig soupira, haussa les épaules, confirma d'un signe de tête.

– Pourquoi vos employeurs vous ont-ils envoyée ici ? insista Chee. Pourquoi investissent-ils cinquante mille dollars dans M. Tuve ?

– Il faudra que vous leur posiez directement la question, fit-elle avant de lui adresser un sourire.

– Je n'y manquerai pas. Donnez-moi le nom et l'adresse.

Elle réfléchit un moment, secoua la tête.

– Je le ferais bien, mais ils vous répondraient seulement que cela ne vous regarde absolument pas. Ce serait vous faire perdre votre temps.

Durant un moment, la pièce fut silencieuse. Par les fenêtres leur parvenaient les échos décroissants du tonnerre, déjà faible et lointain, le vacarme associé des camions qui passaient sur l'Interstate 40 et le bruit plus proche des véhicules dans Railroad Avenue. À l'intérieur de la pièce ne s'entendaient que le petit rire de Cowboy Dashee et le cliquetis de la cuiller tandis que Tuve remuait son sucre dans son café.

– Bon, dans ce cas je crois que nous aurions aussi vite fait de passer tout de suite aux choses sérieuses. Monsieur Tuve, vous voulez bien nous dire comment ce diamant est arrivé en votre possession ?

– Comme je l'ai déjà dit au shérif et à l'agent du FBI, c'est un vieux monsieur qui me l'a donné. Il n'avait pas l'air d'un Hopi. Vraiment vieux. Avec de longs cheveux blancs, beaucoup. Il avait l'air d'un Indien, quand même, mais peut-être pas. Un Havasupai, peut-être. Ils vivent en bas, dans le fond du Canyon, de l'autre côté du fleuve, mais ils ne devraient pas se trouver à proximité de notre Sanctuaire du Sel. Il n'y a que les membres du Clan de l'Ours * qui y sont autorisés.

Billy Tuve but une gorgée de café tandis qu'à cette pensée la fureur s'emparait de son regard.

– Revenons un peu en arrière, alors. Commencez par nous dire ce que vous faisiez dans le Canyon, à l'endroit où vous avez dit que ça s'est passé, et continuez à partir de là.

– Il y a des choses que je ne peux pas vous dire. Ça concerne la kiva *. C'est un secret.

– Dans ce cas, quand vous en arriverez à la partie qui doit rester secrète, parlez-en uniquement à Dashee. En langue hopi. Comme ça, ça restera confidentiel.

– Nous appartenons tous les deux au Clan de l'Ours, mais nous n'avons pas été initiés dans la même kiva. Il y a des choses que je ne pourrai pas lui dire à lui non plus.

– Hé bien, dans ce cas, faites ce que votre conscience vous commande de faire.

Joanna Craig fronça les sourcils.

Tuve eut un signe de tête affirmatif et commença son récit, à la manière des Hopis, en commençant par le tout début.

Chee s'enfonça dans son fauteuil, adoptant une position confortable et relaxante afin de se préparer pour une longue, très longue séance. Il écouterait attentivement une fois que Tuve en aurait terminé avec le préambule religieux et aborderait le moment où il avait reçu le diamant. En attendant, il allait se demander si Craig était véritablement juriste. N'importe qui avait pu payer la caution de Tuve. Il allait s'interroger sur ce qu'elle fabriquait ici. Si l'occasion lui en était offerte, il essaierait de découvrir ce qui donnait l'impression que son sac à main était aussi lourd, même compte tenu de sa taille. Un magnétophone ? Un pistolet ? En attendant, il allait profiter du moment présent. Il orienta ses pensées vers Bernadette Manuelito. Des pensées de bonheur, de grand bonheur. Vers la façon dont ils allaient réorganiser son habitation, au bord de la San Juan, tous les deux. Il faudrait qu'ils installent un grand lit. Une petite couchette repliable ne convient plus quand on forme un couple marié. Il faudrait rajouter des rideaux aux fenêtres. Ce genre de choses.

Tuve relatait qu'il avait dû se rendre à une réunion dans la kiva de la société religieuse hopi à laquelle il appartenait. Son entrée dans une fraternité ancienne que les non-Hopis nomment la Société de l'Arc, ce qui ne correspond pas à son véritable nom, devait y être envisagée. Quoi qu'il en soit, il devait participer à une initiation. Ce qui avait impliqué un pélerinage effectué par des membres potentiels venus de leur village, sur Deuxième Mesa *, jusqu'à la rive sud du Grand Canyon. De là ils avaient procédé à la périlleuse descente à flanc de falaise, une descente de plus de douze cents mètres, vers l'endroit, au fond, où le Petit Colorado se jette dans le Colorado. Mais d'abord, Billy Tuve devait expliciter la coutume de l'aigle cérémoniel, raconter à Ms Craig comment il était pris dans un des nids dont sa société était gardienne, comment un shaman l'apportait, des prières étaient dites, les plantes appropriées fumées. Puis l'aigle était étouffé, plumé, son corps saupoudré de farine de maïs sacrée et, selon les propres termes de Tuve, il était « renvoyé auprès des siens pour associer les esprits de son peuple à nos prières afin de l'aider à nous guider sains et saufs dans notre voyage ».

Chee laissa son attention se relâcher et son regard quitter le visage de Ms Craig pour se porter sur la fenêtre derrière elle.

L'orage était parti vers l'est et les falaises rouges qui dressaient leurs parois au nord de Gallup étaient striées de soleil et d'ombre, leur couleur allant du grenat très foncé, aux endroits où la pluie les avait détrempées, au rose pâle là où elle n'était pas tombée, donnant naissance à une douzaine de nuances entre ces extrêmes. Et à la verticale s'amoncelait une nouvelle immense structure blanche d'où le vent d'ouest chassait une brume de pluie, lui conférant la forme d'une enclume en son sommet et engendrant un fin rideau de cristaux de glace sur fond de ciel bleu foncé. D'autres régions de la Nation Navajo allaient bénéficier de la pluie.

Chee se remémora un chant qu'une petite amie zuni lui avait appris. C'était un fragment d'une des prières de la confrérie religieuse A'shiwannis de sa tribu :

Envoie tes montagnes de nuages vivre avec nous,
Étends tes mains humides de brouillard de pluie.
Partageons une étreinte mutuelle.

Cela s'était passé avant que Chee ne rencontre Bernadette Manuelito et ne tombe amoureux au point que désormais même les nuages de pluie lui faisaient penser à elle. Il pensait pour l'heure à l'étreindre entre ses bras, au lieu d'écouter Tuve qui continuait de parler, mais qui ne parlait pas de diamants. Qui pouvait avoir besoin de diamants quand les cristaux de glace scintillaient devant un ciel bleu, si bleu ? quand Bernie consentait à l'épouser ? quand le jour de la cérémonie avait déjà été fixé ?

Derrière lui, Tuve exposait d'un ton monotone les rites dont il fallait s'entourer sur la Piste du Sel, il parlait de plumes et de bâtons * de prières peints exactement de la manière qui était prônée afin de pouvoir être utilisés selon les règles aux sources, lieux de recueillement et emplacements sacrés qu'ils allaient dépasser en chemin. Et dans le cas de Billy Tuve, éduqué comme il l'avait été à respecter dans leurs moindres détails les cérémonies hopi, cela nécessitait une écoute patiente. Et cela prenait plus de temps encore parce qu'il accompagnait souvent ses paroles d'un petit hochement de tête pour s'excuser à l'adresse de Chee et de Ms Craig avant de passer à la langue hopi pour parler directement à Dashee, préservant de la sorte les secrets entourant la religion * de sa tribu. Lorsque des données spécifiques de sa propre kiva étaient abordées, il se contentait de montrer les paumes de ses mains à Dashee et d'observer un moment de silence.

Le trajet parcouru par cette procession cérémonielle entre le village de Tuve, sur Deuxième Mesa, et le bord du Canyon, puis au cours de la descente jusqu'à la berge du fleuve, impliqua la description d'un certain nombre de haltes supplémentaires destinées à des prières ou à des offrandes, à placer des plumes peintes aux endroits appropriés en psalmodiant les chants appropriés, et à disposer les bâtons de prières aux endroits que les esprits appropriés visitaient traditionnellement. Avant que Tuve les ait conduits jusqu'aux sanctuaires hopi, aux dépôts de sel de la tribu situés aux pieds des falaises, Chee avait vu Joanna Craig consulter sa montre à trois reprises. En Navajo qu'il était, il n'avait pas regardé la sienne. Tuve en terminerait quand il en terminerait.

Enfin, ce moment arriva. Il consacra moins d'une minute à la cérémonie elle-même, déclara que le groupe avait prélevé le sel nécessaire au Sanctuaire et des argiles de différentes couleurs destinées à différents usages non spécifiés sur les parois de la falaise.

– Après, j'ai rencontré l'homme qui m'a donné le diamant, conclut-il.

Il s'adossa à son siège et les regarda l'un après l'autre. C'était maintenant à eux de parler.

Dashee se tourna vers Chee, attendit.

Chee fronçait les sourcils en réfléchissant.

Ms Craig demanda :

– Vous m'avez dit que vous ne connaissiez pas cet homme. C'est exact ?

Tuve confirma de la tête.

– Il ne m'a pas dit son nom.

– Décrivez-le.

Il eut une mimique empreinte de doute.

– C'était il y a longtemps. Grand-père, sans doute. Peut-être même arrière-grand-père. Vieux, je veux dire. Beaucoup de cheveux blancs. Maigre. Voûté, je dirais. Pour moi, pas un Hopi. Un autre Indien. Il portait un blue jean élimé, une chemise bleue, une veste en lambeaux et un feutre gris. Et il avait une large ceinture en cuir avec des conchas * qui avaient l'air d'être en argent.

– Comment cette rencontre a-t-elle eu lieu ?

Tuve se gratta l'oreille, eut l'air songeur.

– Je prélevais un peu de cette argile bleue qu'il y a là-bas. Je la dégageais en abattant la lame d'un petit outil que j'ai pour trancher les racines...

Il se tourna vers Craig en se demandant si elle comprenait.

– ... Comme la petite pelle qu'ils utilisent à l'armée. Avec un manche court.

Il explicita ses propos avec ses mains, ajouta :

– Et la partie qui sert à creuser peut se replier après l'usage.

Un nouveau geste pour illustrer les actions de trancher et de replier, puis :

– Je l'ai eue dans un magasin de surplus militaires, et je l'ai aiguisée. C'est efficace. Ça coupe vraiment bien les racines.

Tuve regarda Ms Craig dans l'attente d'une approbation. En vain. Elle consultait à nouveau sa montre.

– Et il est arrivé de quelque part, ou quoi ?

– Il a dit quelque chose, alors j'ai levé les yeux et il était là, il me regardait prendre l'argile. Alors je lui ai dit une parole amicale. Il s'est approché pour voir l'outil avec lequel je creusais. Je le lui ai tendu et, tout de suite après, il m'a dit qu'il voulait me l'échanger contre quelque chose. Je lui ai demandé contre quoi, alors il a sorti de sa poche un couteau repliable et il me l'a montré. J'ai répondu non. Il m'a dit d'attendre, et après il est revenu avec ce diamant dans une petite bourse. Et on a fait l'échange.

Ayant dit cela, il hocha la tête, baissa le regard sur ses mains jointes. Fin de l'histoire.

– Et la discussion avec ce vieux monsieur, voulut savoir Craig. Elle s'est déroulée en anglais, en hopi ou quoi ?

Tuve rit.

– Je ne comprenais rien à ce qu'il disait. Alors ça s'est fait comme ça.

Il illustra ce propos avec ses mains et ses expressions faciales.

– Et où est-il allé une fois effectué l'échange entre votre pelle et son diamant ? demanda Chee.

Le Hopi haussa les épaules.

– Il est descendu un peu plus bas dans le canyon, il a tourné et voilà, conclut-il avec un nouveau haussement d'épaules.

Craig soupira, secoua la tête.

Chee s'éclaircit la gorge, la regarda, ne vit aucun signe indiquant qu'elle avait d'autres questions à poser.

– Est-ce que vous vous souvenez de l'endroit où ça a eu lieu ? interrogea-t-il. Je veux dire, l'endroit exact où vous creusiez pour prendre l'argile ?

– Oh oui. C'est très près de là où nous disposons nos bâtons de prières et adressons nos prières à la Mère du Sel. Un peu plus bas en suivant le fleuve. Là où nous prenons toujours l'argile jaune pour les peintures.

– Est-ce que vous vous souvenez combien de temps il est parti, avant de revenir avec le diamant ?

Tuve réfléchit.

– Ça n'a vraiment pas été long.

– Est-ce que vous pourriez être plus précis, disons, en minutes ?

Le Hopi eut l'air pris de court par cette demande.

– Peut-être assez longtemps pour fumer une cigarette ? proposa Chee. Ou beaucoup plus ?

– Je n'avais pas de cigarettes, répondit Tuve.

– Bon, d'accord. Qu'est-ce que vous avez fait pendant que vous attendiez ? Quelle quantité d'argile vous avez creusée, par exemple ?

– Je n'ai pas creusé. J'ai sorti ma bouteille d'eau et je me suis assis sur une sorte d'avancée rocheuse pour boire un peu, après j'ai retiré ma botte pour la secouer et me débarrasser du sable qui y était entré, et je l'ai remise, et après je me suis plus ou moins demandé pourquoi je restais assis là à attendre ce vieux monsieur alors que je n'avais pas vraiment l'intention d'échanger mon outil de toute façon, alors je me suis levé pour partir et c'est à ce moment-là qu'il est revenu.

– Moins d'une heure ?

– Beaucoup moins. Un quart d'heure peut-être.

– D'après ce que je sais sur vous, les Hopis, vous avez votre piste cérémonielle bien déterminée qui mène à ces dépôts de sel dans le fond. Est-ce que c'est celle-là que vous aviez prise pour descendre, ce jour-là ?

Tuve dit quelque chose à Dashee en hopi. Dashee acquiesça et répondit :

– Oui. C'est celle dont je t'ai parlé.

Craig écoutait toute la conversation, elle avait l'air songeuse.

– Monsieur Tuve, intervint-elle. Je veux que vous me guidiez là-bas. Il faut que nous trouvions cet homme.

– C'est impossible, répondit Tuve avant de rire. Pas si vous ne faites pas partie de la kiva des femmes. Il faut y être initiée, et avant, il faut connaître toutes les règles.

– C'est-à-dire ?

– Les règles qui s'appliquent aux femmes. Dont elles ne parlent pas aux hommes.

– Bon, est-ce que vous pouvez m'indiquer un chemin pour descendre ? C'est comme ça qu'on pourra vous éviter de retourner en prison. En trouvant l'homme qui vous a remis ce diamant. Il le faut pour qu'il puisse témoigner qu'il vous l'a donné.

Tuve secouait la tête.

– C'est impossible, dit-il sans cesser de sourire. C'est contraire aux règles de la kiva.

– Mais vous ne pouvez pas expliquer la situation à l'évêque, je ne sais pas comment vous l'appelez ? Il comprendrait, lui.

Le sourire de Tuve s'était effacé. Il arborait une expression extrêmement sérieuse et il réfléchissait.

– Non, répondit-il. Ou alors il faudrait que ce soit pour quelque chose qui plairait aux esprits.

Craig le dévisageait. Elle se tourna vers Chee pour écouter ce qu'il avait à dire. Sans succès. Jeta un coup d'œil à Dashee. Il y eut un grondement de tonnerre, très lointain maintenant. Leur pluie d'orage continuait de s'éloigner vers l'est.

– Quelque chose qui plairait aux esprits, répéta-t-elle. Par exemple s'il s'agissait de venir en aide à quelqu'un qui a beaucoup souffert. Quelqu'un qui a vraiment besoin d'aide. Ça leur plairait, ça ?

Tuve la fixa du regard, se tourna vers Dashee avec une expression interrogative.

– Non, ça ne se fait pas, déclara ce dernier. On ne conduit pas des Blancs sur cette piste. Ils ne sont pas initiés. Ils ne savent pas quelles prières il faut dire, ils ne savent pas ce que Masaw nous a ordonné de faire. S'ils descendent pour une raison qui n'est pas la bonne, dans un état d'esprit qui n'est pas le bon, un Cœur Double causera leur chute.

Craig parut étonnée, puis intéressée.

– Masaw ? Qui est-ce ?

Tuve lui opposa le silence.

Dashee regarda Chee.

Lequel haussa les épaules.

– Je ne suis pas Hopi, vous savez, mais nous, les Navajos, nous pensons que Masaw est leur Esprit Gardien du Monde Inférieur. Parfois on l'appelle l'Homme Squelette ou l'Homme de la Mort parce qu'il a enseigné aux Hopis à ne pas la redouter. Quoi qu'il en soit, quand les Hopis ont émergé dans le Monde de la Surface de la Terre, ils disent que Dieu en a un peu fait leur gardien, si je ne me trompe pas. Et les Cœurs Doubles sont ces gens qui n'ont pas totalement opéré la transition entre ce qu'ils étaient dans le monde souterrain et la forme humaine. Ils ne se sont pas débarrassés du mal qui est en eux. Ils ont gardé un cœur animal en plus de l'autre. Un peu comme les sorciers dont vous parlez, vous les Blancs.

– Ou comme les sorciers que les Navajos appellent les porteurs-de-peau, compléta Dashee avec un coup d'œil sardonique en direction de Chee.

– En réalité nous les appelons Ceux-qui-Regardent-Longuement, précisa Chee sur un petit ton d'excuse. Et nous en avons plusieurs sortes.

– Je crois que pour la pluie, c'est fini pour le moment, dit Dashee en essayant de changer de sujet de conversation. Elle s'en va vers la Réserve *-aux-Mille-Parcelles.

– Encore une question, dit Chee. Monsieur Tuve, qui était cet homme qui est venu vous voir ce matin ?

– Je ne le connais pas. Il m'a dit qu'il voulait savoir comment il pouvait me faire sortir de prison. Et il voulait me parler du diamant. Il m'a dit qu'il allait revenir pour me faire sortir de là.

Tuve eut un petit hochement de tête en direction de Ms Craig qui suivait cet échange.

– Je pensais que c'était peut-être cette dame qui l'avait envoyé. Qu'elle pourrait vous en parler.

– Ce n'est pas moi.

Elle avait l'air agitée et troublée. Elle adressa un regard interrogateur à Chee.

– Oh, fit Tuve. C'est bizarre.

– Un de vos hommes ? demanda-t-elle au sergent navajo.

– Pas de chez nous. Je ne sais pas qui c'était. La préposée de l'accueil non plus.

– Enfin, fit Craig en se tournant vers Tuve, de toute façon, si vous ne pouvez pas m'accompagner sur la Piste du Sel, et je ne tiens absolument pas à irriter vos Cœurs Doubles, il ne nous reste plus qu'à y descendre par un autre chemin.

Chee remarqua qu'elle souriait au Hopi en prononçant ces paroles.

9

L'orage n'était plus du tout sur Gallup, il s'était éloigné pour accorder sa bénédiction là où le conduisaient le vent ou les danses de la pluie des pueblos *. L'un des nombreux oncles de Billy Tuve était arrivé pour le remmener à Shingopovi, sur Deuxième Mesa. Chee regarda Joanna Craig qui s'entretenait avec Tuve, une conversation qu'il ne parvint pas à saisir, puis elle lui communiqua ses instructions sur les obligations auxquelles on doit se soumettre quand on est libéré sous caution. Le sergent de la Police tribale remit ensuite sa carte professionnelle à la représentante du Hopi et lui adressa la demande expresse de demeurer en contact. Après quoi, Dashee ouvrit le chemin et ils sortirent de l'hôtel pour regagner la voiture de Chee sur le parking.

– Vise un peu ça, dit Dashee. Toute propre. Je ne la reconnaissais pas. Je ne l'ai jamais vue dans cet état. On réussit même à distinguer le symbole de la Nation Navajo sur la portière.

– Monte, Cowboy. Allons manger quelque chose.

– Et décider de ce que nous allons faire. Qu'est-ce que tu en as pensé, de cette Joanna Craig ?

– Et toi ? J'ai remarqué que tu étais exceptionnellement poli. Je veux dire, quand tu t'es levé d'un bond pour aller lui chercher son sac et le lui tendre.

– Il était lourd.

– Ouais, c'est bien ce que je me disais. Rien qu'à le voir.

– Elle a peut-être une super trousse de maquillage à l'intérieur, un vieux téléphone cellulaire ou...

Il jeta un regard en coin à Chee.

– ... peut-être un pistolet ?

– J'y ai pensé, au pistolet. Elle vient de l'Est, tu sais. Il y a beaucoup de gens, dans l'Est, qui ne sont pas tranquilles à cause de vous autres, les Indiens.

– Hé ! se récria Dashee. Les Indiens paisibles, c'est nous, les Hopis. Vous, les Navajos, vous étiez une tribu hostile. Et ça s'est encore vu dans ton comportement aujourd'hui.

– Comment ça ?

– Tu n'as pas voulu qu'on mange avec Ms Craig, à l'hôtel. Alors il a fallu qu'on reste les fesses sur nos sièges à les regarder déjeuner.

– Tu n'as pas tort, reconnut Chee. Ce n'était pas très malin de ma part.

Il engagea sa voiture propre, lavée par la pluie, sur le parking du Snack de Bob.

Pendant qu'ils mangeaient, ils s'accordèrent sur plusieurs autres points.

Pour commencer, Tuve ne risquait pas de remporter un prix en vertu de ses capacités intellectuelles. Son histoire d'échange entre la pelle et un diamant n'avait pas beaucoup de chances de paraître vraisemblable aux yeux d'un jury.

Eux-mêmes n'étaient pas convaincus.

Cependant, le ministère public semblait ne disposer que de très peu d'éléments à charge. Les empreintes qu'il avait laissées dans le magasin prouvaient seulement qu'il y était allé le jour fatal, et les témoins ne pouvaient pas établir grand-chose de plus.

Leurs espoirs de retrouver l'homme qui distribuait les diamants, à condition qu'il ait réellement existé, étaient minimes.

– Je pense que nous sommes d'accord, alors, dit Dashee. Nous allons espérer que Ms Craig va trouver un guide connaissant très bien le fond du Canyon et qu'elle va dénicher ce distributeur de diamants. Et nous garderons l'œil ouvert pour découvrir un moyen raisonnable de venir en aide à mon cousin Billy. De toute façon, à moins que le FBI ne parvienne à mettre la main sur des éléments de preuves matérielles, nous doutons qu'il en ait besoin, de cette aide.

– Moi, je n'en suis pas si sûr, de ça. Je parierais qu'ils ont du concret.

Dashee fit un sourire.

– Dans le doute, il faut choisir des Hopis pour la composition du jury. Nous sommes une tribu au cœur tendre.

– Et généreuse, ce qui ne gâte rien, dit Chee en lui tendant la note et en s'écartant de la table. Il faut que je rentre à Shiprock. Bernie veut que j'aille jeter un coup d'œil à un ou deux endroits où elle pense que nous serions bien pour vivre.

– Qu'est-ce qu'elle a qui ne va pas, ta caravane? se récria Dashee en tentant de réprimer un sourire. C'est vraiment pratique pour toi, l'endroit où elle est. Déjà, c'est tout près de la décharge municipale de Shiprock.

– Et tout près de la San Juan qui passe juste devant. Moi, je trouve que c'est un très bel endroit. Je suis sûr que je vais réussir à la convaincre de venir y habiter. Mais d'abord, il faut que j'aille jeter un coup d'œil à ce qu'elle envisage.

Pourtant, quand Chee se gara sous le tremble de Fremont dont l'ombre protégeait sa porte d'entrée du soleil couchant, la vieille maison mobile lui parut minable et en mauvais état, ce qui mit un sérieux bémol à son humeur enjouée.

Laquelle humeur retrouva du tonus quand il vit son répondeur clignoter. Ça devait être Bernie. Le simple fait de l'entendre allait illuminer sa journée. Mais hélas, ce n'était pas elle. C'était la voix familière de Joe Leaphorn, le Légendaire Lieutenant, qui se présentait formellement comme s'il ne connaissait pas Chee depuis quasiment une éternité.

« J'ai entendu dire par des gens du bureau du shérif que vous essayez d'aider le cousin de Cowboy Dashee. Si c'est exact, vous devriez peut-être m'appeler. Il s'avère que Shorty McGinnis... vous vous souvenez de lui. Un vieux bonhomme grincheux. Il tenait le comptoir d'échanges de Short Mountain. Eh bien, il raconte une histoire de diamant qui a de grandes ressemblances avec celle de Billy Tuve. Cela pourrait vous aider, si ça vous intéresse. »

Comme à l'accoutumée, Leaphorn avait raison. Ça intéressait Chee. Il lança un regard furieux au téléphone, lié au souvenir d'autres appels intéressants en provenance de l'ancien lieutenant. La plupart dataient de l'époque où il remplissait les tâches subalternes sous ses ordres au Bureau chargé des enquêtes criminelles. Ils avaient souvent annoncé des problèmes et toujours été synonymes de travail intense. Certains, il était bien obligé de le reconnaître, s'étaient révélés intéressants et fructueux, mais le moment était malvenu pour ça. Là, c'était le moment d'être avec Bernie.

Il tourna le dos au téléphone, sortit de la caravane du côté ombragé pour aller à l'un de ses endroits favoris : les vestiges d'un tremble de Fremont tombé à terre, dont le tronc avait depuis longtemps perdu son écorce et avait été poli de toute aspérité au fil des années où Chee était venu s'y asseoir. Il s'y installa une fois de plus et contempla la San Juan qui coulait en contrebas. Un coyote précoce rôdait, chassait une proie sur la rive opposée. Chee pensa à Bernie et à l'avenir qu'il allait partager avec elle. Deux colverts qui cherchaient leur pitance dans les hauts-fonds repérèrent le coyote et s'envolèrent en cancanant. Mais ce n'était pas après eux que l'animal en avait car il poursuivit sa progression furtive vers un buisson broussailleux d'oliviers de Bohême. Il traquait un lapin, pensa Chee, voire un chien domestique ou un chat redevenu sauvage. Cette pensée lui remit en mémoire la chatte qui avait trouvé refuge chez lui, il y avait si longtemps de cela, à une autre époque, alors qu'il venait s'installer sur ce même arbre tombé et réfléchissait pour décider s'il devait accepter ce qui s'apparentait à une contre-proposition de la part de Mary Landon. Oui, lui avait-elle répondu, elle acceptait de l'épouser. Elle avait déjà pris ses dispositions. Elle avait déjà refusé le contrat de renouvellement que lui avait proposé l'école élémentaire de Crownpoint et se préparait à retourner dans le Wisconsin. Il pouvait accepter l'offre d'emploi que lui avait faite le FBI et ils élèveraient leurs enfants à l'endroit où l'agence le nommerait en attendant de pouvoir obtenir sa mutation pour l'antenne de Milwaukee. Ses rêves de devenir shaman, medicine-man parmi les Navajos ? Une idée de jeunesse qu'il avait abandonnée en acquérant de la maturité, non ?

Le coyote n'était plus visible. Mais une agitation soudaine secoua la végétation basse et un chat tigré sale en jaillit pour se réfugier dans un arbre proche. Le coyote renonça à la poursuite. Les coyotes sont trop sages pour se lancer dans des entreprises d'avance vouées à l'échec.

Et il en va de même pour les Navajos, pensa Chee. Nous endurons les épreuves, nous survivons. Mais en fait il pensait à un autre chat.

Une femelle, maigre et en piteux état, qui avait fait son apparition un automne à proximité de son habitation, attirée par les restes de nourriture qu'il laissait pour les écureuils. Elle portait un joli collier : dressée pour être animal de compagnie, puis abandonnée sans avoir appris à survivre, et handicapée par une grossesse. Il avait mis de la nourriture à l'intention de l'animal terrifié qui, rapidement, lui avait rendu des visites régulières. Puis l'un des coyotes du voisinage avait senti son odeur et s'était mis en chasse. Chee avait découpé dans sa porte un passage à la taille de la chatte et attiré l'animal à l'intérieur avec des sardines. La trappe était vite devenue pour elle l'accès d'urgence à la sécurité quand un coyote rôdait. Elle ne l'utilisait pour entrer s'installer la nuit, en restant à distance prudente de Chee, que quand l'hiver immobilisait la San Juan dans les glaces et que la neige faisait son apparition. Ils avaient ainsi vécu ensemble, l'homme fournissant la nourriture, Chatte remplissant le rôle de chien de garde félin, surgissant à l'intérieur avec fracas lorsqu'un coyote (ou tout autre visiteur) s'approchait de la caravane. Le reste du temps, ils s'ignoraient.

Cette relation s'intégrait à la perfection dans le traditionalisme navajo de Chee. L'harmonie naturelle exige que toutes les espèces, qu'il s'agisse de l'homme, du hamster, de l'oiseau-mouche, du serpent ou du scorpion, respectent le rôle tenu par les autres dans le monde tel qu'il est. Il ne voyait pas comment on pouvait davantage justifier la possession d'un « animal de compagnie » que défendre l'esclavage humain. Tous deux violaient l'harmonie du système et étaient en conséquence immoraux. Cependant, cette chatte particulière représentait un problème. On lui avait gâché sa carrière de félin revenu à l'état naturel sauvage car elle n'avait pas eu de mère pour lui apprendre à chasser sa nourriture ou à échapper aux autres prédateurs. Pire, on lui avait arraché les griffes, une coutume barbare et cruelle. Elle était dans l'incapacité de s'adapter au monde dans lequel elle avait été abandonnée. Chee le comprenait. Cela aussi, était naturel. Il ne pouvait pas, lui, s'adapter au monde des fermiers producteurs de lait du Wisconsin que Mary Landon lui réservait. Et elle ne pouvait pas s'imaginer élever ses enfants blonds aux yeux bleus dans son univers navajo. Et donc, quand de Stevens Point, dans le Wisconsin, avaient commencé à arriver des lettres débutant par « Cher Jim » au lieu de « Chéri, » il avait mis Chatte dans une cage spéciale approuvée par les compagnies aériennes et la lui avait envoyée... l'extrayant d'un monde de griffes et de crocs pour l'expédier dans un autre monde où les animaux perdaient leur indépendance individuelle en devenant les compagnons domestiques de leurs maîtres. En même temps que sa carte de Noël, Mary lui avait envoyé une photographie montrant Chatte sur un canapé, avec elle et son mari natif du Wisconsin. Chatte s'appelait maintenant Alice, et Mary était si belle que jamais il ne parviendrait tout à fait à l'oublier.

Il se leva, entra dans la maison mobile et sortit le cliché du tiroir de sa table de travail. Il l'étudia, confirmant son souvenir. Un court instant passé à chercher dans les documents fit apparaître une photo de Janet Pete. Un autre type de beauté. Il n'émanait pas d'elle la même impression de douceur, de chaleur et de sensualité venant d'une jeune fille de la campagne. Janet représentait le grand chic et la mode en vigueur dans les prestigieuses facultés de droit de la Côte est. Le mot qui correspondait aujourd'hui à ce style était *cool*, dans son acception cultivée. Quand il avait fait sa connaissance, elle était l'avocate commise d'office pour défendre un homme suspecté de meurtre, jeune diplômée avec mention d'une célèbre école de droit, et elle aspirait, un jour, à un poste à la Cour Suprême. Son père navajo lui avait donné son nom de Pete, la perfection de son teint et son ossature classique. Mais sa mère, qui appartenait à la haute société de la Nouvelle-Angleterre, avait façonné la Janet qu'il connaissait, elle l'avait préparée à un univers régi par la mode, des gens très influents, une classe dirigeante sophistiquée et extrêmement structurée.

Sur la photo, Janet lui souriait, yeux noirs, cheveux noirs encadrant merveilleusement la perfection de son visage, élancée, l'image même de la grâce. Chee rangea les deux clichés dans le tiroir qu'il referma en pensant à tout le temps qu'il lui avait fallu pour comprendre Janet, pour concevoir à quel point elle était intelligente et se rendre compte de la façon dont il s'intégrait dans les plans qu'elle nourrissait. Comme Mary, elle lui avait (plus ou moins) dit oui. Il s'était procuré une cassette vidéo d'un mariage navajo traditionnel qu'il avait apportée à l'appartement de la jeune femme pour la lui expliquer. Mais il n'en avait pas eu le loisir, apprenant que la cérémonie nuptiale serait organisée en grande pompe dans une des cathédrales de Washington. Elle avait fait jouer les relations qu'il fallait pour se trouver un emploi dépendant du ministère de la Justice dans le Maryland. Elle avait appris que le Service des Marshals des États-Unis y avait un poste libre qui correspondait exactement au profil de Chee. Elle avait été surprise qu'il le soit.

Le téléphone sonna.

Bernie, pensa-t-il. Il décrocha.

– Bernie, je pens...

– Joe Leaphorn à l'appareil. J'ai déjà essayé de vous joindre.

Chee relâcha sa respiration.

– Oh, oui, c'est vrai. J'ai eu votre message. Je m'apprêtais à vous rappeler. Dites-moi ce que McGinnis vous a appris sur ce diamant.

– Dans un instant. Si les accusations qui pèsent sur Billy Tuve continuent de vous intéresser, je pense que c'est plutôt une bonne nouvelle. Mais depuis, j'en ai une autre qui est mauvaise. Je vais commencer par elle.

– Je vous écoute.

– Le shérif Tomas Perez... vous vous souvenez de lui, il est maintenant à la retraite. Quoi qu'il en soit, je l'ai vu à l'Auberge Navajo, à midi. Il m'a dit qu'il tenait de son vieux shérif en second qu'ils possèdent une nouvelle preuve contre Tuve. Il semble qu'un ancien employé de ce magasin de Zuni ait signalé que le gérant avait effectivement un gros diamant de valeur dans son stock. Il prétend que son patron le lui avait montré à plusieurs reprises. Qu'il en était très fier.

– Oh, fit Chee en pensant : Adieu, Tuve.

Leaphorn attendit un commentaire plus élaboré. En vain.

– Vous ne serez donc pas surpris d'apprendre que la veuve de la victime réclame la restitution du diamant. Le procureur lui a répondu qu'elle devrait patienter jusqu'au terme du procès et qu'elle devrait venir témoigner à cet effet.

– Est-ce qu'elle aussi a affirmé l'avoir vu ?

– Perez semblait en avoir le sentiment. Mais vous savez comment ça se passe. Cela fait maintenant trois ans qu'il n'occupe plus ses fonctions de shérif. Ce sont des renseignements de troisième main qu'il m'a transmis.

– Ouais, fit Chee. Est-ce que vous savez si Dashee est au courant ?

– Vraisemblablement. Vous savez comment ça se passe aussi pour ça. Les mauvaises nouvelles voyagent vite.

– Ouais. C'est sûr.

– Toutefois, ce que Shorty m'a raconté laisse à penser que Billy Tuve pourrait très bien être entré en possession de ce diamant dans le Canyon. Shorty m'a raconté qu'il avait eu le sien...

– Attendez. De quoi vous parlez ?

– Vous vous souvenez du cambriolage qui a eu lieu à Short Mountain ? Il y a des années de ça ? Shorty a fait figurer le diamant sur la liste des objets volés. Il prétend qu'il le tenait d'un cow-boy, un gars nommé Reno, qui est passé par chez lui et le lui a échangé contre des articles d'épicerie et pour le dédommager s'il acceptait de le conduire à Page. Ce Reno a raconté à Shorty qu'il l'avait obtenu contre un couteau à lame repliable auprès d'un vieux monsieur, dans le fond du Grand Canyon.

– Où, à peu près, dans le Canyon ?

– Il m'a dit que c'était juste en aval du confluent avec le Petit Colorado.

– Ah, voilà qui est intéressant. L'emplacement correspond parfaitement.

– Ça doit être très près de l'endroit où Tuve affirme qu'il a procédé au troc du diamant avec sa pelle, c'est ça ?

– Oui. Je vais dire ça à Dashee. Merci.

– Mais la meilleure nouvelle c'est encore que vous avez finalement eu la sagesse de demander à Bernadette de vous épouser. C'est exact ?

– Oui.

Leaphorn eut un petit rire.

– Il paraît que la troisième fois est la bonne. C'est bien la troisième fois, non ? D'abord, on a appris que vous alliez vous marier avec la jolie blonde qui enseignait à Crownpoint. Après, on nous a dit que c'était avec l'avocate, Janet Pete. Les deux projets sont tombés à l'eau. J'espère que vous n'allez pas laisser Bernadette faire marche arrière.

– Pas si je peux l'en empêcher.

– Écoutez, je suis heureux pour vous. Heureux pour vous deux. Cette jeune femme est une pure merveille. Il vous a fallu bien trop longtemps pour vous en rendre compte.

– Ce n'était pas la question de s'en rendre compte. C'était seulement parce que... parce que... Je ne sais pas comment l'expliquer.

– Vous pourriez me répondre que je me mêle de ce qui ne me regarde pas. Ou me dire que chat échaudé deux fois craint triplement l'eau froide. En tout cas, félicitations. Et transmettez à Bernie que tout le monde est très heureux pour vous deux.

– Euh, merci, lieutenant. C'est vraiment une fille exceptionnelle.

– Vous partez en chasse, alors ? Vous pensez qu'il y a un espoir de retrouver l'homme aux diamants ? Après toutes ces années ?

– Pas bien grand, je le crains. Mais qu'est-ce que nous pouvons faire d'autre ? Dashee et moi en avons parlé, nous sommes d'accord pour dire que ça paraît sans espoir, mais s'il est au courant de ce que vous venez de m'apprendre, je suis absolument certain qu'il va y aller, et tout aussi certain qu'il va vouloir que je l'aide... même s'il ne me le demande sans doute pas.

– Je vois ce que vous voulez dire. Shorty m'a donné deux ou trois autres précisions qui pourraient vous être utiles.

Il lui raconta ce que Reno avait dit sur sa rencontre avec le vieil homme aux diamants, à l'entrée d'une caverne en remontant un de ces étroits défilés par lesquels ruissellent les eaux de pluie qui dévalent des falaises pour se jeter dans le Colorado, sur le fait que le diamant était rangé dans une boîte de tabac à priser et que la mallette dans laquelle le vieux monsieur l'avait prise en contenait plusieurs identiques.

– C'est bizarre, commenta Chee.

– C'est également ce que je me suis dit. Mais ce vieux monsieur avait déjà sorti un diamant plus petit d'une autre boîte de tabac à priser. Alors c'est peut-être là-dedans qu'il les range. Et la boîte à priser qu'il a donnée à Reno était dans une bourse en cuir. Un peu comme une bourse à medicine.

– C'était un Indien ? De quelle tribu ?

– D'après Shorty, Reno l'ignorait. Mais il ne parlait presque pas anglais. Et il s'est exprimé avec les mains pour dire que les diamants provenaient d'un accident d'avion.

– La bourse en question, est-ce qu'elle était comme une des nôtres ?

– Pratiquement pareille. Mais elle avait une sorte de symbole dans le style anasazi * cousu dessus. Un grand personnage avec une tête minuscule, un haut de torse très large, de toutes petites jambes représentées par un trait.

– Ça vous dit quelque chose ?

– Je ne sais pas. Peut-être le totem d'un clan, ou le symbole représentant un des esprits de sa tribu.

– Ça ne ressemblait à aucune des représentations tribales que vous auriez reconnues, alors ?

– Non, mais je n'ai jamais eu beaucoup de contacts avec les tribus qui vivent aussi loin sur les rives du Colorado.

Il eut un petit rire avant de reprendre :

– J'ai, on va dire, oublié de redonner cette bourse à Shorty quand je lui ai rendu le diamant. Je me suis dit que j'allais la montrer à Louisa quand elle rentrera. Elle est dans le Canyon, là, elle recueille des récits oraux chez les Havasupais.

– Bon, encore merci, dit Chee. Je crois qu'il ne me reste plus qu'à trouver ce vieux monsieur pour lui poser la question. Et si vous apprenez quelque chose de neuf et que vous ayez besoin de me joindre, vous avez mon numéro de portable.

– Ah. Oui. Je crois que je l'ai noté.

Cela marqua le terme de leur conversation et laissa Chee décider de la suite qu'il devait lui donner. Il allait appeler Dashee, bien sûr.

En débattre avec lui. Voir ce qu'il déciderait de faire. Mais d'abord, il fallait qu'il parle à Bernie.

Il composa son numéro. En songeant à ce qu'il aurait pu avouer à Leaphorn s'il lui avait dit la vérité. Il aurait pu lui confier qu'il n'avait pas déclaré son amour à la jeune femme beaucoup plus tôt parce qu'il avait eu peur. Sa lâcheté l'en avait empêché. Il avait souffert quand il avait découvert que Mary Landon ne voulait pas vraiment de lui. Elle voulait le producteur de produits laitiers qu'elle souhaitait faire de lui. Et il s'était retrouvé seul. Il avait encore plus souffert quand il avait enfin compris qu'il n'était que le Navajo symbolique aux yeux de Janet, quelqu'un qu'elle pouvait ramener à Washington afin de le civiliser. Il s'était retrouvé plus seul encore. Et quand il avait trouvé Bernie, là, sous son nez, il avait su qu'elle représentait la chance de sa vie. Celle qui était faite pour lui. Il aimait tout, en elle. Mais il avait beaucoup trop peur pour prendre l'initiative. Et si elle ne voulait pas de lui ? Mary et Janet l'avaient considéré comme quelqu'un qu'elles pourraient modeler à l'image qu'elles souhaitaient. Mais cette fois il avait trouvé Bernie. Et si elle le repoussait, il ne trouverait plus jamais une femme comme elle. Il n'épouserait jamais personne. Il resterait seul, toujours, jusqu'à la fin de sa vie.

Il écouta la sonnerie retentir à neuf reprises avant de conclure qu'elle n'était pas chez elle. À ce moment-là il appela Dashee. Il lui transmit d'abord la bonne nouvelle, puis la mauvaise.

– Je sais, répondit Dashee. Je pense qu'ils mentent tous les deux, l'employé et la veuve, et que la veuve a soufflé à l'employé ce qu'il devait dire. Mais le shérif ne partage pas mon opinion. Et je ne crois pas que le récit de Grand-Père Shorty McGinnis va le faire changer d'avis.

– Je crains que tu aies raison.

Dashee poussa un soupir.

– Tu sais, Jim, il faut que j'y descende de toute façon. Au fond du Canyon, pour voir si je peux retrouver ce vieil Indien. Ou quelqu'un qui soit au courant de son existence. Enfin, quelque chose. Billy a toujours eu la poisse. Et personne pour l'aider.

Chee ne commenta pas ce dernier point. Il l'avait vu venir. Il connaissait trop bien Cowboy pour en attendre moins de lui. Il respira profondément.

– Est-ce que tu penses que tu vas avoir besoin d'un coup de main ?

– Euh, j'espérais que tu allais me le proposer.

– Quand est-ce que tu comptes y descendre ? Et comment tu y vas ? Sans oublier une question plus difficile : comment tu comptes t'y prendre pour retrouver un vieux monsieur qui est peut-être imaginaire et qui distribue des diamants en échange d'ustensiles ?

– Le plus tôt sera le mieux, pour répondre à ta première question. Et je vais me faire accompagner par Billy Tuve pour qu'il me montre exactement où il a procédé à ce troc. En partant de cet endroit, j'essaierai de retrouver le lieu où son vieil Indien a pu aller dans le court laps de temps où il a laissé Billy seul. Qu'est-ce que tu en penses ?

– Ça s'est passé il y a combien d'années ? Un grand, un très grand nombre, non ?

– Billy a toujours été très confus, pour les questions de chronologie. Après que le cheval lui est tombé dessus.

– Par conséquent ça remonte peut-être à dix ans, ou à vingt ans ? Cet homme est peut-être même resté absent trente minutes, trente heures ou plusieurs jours ?

– Il n'est pas aussi imprécis que ça. Et il fait des efforts.

– Bon, et ton plan numéro deux, alors ?

– Pendant que Billy et moi, nous chercherons le distributeur de diamants le long du fleuve, je me suis dit que tu pourrais aller te mêler aux habitants âgés du village havasupai. Tu as enquêté sur une ou deux affaires, là-bas en bas. Tu connais quelques personnes, non ? Tu as des notions de leur langue ?

– Ça ne va vraiment pas loin. Et tout ce que j'y ai fait, c'était chercher des objets qui avaient été volés. Ce n'est pas comme ça qu'on se fait des amis.

Dashee eut une exclamation pour repousser cet argument. À moins que ce ne soit pour exprimer sa déception ?

– Bon sang, Jim. Je sais que c'est quasiment impossible. Mais qu'est-ce que tu veux que je fasse ? Billy est mon cousin. Il fait partie de la famille. Je suis quelqu'un qui a de la religion, tu le sais. Toi aussi. Parfois, nous devons nous mettre en position favorable pour recevoir l'aide extérieure d'une Puissance Supérieure. Tu peux appeler ça la chance ou tout ce que tu voudras.

Chee soupesa un instant ces paroles.

– Quand est-ce que tu veux le faire, au plus tôt ?

– Tout de suite, je pense. Le shérif m'a donné le sentiment de vouloir révoquer l'attribution de sa caution à cause de ce nouveau témoignage dont ils disposent, concernant le diamant. Je me suis dit que demain matin, j'allais prendre ma voiture pour aller sur Deuxième Mesa et passer le chercher avant qu'ils aient pris l'ordre de révocation.

– Il va falloir que je te rappelle, Cowboy. Je suis censé voir Bernie demain. Tu sais comment c'est, avant un mariage. Il y a quantité de choses à organiser.

– Donc je ne peux pas vraiment compter sur toi ?

– Ben, si, vraisemblablement. Je te rappelle.

Le téléphone sonna aussitôt après qu'il eut raccroché. C'était Bernie. Elle avait vu son numéro sur le relevé des appels reçus en son absence.

– Qu'est-ce qu'il y a ? lui demanda-t-elle.

– Euh, par quoi je commence ?

– Tu commences par me dire que je te manque et que tu voulais seulement entendre le son de ma voix.

– Tout cela est vrai, mais je voulais aussi savoir ce que tu prévoyais pour nous deux. Tu m'as dit qu'il fallait qu'on se voie. Pour organiser des choses.

Il marqua un temps d'arrêt.

– Et peut-être pas seulement.

Bernie rit.

– Ça, c'est plus sympa. Mais il faut vraiment qu'on trouve un endroit à habiter. À moins que tu veuilles changer d'avis et transformer ta maison mobile en suite nuptiale. J'espère que ce n'est pas pour m'annoncer ça que tu m'appelais.

– Non. Mais maintenant j'ai un autre souci en tête. Tu te souviens du problème de Cowboy Dashee ?

– Un peu. Son cousin est accusé d'avoir tué le gérant du magasin, à Zuni, et d'avoir tenté de déposer un gros diamant en gage ?

– Eh bien, la situation n'a fait qu'empirer. La veuve du commerçant et un ancien employé affirment que la victime était propriétaire de ce diamant. Dashee pense que le shérif va faire annuler la libération sous caution, remettre Tuve en détention. Dashee va descendre dans le Canyon. Pour essayer de retrouver le vieux monsieur qui aurait donné le diamant à Tuve. Il veut que je l'accompagne.

– Quand ça ?

– Tout de suite. Demain, quoi.

– Hé, s'exclama-t-elle. Ça a l'air sympa. Je n'y suis pas redescendue depuis l'adolescence.

Le regard de Chee se détourna du téléphone pour se porter vers la fenêtre et les nuages qui s'amoncelaient au-dessus des sommets. Est-ce qu'elle cesserait un jour d'être imprévisible ?

– Ça veut dire que tu voudrais venir aussi ?

– Oh oui.

– Bernie, descendre en car scolaire avec une bande de copains, ça n'a rien à voir. Tu as dû aller dans un terrain de camping ou quelque chose d'approchant, avec une route d'accès. Il n'y aura pas de route cette fois-ci. Il va falloir descendre tout en bas. Sur un dénivelé de plus d'un kilomètre. Dans un terrain accidenté. Et après, il est possible qu'on reste coincés dans le fond un jour ou deux, ça dépendra de la chance qu'on aura dans notre recherche. Ça va être dur.

Des propos qui entraînèrent un silence prolongé.

– Bernie ? interrogea-t-il.

– Jim. Je veux que tu te souviennes que je ne suis plus Bernadette Manuelito, la jeune recrue sans expérience. J'ai donné ma démission de ton service. Là, je suis en disponibilité, j'appartiens à la Police des Frontières. Par conséquent je ne te parle pas comme si je m'adressais au sergent Chee. D'accord ? Bon, dis-moi ce qui te fait croire que tu es meilleur que moi pour ce qui est de descendre au fond des canyons.

– En disponibilité ! Je croyais que tu avais démissionné.

– Euh, oui, mais en fait ils m'ont mise en congé maladie, un truc comme ça. Pour que je sache que je peux récupérer mon boulot quand je veux.

Une nouvelle qui rendit Jim Chee très inquiet.

– Bernie, reprit-il. Je pensais...

Elle rit au bout du fil.

– Je suis désolée. C'était juste pour te faire marcher un peu, Jim, c'est tout. J'ai ce vilain défaut. Faire marcher les gens. En réalité, la seule raison qui pourrait me faire revenir dans la Police des Frontières, ce serait de t'y entraîner avec moi. Et en plus tu pourrais passer chef puisque celui pour qui je travaillais a été fichu à la porte. Mais d'abord, il faut que je t'épouse.

– Le plus tôt sera le mieux.

– De toute façon, je veux venir avec vous. Je vais préparer mon barda, sac de couchage et tout. Où est-ce que tu retrouves Cowboy, et quand ? Et est-ce qu'il faut que j'y aille, ou est-ce que tu passes me chercher ? Je sais qu'il faut emporter de l'eau potable quand on descend dans le Canyon. Est-ce que je dois aussi apporter à manger ?

– Je suppose.

Il soupira, reconnaissant qu'il avait perdu la discussion, peut-être la première d'une longue série. Mais Bernie avait raison. Ça allait être sympa.

10

Brad Chandler avait rangé sa Land Rover de location sur la zone de stationnement de l'aéroport de Flagstaff correspondant à l'arrivée des passagers, il avait parcouru du regard ceux qui se hâtaient vers les cars effectuant la navette, et repéré le voyageur qu'il était vraisemblablement venu chercher. Il s'appelait Fred Sherman. Un personnage massif, mallette ventrue à la main, portant un chapeau de cow-boy maculé de sueur. Il avait le physique d'un policier à la retraite ayant dépassé la cinquantaine : ce qui était précisément son cas. Chandler abaissa la vitre côté passager, fit un geste de la main et cria :

– Hé, Sherman ! Par ici.

Sans se presser, il s'approcha de la voiture et s'appuya sur le rebord de la portière.

– Salut, Chandler. Un sacré moment que je n'ai pas eu affaire à vous.

Chandler lui fit signe de monter.

– Allons parler boulot ailleurs.

Sherman s'installa à l'avant.

– Plutôt voyant comme véhicule pour quelqu'un qui court après des fugitifs, remarqua-t-il en scrutant son compagnon. Depuis le jour où vous m'avez appelé pour vous aider à alpaguer ce type de Phoenix qui avait profité de sa libération sous caution pour se faire la belle, il y a déjà un bon moment, je me demandais quelle tête vous aviez. Au téléphone, vous aviez une voix de gamin. (Il rit.) Maintenant que j'y pense, c'était encore le cas quand vous m'avez appelé la semaine dernière.

– Et moi, j'ai eu l'impression de parler à un vieux schnoque dans une maison de retraite, répliqua Chandler, mais en fait vous avez l'air plutôt en forme. Quel genre de renseignements vous avez à me communiquer ?

– D'abord, j'ai une question. C'est quoi, la part qui me revient, dans l'affaire ?

– Il n'y a pas de part. Si on foire notre coup, on vous règle vos frais et votre tarif horaire habituel. Si on remplit notre contrat, vous avez la même chose plus un bonus de vingt mille dollars.

Sherman assimila la réponse. Se tourna vers lui.

– Ça ne ressemble pas du tout à une histoire de criminel en fuite.

– Je vous l'ai déjà dit, ça. Je veux que vous trouviez tout ce que vous pourrez sur le vol avec homicide pour lequel la police avait arrêté un Indien Hopi nommé Billy Tuve. Tout ce qui concerne le gros diamant qu'il avait en sa possession et qui a entraîné son arrestation. Tout sur la personne qui vient de le faire libérer en payant sa caution. Et pourquoi cette personne a investi une somme pareille. Le dénommé Tuve n'a pas pris la clef des champs. Mais je veux savoir où il habite à l'heure actuelle. Il est probablement chez lui, sur la réserve Hopi. Mais je veux en avoir la certitude. Et savoir ce qu'il fait. Ce qui se passe. S'il est seulement rentré chez lui pour se reposer, ou quoi.

Pendant qu'il en terminait avec cette litanie de questions reflétant sa mauvaise humeur, il lui vint à l'esprit qu'il venait d'adopter un ton arrogant exactement semblable à celui que Plymale avait employé avec lui. Sherman le dévisageait maintenant, paupières plissées, son expression suggérant que lui non plus n'avait pas beaucoup apprécié l'expérience. Mais il se contenta de hausser les épaules.

– Bon, dit-il simplement. Mais d'abord, j'ai une autre question. Où vous m'emmenez, là ?

– Trouver un endroit où leurs services de sécurité privés ne vont pas venir nous emmerder en nous faisant dégager. Nous allons tourner en rond comme si nous attendions quelqu'un qui va arriver. Après quoi, quand nous aurons fini de discuter, je vous déposerai à la station de taxis.

– Il serait plus rapide d'aller directement en ville, de s'arrêter à mon hôtel et d'avoir cette discussion dans une enceinte climatisée et confortable. Un bar, par exemple, avec un verre de whisky et d'eau à portée de la main.

Chandler ne releva pas la proposition.

Son passager le scruta du regard.

– Vous devez avoir une raison de souhaiter que nul ne nous voie ensemble à l'hôtel, et pour l'instant je ne me l'explique pas. Mon analyse est-elle correcte ?

– Ce n'est pas exclu, reconnut Chandler.

– Bon, voyons si je peux répondre à certaines de ces questions que vous m'avez posées tout à l'heure.

Il sortit de sa poche de chemise un petit calepin assez mince.

– Le montant de la caution était de cinquante mille dollars, commença Sherman avant d'énoncer ce qu'il avait appris d'autre au bureau de l'accueil et de poursuivre jusqu'au départ de Billy Tuve avec Joanna Craig.

– Et ils sont partis pour où ?

– Pas de panique. L'hôtel où elle est descendue à Gallup est le El Rancho.

Il énuméra ce qu'il avait vu sur place, les gens qu'il avait aperçus, spécifia même que le service en chambre avait reçu une commande.

– Après...

Il observa un instant de silence en fixant son interlocuteur.

– ... Je ne me trompe pas, hein ? Vous prenez mes frais en charge ?

Chandler confirma d'un signe de tête.

– J'en parle parce que ça m'a coûté vingt dollars. L'employé commençait à en avoir assez de me donner des informations. À ce moment-là, un grand Navajo au physique d'athlète est arrivé avec un adjoint du shérif hopi, et ils ont demandé Joanna Craig. Ils sont montés à sa chambre. Un peu plus tard, un autre Indien est entré. Il a expliqué qu'il avait pour mission de venir chercher Billy Tuve. Qu'il était son oncle et qu'il allait le ramener sur Deuxième Mesa, si vous savez où c'est. Ça donnait l'impression qu'il voulait le reconduire chez lui. L'employé a donc appelé la chambre de Ms Craig, ils sont tous sortis et ils sont partis.

– Tous ? Tuve est parti avec eux ? Et ils sont tous partis ensemble ? Dans quel véhicule ?

– Tuve est monté avec l'homme qui s'était présenté comme étant son oncle. Après, les deux autres sont partis. En ce qui concerne Ms Craig, je ne sais pas parce que moi aussi je suis parti.

– Et sa raison, à elle, pour payer la caution ?

Sherman se contenta de lui retourner un regard d'incrédulité.

– Alors ? La réponse ?

– Si j'avais été suffisamment stupide pour lui poser la question, elle m'aurait rétorqué que ça ne me regardait absolument pas. Et elle m'aurait demandé qui j'étais, pour qui je travaillais, etc. Moi, je dirais que ça a un rapport avec cette action en justice dont vous m'avez parlé au téléphone. Vous ne m'avez pas dit grand-chose, mais vous m'avez quand même indiqué que nous allions défendre les intérêts d'une des parties dans un procès à grosses retombées financières.

– Et le diamant ? D'où il venait ?

– Tuve a dit aux flics qu'un vieil homme le lui avait échangé contre sa pelle. Dans le fond du Grand Canyon.

Il rit, ajouta :

– Les gens que je connais au bureau du procureur ne prenaient pas cette déclaration très au sérieux, quand je leur ai posé des questions sur l'affaire, au début, mais il y a du neuf à ce niveau-là. J'ai reçu un appel du gars qui me renseigne sur place, il m'a dit...

– Attendez, fit Chandler en engageant sa voiture sur une voie de stockage ombragée et en s'y arrêtant. Il vous a dit quoi ?

– Il m'a dit qu'il y avait un nouveau diamant dans cette histoire. Ou tout au moins, une nouvelle histoire de diamant. Maintenant que j'y pense, deux nouvelles histoires concernant des diamants. Aussi peu crédibles l'une que l'autre.

– Je vous écoute.

– La première a toutes les caractéristiques de ce que l'on appellerait une rumeur sans fondement. Mon gars la tient d'un flic qu'il connaît et qui travaille dans la police de l'État du Nouveau-Mexique, qui lui-même la tient des Services du shérif du comté Navajo, lesquels en ont eu vent à Shiprock. Vraisemblablement par la Police tribale navajo qui...

– C'est bon, vous pouvez abréger ces conneries. C'est quoi, l'histoire ?

Sherman garda le silence.

Chandler lui jeta un regard, vit son expression.

– Désolé. Je ne voulais pas avoir l'air aussi impatient.

– L'histoire, c'est qu'un petit comptoir d'échanges situé à Short Mountain, tout là-haut dans le coin nord-ouest de la réserve Navajo, a été cambriolé il y a quelques années de ça. Le propriétaire a communiqué à la police la liste de ce qui lui avait été volé, y compris un diamant d'une grande valeur. Quand le vol avec homicide a été commis par Tuve, et qu'il a essayé de déposer un gros diamant chez le prêteur sur gages, le vieux policier navajo qui avait enquêté sur le cambriolage de Short Mountain a procédé à des vérifications. Le patron du comptoir d'échanges lui a déclaré qu'un cow-boy était arrivé au milieu d'une tempête de neige et qu'il le lui avait donné en échange de nourriture et du transport jusqu'à Page. Ce cow-boy a affirmé qu'il se trouvait dans le fond du Grand Canyon et qu'un vieux monsieur était venu troquer ce diamant contre un beau couteau à cran d'arrêt qu'il avait.

Chandler médita cette information sans faire de commentaire.

– Fin de l'histoire, ironisa Sherman. Vous êtes prêt à m'entendre vous débiter l'autre à toute vitesse ?

– Vous avez le nom du policier navajo qui a effectué les vérifications ? Et celui du propriétaire du comptoir d'échanges ? Est-ce que ce troc, avec le diamant, s'est passé dans la même zone du canyon ? Ce fichu Grand Canyon fait quatre cent cinquante kilomètres de long sur plus de quinze de large.

– Il ne peut pas être aussi long que ça, protesta Sherman. Et je ne sais pas où il l'a eu, son diamant. Je ne connais pas non plus leurs noms. Mais je suppose que je peux me les procurer.

– J'en ai besoin. Bon, c'est quoi l'autre histoire ?

– Exactement ce à quoi on pouvait s'attendre. La veuve du type qui a été tué lors de ce vol, au magasin de curiosités, prétend que Tuve a menti en disant où il a eu cette pierre. Elle dit que son mari en était propriétaire depuis des années et qu'elle voulait l'assurance que les autorités allaient en prendre grand soin et la lui rendre quand le procès serait terminé.

Chandler rit.

Sherman le regarda avec un petit sourire.

– Je ne m'attendais pas franchement à ce que ça vous surprenne.

– Ça ne me surprend pas. Il faut croire que je me suis laissé embarquer dans une histoire où la présence de diamants a déclenché un réflexe de cupidité chez deux femmes motivées par l'argent.

– Deux ? C'est qui, l'autre ? Craig, vous voulez dire ? Quel rôle elle tient, là-dedans ?

Sherman était appuyé contre sa portière. Il étudia Chandler puis suivit du regard un conducteur qui avait eu pour but d'utiliser la voie de dégagement et qui les dépassa en roulant prudemment au ralenti.

Chandler ne tint pas compte de la question.

– Je pense qu'il serait préférable de me dire de quoi il s'agit vraiment, insista Sherman. Sinon, je pourrais tomber sur quelque chose d'utile sans le savoir.

– Quoi, par exemple ?

– Qu'est-ce que vous voulez que j'en sache, bordel ! Le type que nous essayons de trouver, par exemple. Il pourrait me croiser dans la rue.

– Je ne crois pas qu'il y ait grand risque que ça se produise, fit Chandler en riant. Cet homme, celui que nous voulons, il est mort.

– Mort ?

– Et nous n'essayons pas de le retrouver. Ou si nous y parvenons, nous ne le dirons jamais. Nous nous contenterons de le cacher ailleurs.

Sherman, que cette attitude agaçait, déclara :

– Je n'aime pas les devinettes pour gamins. Vous me payez pour faire quoi ?

Chandler sortit de sa poche de chemise une enveloppe pliée.

– Il y a un certain nombre de renseignements à l'intérieur. Où vous pouvez me joindre, mon numéro de téléphone, etc. Et une série d'instructions. Les renseignements dont j'ai besoin. Les noms. Tout ça. Après, je veux que vous retrouviez Tuve et la femme qui a acquitté le montant de sa caution. Si elle est repartie, trouvez-moi son adresse et son activité professionnelle. Si elle est restée, découvrez où et ce qu'elle fait. À qui elle parle, tout ça.

Sherman accepta l'enveloppe, sortit le papier qu'elle contenait, le lut et tourna son regard vers Chandler.

– Je continue à dire que je serais beaucoup plus utile, et plus rapide, si je savais quel but nous poursuivons.

Chandler hocha la tête. Il lui fit un bref exposé, commençant par la collision aérienne, puis passant à la mallette avec les diamants attachée au poignet du passager. Mais jusqu'où était-il prêt à entrer dans les détails ?

– Il s'agissait d'un individu nommé Clarke, précisa-t-il. Comme la plupart des victimes, son corps n'a jamais été retrouvé.

Sherman fronçait les sourcils.

– Vous allez me dire que nous recherchons ce type, ce Clarke ? Ça fait combien d'années qu'il est mort ?

– Non. J'allais vous dire que la fille de son ancienne maîtresse a reçu, par l'intermédiaire de je ne sais quel spirite, un message psychique disant qu'il avait eu le bras arraché dans l'accident et qu'il lui donnait l'ordre paranormal de le retrouver pour l'enterrer comme il se doit avec le reste de son corps afin qu'il cesse de le faire souffrir dans le monde occulte.

– Arrêtez, un peu de sérieux, fit Sherman avant de rire.

– Le bras qu'elle veut est celui auquel était fixée la mallette de diamants au moyen d'une menotte.

Sherman réfléchit un instant.

– Oh, je crois que je vois le truc.

– Je ne suis pas tout à fait certain de le voir moi-même. Mais il semble que les intérêts que nous représentons ici, vous et moi, soient ceux de la fondation qui a hérité de toute la fortune des Clarke. Et probablement l'assurance, qui a déboursé le dédommagement maximum de cent mille dollars en cas de catastrophe aérienne, pour ces bijoux. Plus quelqu'un qui désirerait réunir les différents morceaux du corps de Clarke.

– Et vous pensez que ce sentimentalisme funèbre est en fait motivé par l'envie de récupérer les diamants, c'est ça ?

– Eh bien, des poursuites ont été intentées devant les instances civiles. Une femme prétend être la petite-fille, née hors mariage, de Clarke senior et, par voie de conséquence, l'héritière légale des milliards de la famille. Et cette action en justice a été déclenchée quelques mois après la nouvelle que même des ossements anciens peuvent livrer des preuves ADN établissant la descendance familiale.

– J'ai entendu parler de cette collision, il me semble. Elle a eu lieu il y a très, très longtemps, non ? Et nous essayons de trouver les ossements du type qui était en possession des diamants ?

Il secoua la tête, rit :

– Vous êtes sérieux ?

– Eh bien, dans les faits, ce n'est pas aussi simple que ça. Ce n'est qu'un des aspects d'une partie qui oppose deux adversaires. Les gens qui sont dans le camp opposé essayent de retrouver ces os pour faire main basse sur la fortune des Clarke. Notre travail consiste à faire en sorte que le squelette de ce pauvre type reste introuvable et ne puisse jamais être exhibé dans une salle d'audience.

Le visage solennel, Sherman considéra cette information. Puis il sourit.

– Ouais. Cela m'a tout l'air d'une juste cause dont les buts sont défendables. Et je vois bien en quoi ça faciliterait grandement les choses.

Chandler confirma de la tête sans rien dire.

– Retrouver des vieux ossements dans ce canyon, c'est pire que de chercher une aiguille dans une botte de foin. C'est comme si l'aiguille, on la cherchait dans une ferme envahie de bottes de foin. Sans même savoir de quelle ferme il s'agit. Et donc, nous nous contenterions tout à fait d'empêcher quelqu'un d'autre de les retrouver.

– Oui, acquiesça Chandler. Il est plus facile de trouver celui qui cherche l'aiguille, que l'aiguille elle-même.

– À vous entendre, on dirait que vous avez un plan. J'aimerais en avoir connaissance. Vous savez, ça m'aide si je comprends ce que vous essayez de faire.

– Vous commencez à saisir l'idée. D'abord, nous identifions bien notre but. Il n'est pas (je souligne la négation) il n'est *pas* de retrouver les os. Notre but est d'empêcher quelqu'un d'autre de les retrouver. Nous souhaitons les trouver, cela nous convient, mais seulement parce qu'à ce moment-là nous pouvons être sûrs que les autres ne mettront pas le grappin dessus. Vous comprenez ça ?

– Bien sûr, répondit Sherman qui avait l'air de ne pas apprécier. Je vous l'ai déjà dit.

– C'est le premier point à comprendre. Maintenant, voici le deuxième. Nous savons que cette mallette de diamants était attachée au bras de son convoyeur à l'aide de menottes. Aux os en question. Nous sommes obligés de supposer que le diamant de Tuve, et celui du cambriolage du comptoir d'échanges, viennent de ce lot. Ils constituent donc les seuls indices sur l'éventuel emplacement de ces os. Les gens d'en face, les méchants, en savent autant que nous là-dessus. Peut-être plus. Notre but est donc d'y parvenir avant eux. Vu ?

– Bien sûr, dit Sherman avant de méditer un moment. Et après, on fait quoi ? J'ai le sentiment que votre paye est tributaire de l'impossibilié, pour la partie adverse, de mettre un jour la main sur ces os. Pas assez longtemps, du moins, pour les produire devant le tribunal. C'est ça ? Alors qu'est-ce qu'on fait si nos adversaires arrivent les premiers ?

– Cela pourrait dépendre de votre désir d'empocher le gros bonus promis. Vous seriez sans doute prêt à faire tout ce qu'exigerait la situation. Vous savez. Pour empêcher les méchants de s'en emparer.

Sherman consacra un nouveau moment à la réflexion.

– L'Arizona est un État où la peine de mort est en vigueur. Pour assassinat commis en relation avec une activité criminelle, en tout cas. Mais je parie que vous le savez déjà.

– Oui, confirma Chandler. Je sais aussi que les profondeurs de ce canyon sont pleines d'endroits dangereux. Des rochers se détachent. Des gens sont emportés par les rapides. Ils se noient. Il y en a qui glissent et qui dégringolent des falaises.

Sherman hocha la tête. Grimaça un sourire.

– Ça vous plairait, à vous, d'être le procureur chargé de prouver que quelqu'un a été poussé au lieu d'avoir bêtement glissé ? Je veux dire, quand personne n'a vu ce qui s'est passé ?

– Pour moi, c'est exactement le cas de figure où doit prévaloir le bénéfice du doute. Bon, voilà ce que je veux que vous fassiez. Et la première chose, tout de suite, aujourd'hui, consiste à localiser Billy Tuve.

– Vous avez une idée ?

– Il habite sur Deuxième Mesa. Vous avez entendu son oncle dire qu'il venait pour le reconduire chez lui. Il vit avec sa mère dans un petit village. Kykotsmovi, prononcez-le comme vous pourrez. Ça ne devrait pas être trop difficile à localiser.

– Je trouve Billy Tuve et après ?

– Vous le trouvez et vous me l'amenez.

– Et après ?

– Après, nous l'embarquons dans le Canyon, dans la zone où il s'est procuré le diamant. Il nous montre où nous pouvons rencontrer l'homme qui le lui a donné. Quand nous aurons découvert cet homme, nous aurons les os du bras gauche de Clarke et ce qu'il reste des diamants qu'il convoyait.

– Et nous nous les partageons ?

– Euh, celui qui nous a engagés va, je présume, vouloir les garder pour lui. Mais je ne pense pas qu'il en connaisse le nombre exact.

Sherman rit.

– S'il en manquait quelques-uns, il ne s'en apercevrait pas.

11

Le plan, minutieusement élaboré par le sergent Jim Chee, consistait à inviter Bernie à passer la soirée avec lui dans sa maison mobile de Shiprock, ce qui leur permettrait de profiter de leur présence respective et de préparer les différentes choses dont ils auraient besoin pour leur excursion dans les profondeurs du Grand Canyon. Après, ils prendraient la route de Tuba City, à l'ouest. Pendant ce temps, Cowboy Dashee se rendrait à Kykotsmovi, sur la Deuxième Mesa des Hopis, pour prendre au passage Billy Tuve à sa maison familiale. Ceci fait, il conduirait Tuve à l'épicerie-station-service de Tuba où ils retrouveraient Chee et Bernie. De là, Cowboy prendrait la tête du convoi pour les guider sur une petite route qui était en fait un raccourci permettant d'atteindre Moenkopi, d'où ils emprunteraient, vers l'ouest, une piste de terre dépourvue d'entretien comme de nom jusqu'à un point de la rive est du Canyon qui se trouvait juste au nord de la gorge du Petit Colorado. C'était là qu'ils laisseraient leurs véhicules. Dashee et Tuve, tous deux membres du prestigieux Clan de l'Ours hopi et par conséquent tous deux initiés au parcours suivi par la Piste du Sel, les précéderaient sur la déclivité, plus bas, toujours plus bas. Une fois arrivés dans le fond, Tuve leur indiquerait l'emplacement exact où il avait échangé sa pelle repliable contre le diamant, ainsi que la direction prise par le propriétaire de la pierre précieuse pour aller la chercher.

Comme cela se passe souvent avec ce genre de plans précis et détaillés, celui-ci commença à voler en éclats dès sa phase initiale.

– Monsieur Chee, lui dit Bernadette Manuelito, il est hors de question que je vienne à Shiprock cet après-midi pour passer la nuit avec vous dans cette vieille caravane. Il faut que je prépare mes affaires. Mes chaussures de marche et mon matériel de randonnée, sac de couchage, tout ça. De toute façon, il va falloir rejoindre Dashee. Tu ne peux pas venir me récupérer en chemin ? On se retrouve à Yah-ta-hey. Au comptoir d'échanges.

– Nous avons rendez-vous avec Dashee à Tuba City à cinq heures du matin, répondit Chee avec un soupir. Bien sûr qu'on pourrait se retrouver à Yah-ta-hey. Mais il faudrait qu'on en parte vers les trois heures du matin, je dirais. Est-ce que tu es capable de te lever aussi tôt que ça ?

– Dis donc, tu oublies que j'ai été agent de la Police des Frontières.

De fait, Bernie paraissait tout aussi réveillée que chargée de bouteilles d'eau, de victuailles et de bagages quand il se rangea sur le bord de la chaussée à Yah-ta-hey. Toutefois, après cent cinquante kilomètres de route et beaucoup de paroles échangées concernant leurs plans de mariage, de nombreux contacts affectueux, etc., ils ne virent pas trace de Dashee ni de Billy Tuve à leur lieu de rendez-vous de Tuba City. Chee consulta sa montre et grommela.

– Quand c'est moi qui suis en retard, Cowboy n'arrête pas de râler sur « l'heure * navajo ». Comme si les Hopis étaient parfaits.

– Si j'étais toi, je l'appellerais. Pour savoir ce qui s'est passé.

Chee sortit son portable, composa le numéro de son ami, laissa sonner, entendit sa voix.

– C'est Chee ? J'allais justement t'appeler. Tuve est parti.

La liaison était mauvaise.

– Comment ça ? Parti où ?

– Quand je suis arrivé chez lui, sa mère y était. Elle m'a dit qu'un véhicule est venu hier soir, vers l'heure du dîner. Elle était sortie s'occuper des moutons, mais elle a vu Billy sur le devant qui parlait avec quelqu'un. Quand elle est revenue à la maison, le véhicule s'éloignait. Elle est entrée et elle l'a cherché mais il était parti.

Chee prit le temps de réfléchir. Puis il dit :

– Qu'est-ce que tu en penses ?

– Je ne sais plus quoi en penser, maintenant. Mais sur le coup, j'ai dit à sa mère que c'était peut-être le shérif qui était venu le chercher. Qu'il avait besoin de lui demander d'autres précisions. Ou que la caution avait peut-être été annulée.

– Ça paraît raisonnable.

– C'est sûr, mais ce n'est pas ça. En repartant de Deuxième Mesa, j'ai croisé une voiture du shérif du comté de McKinley qui grimpait la pente. Je lui ai fait signe de s'arrêter. Le conducteur m'a dit qu'il se rendait chez Tuve pour l'arrêter. Il a précisé que de nouveaux éléments de preuve avaient été découverts et que la caution avait été révoquée.

– Voilà qui est intéressant. Alors à ton avis, qu'est-ce qui lui est arrivé ?

– Je n'en sais rien du tout. Pour moi, ça n'a apparemment aucun sens. Mais j'ai une idée.

Bernie toucha le bras de Chee et demanda :

– Qu'est-ce qu'il y a d'intéressant, et c'est qui, ce « lui » à qui il est arrivé quelque chose ? Billy Tuve ?

Cowboy parlait dans l'autre oreille de Chee.

– Une petite seconde, Cowboy. Je répète à Bernie ce que tu viens de me dire.

– Mon idée, poursuivit Cowboy, c'est que Joanna Craig, la femme qui a versé le montant de sa caution, est venue le chercher. Souviens-toi, elle voulait qu'il la guide dans le Canyon. Pour lui montrer où il s'était procuré le diamant.

– Je m'en souviens. Mais je me souviens aussi qu'il lui a opposé un refus. Après quoi, elle a déclaré qu'elle allait y descendre quand même. Ou quelque chose comme ça.

– Qu'est-ce qu'il te dit ? s'enquit Bernie.

– Ferme-la une minute, Cowboy, tu veux bien ? dit Chee.

Il posa le portable sur ses genoux, expliqua à Bernie ce que son ami lui avait dit, reprit l'appareil.

– Bon, de toute façon, je n'ai pas d'autres idées. Où es-tu ? Et qu'est-ce qu'on fait maintenant ?

Cowboy, en fin de compte, franchissait juste la bosse de la 264 pour plonger dans la ravine de Moenkopi.

– Je serai avec vous à Tuba dans environ vingt minutes.

Et c'était vrai. Comme Chee l'avait suggéré, Dashee gara son pick-up sur le parking du poste de police local. Puis il mit pied à terre, ôta son chapeau, salua de la tête Bernie et Chee.

– Bon, dit-il. Comme Jim nous le demandait tout à l'heure, qu'est-ce qu'on fait maintenant ?

12

Joe Leaphorn écoutait le bruit que faisait le café en passant. Il hésitait : allait-il ou non doubler sa ration d'œufs au plat, ce matin, et réduire un peu sa consommation de nourriture dans la journée ? Sa logique, pour expliquer une telle entorse à ses habitudes, était qu'il avait dormi plus tard, ayant discuté au téléphone avec Louisa jusqu'à plus de onze heures la veille au soir. Une longue conversation qui avait débuté par le compte rendu qu'elle lui avait fait de son entretien avec la vieille dame du village havasupai. Il lui avait rendu la politesse avec son propre compte rendu de sa rencontre avec Shorty McGinnis, et le récit de ce dernier concernant le troc avec le cow-boy qui lui avait rapporté un diamant. Cela avait entraîné une succession de questions auxquelles, pour la plupart, il n'était pas capable de fournir de réponse, et provoqué un retour sur toute l'affaire de Billy Tuve, le cousin de Cowboy Dashee, les problèmes qu'il s'était attirés en tentant de gager un diamant comparable, ainsi que la façon dont Jim Chee était impliqué dans cette triste situation.

– Quand est-ce qu'il l'a eu, son diamant, Tuve ? avait alors demandé Louisa.

– Il y a plusieurs années, c'est à peu près la réponse la plus précise que je puisse te donner. Tuve maîtrise très mal tout ce qui touche à la chronologie. Il faisait un peu de rodéo, autrefois, mais son cheval lui est tombé dessus et il en a gardé des lésions au cerveau.

– Moi, j'ai toujours pensé que c'était avant de monter que les cavaliers des rodéos souffraient de lésions au cerveau. Et l'autre homme, alors ? Le cow-boy de McGinnis, je veux dire. Celui qui a échangé son couteau contre le diamant. Tu as une date précise, pour le moment où ça s'est passé ?

– Eh bien, le cambriolage au cours duquel Shorty prétend qu'on le lui a volé a eu lieu il y a douze ans, mais Shorty affirme ne pas se souvenir depuis combien d'années il l'avait, à ce moment-là. Je crois qu'il m'a dit « plusieurs ». Ça doit remonter à peu près à la même époque que pour Billy Tuve.

– Si ce n'est que dans le cas de Tuve, je pense que nous pourrions déterminer en quelle année précise il a suivi la Piste du Sel des Hopis pour son rite d'initiation dans le Clan de l'Ours.

– Bonne idée...

Pourquoi n'y avait-il pas pensé avant ? Probablement parce qu'il était à la retraite. Ces histoires ne le concernaient plus.

– ... mais pourquoi ce facteur temps est-il important ?

– Oh, il ne l'est sans doute pas, avait répondu Louisa. Mais ça me permet de mieux comprendre ce qu'on me raconte ici, dans le Canyon. Ces deux personnes âgées auprès desquelles j'essaye de réunir des histoires sur les origines n'arrêtent pas de mentionner un énorme désastre aérien qui s'est produit durant leur enfance. Des corps qui tombaient du ciel. Des incendies dans les canyons. Toutes sortes d'objets qui dégringolaient. Des vêtements. Des valises. Des assiettes. Tout. Les gens des Services du parc national qui sont ici me disent que ça s'est passé en 1956 quand deux appareils de ligne se sont percutés au-dessus du Canyon. Aucun survivant.

– C'est le genre d'événement qui paraît tout à fait susceptible d'engendrer des légendes.

– Ou de s'insérer dans celles qui existaient déjà. C'est ce que je crains. Dans les récits des différentes tribus Yuma qu'on rencontre ici, je relève des interférences causées par ce qui a dû être observé lors de cette catastrophe. Les mélanges inter-tribaux constituaient déjà un problème. Les Hualapais, les Supais, certaines branches des Mohaves *, et même les Paiutes... même les Paiutes et les Utes s'empruntent mutuellement des bouts de légendes. Et maintenant on s'aperçoit qu'ils y ajoutent des récits concernant des objets retrouvés.

L'intérêt de Leaphorn s'était fait brusquement très vif.

– Tu entends des récits qui parlent de diamants ?

– Pas de manière spécifique, mais beaucoup sur des choses retrouvées quand les gens allaient aider les équipes de sauveteurs qui tentaient de récupérer des fragments de corps et des pièces d'avions. Et il y en a un sur un Hualapai de Peach Springs qui est descendu au bord du fleuve pour observer ce qui se passait et qui a vu quelque chose qui pourrait avoir un rapport avec les diamants. Selon la version la plus fréquente qu'on entend raconter, il a aperçu des habits, ou autre chose, pris dans un amas de débris flottants, et dans cet amas, il a vu un bras humain.

Elle avait marqué un temps d'arrêt pour savoir quelle allait être la réaction de Leaphorn. Aucune.

– Y a-t-il une raison pour que cela ne te surprenne pas ?

– Il y en a deux. Des morceaux de corps ont été éparpillés partout lors de cet accident : sur le sommet de la mesa, le long des parois du canyon et jusque dans le fleuve tout en bas. Les équipes de sauveteurs les récupéraient et les rangeaient dans des sacs. Et par ailleurs, j'ai déjà entendu parler de l'histoire du bras.

– Est-ce que celui dont tu as entendu parler avait une sorte de mallette attachée ? Peut-être au moyen d'une chaîne et d'une menotte ?

– Exact, avait confirmé Leaphorn. C'est le même. Mais l'homme qui l'a repéré, dans mon histoire, ne pouvait pas l'atteindre sans se noyer. Quand il est revenu avec des gens pour l'aider, le fleuve l'avait emporté. Ça remonte à il y a longtemps, bien sûr. J'aurais pensé que ce serait oublié depuis longtemps.

– Joe ! s'était récriée Louisa en riant. Qui pourrait oublier qu'il a vu un bras dépasser d'un amas de débris sur le fleuve au bord duquel il vit ? Il y a là matière à donner naissance à un mythe grec. C'est un de nos problèmes, à nous autres qui cherchons des légendes authentiques, vierges de tout apport extérieur, des légendes anciennes qui n'ont pas été contaminées par notre époque moderne si peu romantique.

– Tu as sûrement raison.

– De plus, si ce bras et sa mallette attachée avaient été oubliés, quelqu'un vient de leur redonner vie.

– Comment ça ? De qui tu parles ? Et pourquoi ?

– Un papier a été imprimé, promettant une récompense de dix mille dollars pour un ensemble d'os de bras comparable. Quelqu'un en a distribué à l'Hôtel du Grand Canyon, celui qui est privé, à l'hôtel des Services des parcs nationaux, au centre d'accueil des visiteurs, et l'a diffusé parmi les guides professionnels et les organismes proposant des descentes en radeau, ainsi qu'à Peach Springs. Il y a un numéro à appeler, je pense que c'est un numéro de Flagstaff, si on découvre le bras et si on désire empocher la prime.

Elle avait ri avant d'ajouter :

– J'aurais dû t'en garder un pour te l'apporter.

– Trouve-m'en un si tu peux, Louisa. Le texte disait quoi?

– Eh bien, il y avait un grand titre en travers, dans le haut, qui proclamait : « Dix mille dollars de récompense. » Et dessous, en caractères plus petits, quelque chose comme : « La famille d'une des victimes de l'accident de 1956 recherche les os du bras gauche de John Clarke afin de pouvoir les regrouper avec son corps dans le caveau funéraire familial. » Après, ça expliquait que le bras avait été arraché du corps quand les deux avions étaient entrés en collision au-dessus du Canyon et qu'il n'avait jamais été retrouvé. Que les os pouvaient être identifiés parce que l'avant-bras avait été brisé antérieurement et réparé à l'aide d'une broche chirurgicale quand la victime était jeune, ou parce qu'il était peut-être encore entouré d'une menotte métallique reliée à une mallette en cuir.

– J'aimerais beaucoup en avoir un ou deux, de ces tracts, avait énoncé Leaphorn. Un pour Jim Chee. Je crois que lui et Dashee vont descendre avec Tuve dans le Canyon, demain, pour tenter de retrouver celui qui lui a donné le diamant.

Un long silence avait suivi ces paroles.

– Après Dieu sait combien d'années? s'était étonnée Louisa. Comment peuvent-ils espérer avoir encore une chance d'y parvenir? Sans son nom ni rien. Ça paraît impossible.

– Ouais. Tout ce qu'ils savent, c'est l'endroit où le troc a eu lieu, le fait que le vieux monsieur était un Indien, mais ni un Hopi ni un Navajo, et que, après l'accord conclu concernant ce troc, il a dû descendre dans le Canyon, peut-être sur sept ou huit cents mètres pour aller chercher la pierre. À leur avis, ce devait être une sorte d'ermite, peut-être un shaman havasupai, qui avait dissimulé les diamants dans une grotte.

– Et toi, qu'est-ce que tu crois?

– Moi, je crois qu'ils ne vont trouver personne, mais tu les connais tous les deux. Jim se sentira soulagé parce qu'il aura fait son possible pour aider son vieil ami, et Cowboy aura la conscience tranquille parce qu'il aura rempli son devoir envers sa famille et un membre du Clan de l'Ours comme lui.

Louisa avait soupiré.

– Bien sûr. Tu ferais la même chose, pas vrai?

Avant qu'il ait pu réfléchir à une réponse franche et honnête, elle avait quelque chose à ajouter.

– Un ermite, tu as dit. La vieille femme avec qui j'ai discuté hier m'a parlé du dernier shaman qu'ils ont eu (il est mort dans les années 1960, il me semble), et elle m'a raconté qu'un homme originaire de la réserve Paiute de Kaibab était l'ami de ce shaman et était toujours fourré du côté de Peach Springs. D'après ce qu'elle m'a dit, il vivait plus ou moins à temps partiel avec une Havasupai. Elle me l'a décrit comme un « homme qui regarde loin », l'appellation des Supais pour les gens qui sont capables de prédire l'avenir, de retrouver des objets, tout ça. Un peu comme votre Shaman-qui-Lit-dans-le-Cristal, chez les Navajos. En tout cas, il s'est attiré je ne sais quels ennuis, il a quitté Peach Springs pour une destination inconnue et plus personne ne l'a revu. Ils pensent qu'il s'est aménagé une sorte de refuge dans l'une de ces cavernes dues à l'érosion qu'on rencontre en remontant les canyons transversaux, et qu'il a subsisté en se nourrissant d'écrevisses, de grenouilles et de denrées qu'il pouvait se procurer auprès des canots pneumatiques sur lesquels les touristes descendent le fleuve en permanence. Elle a ajouté que des gens traversaient parfois de l'autre rive pour apprendre des choses à son contact. Qu'ils lui demandaient de se pencher sur leur lointain avenir.

– Hum.

Elle avait ri.

– Dommage qu'ils ne lui aient pas demandé comment trouver ces diamants qui semblent tellement vous intéresser, Chee et toi. La source que j'ai, à Peach Springs, m'a dit qu'il semblait avoir beaucoup de clients, après cette catastrophe aérienne. Il y avait énormément de choses perdues à retrouver.

– Ouais. Des amis ou des proches, par exemple. Y compris un bras gauche arraché, avec une mallette de diamants attachée par une chaîne.

– Je pourrais t'en rapporter deux, de ces tracts. Mais s'il te les faut plus vite, on m'a dit que la personne qui les a fait imprimer a publié le même message dans les petites annonces du *Navajo News*, ainsi que dans le journal de Flagstaff et dans d'autres de la région. Il est facile de se procurer un exemplaire pour vérifier.

– C'est vrai ?

Leaphorn se disait que cela avait dû coûter cher, d'imprimer tous ces tracts et d'en assurer la diffusion dans les journaux. Il repensait à ce que Pinto lui avait dit, à ses spéculations concernant la volonté de Washington de privilégier la dimension fédérale de cette situation bien précise. Il se disait que tout cela devenait beaucoup plus intéressant.

– Joe ? Tu es toujours là ?

– Tu peux me rendre un service, Louisa ? Est-ce que tu pourrais réunir tous les renseignements que tu peux sur cet éventuel ermite ? Son nom ? S'il est toujours vivant ? S'il habitait sur la rive du fleuve où se trouve Peach Springs ? Si quelqu'un sait où il pourrait être ? Bref, tiens-moi simplement au courant de ce que tu réussiras à apprendre sur son compte.

– D'accord, Joe. Mais si je le fais, tu vas être obligé de me promettre que tu me tiendras informée. Je ne veux pas apprendre qu'il s'est passé quelque chose d'extraordinaire en lisant le *Farmington Times* ou le *Gallup Independent.*

– D'accord. Je te le promets.

– Encore une chose qui pourrait t'intéresser. Dans les diverses nouvelles légendes et modifications apportées aux anciennes que ce désastre a engendrées, il y a un regain d'intérêt pour Masaw. Tu te souviens de qui c'est ?

– L'esprit kachina des Hopis qui joue un peu le rôle de gardien de ce monde-ci. C'est lui qui les y a accueillis quand ils ont émergé du quatrième monde, qui leur a indiqué où ils devaient vivre et leur a appris qu'ils ne devaient pas avoir peur de la mort. Masaw, qu'on appelle aussi l'Homme Squelette, Maasau'u ou encore...

– Ou encore deux ou trois autres noms. Mais bon, un homme âgé, peut-être cet ermite dont je t'ai parlé, a, paraît-il, voulu lancer une sorte de secte dédiée à l'Homme Squelette. Pour que les gens cessent d'être aussi obsédés par ces cent vingt-huit corps qui leur tombaient sur la tête.

– Sans doute un peu comme cette histoire de thérapie, dans l'État du Colorado, quand tous ces gosses ont été abattus dans leur école.

– Un peu, avait confirmé Louisa. Et écoute, si Chee et l'agent Dashee viennent ici, fais-moi savoir où je peux les contacter. Les téléphones portables fonctionnent quand ils veulent, mais ça arrive. C'est sur le mien que je te parle, là.

– Entendu. Et quand tu seras de retour, je te montrerai la petite bourse à pollen en cuir que Shorty McGinnis m'a remise, celle dans laquelle était conservé le diamant. Il y a un symbole animal cousu dessus. Moi, je ne l'avais jamais vu avant, mais j'ai pensé que tu le connaîtrais peut-être.

– Par les temps qui courent, il y a des chances que ce soit une représentation inspirée d'un film des studios Disney.

Après avoir raccroché, il s'aperçut qu'il ne lui avait pas dit où elle pourrait trouver Chee et Dashee. En réalité, il n'en savait rien lui-même.

Où donc avait-il noté ce numéro de portable ? Sur le dos d'une enveloppe, vraisemblablement. Il allait fouiller dans sa corbeille à papiers. En espérant avoir de la chance. Ou appeler le bureau de la Police tribale navajo à Shiprock. Peut-être y aurait-il quelqu'un là-bas qui l'aurait.

13

Joanna Craig avait suivi Tuve sur le trajet de son retour dans la Nation Hopi. Son oncle l'avait fait monter dans un pick-up truck très cabossé et extrêmement poussiéreux. Ces véhicules, dans le pays indien, sont aussi communs que les taxis à New York, mais celui-là favorisa la cause de Joanna parce qu'il transportait sur son plateau arrière une immense boîte, suffisamment volumineuse pour contenir un réfrigérateur de grande taille et portant une étiquette de la marque Kitchenaide au rouge éclatant.

À deux ou trois reprises, cette aide lui avait été nécessaire. L'oncle de Tuve s'était engouffré dans une station-service de Ganado et elle l'aurait perdu si elle n'avait pas vu la grosse boîte dressée vers le ciel pendant qu'elle poursuivait sa route. Elle l'aurait à nouveau perdu juste après le village de Polacca quand il avait bifurqué alors qu'elle ne s'y attendait pas et qu'elle s'était laissé piéger à suivre un autre pick-up qui avait la même nuance de bleu et le même état poussiéreux avancé. Mais une fois encore la marque inscrite en rouge l'avait aidée, elle avait effectué un demi-tour prohibé et emprunté le sillage de la boîte sur une route étroite qui grimpait à l'assaut des pentes de Première Mesa pour desservir les petits villages de pierre de Walpi, Hano, Sichomovi et ce qui s'étendait au-delà.

Et maintenant l'ensemble lui apparut, boîte et petit camion, arrêté sur une courte portion de piste envahie d'herbes qui menait à une maison de pierres plates, à sa remise de matériel attenante, son enclos à moutons, ses toilettes extérieures et les vestiges rouillés d'un précédent pick-up. Elle ne vit aucune trace de Tuve, de son oncle ou de quiconque et poursuivit son chemin, trouva un bouquet de genévriers où elle pouvait se garer presque entièrement hors de vue et surveiller l'habitation. Elle allait attendre, en proie à l'inquiétude, et reconsidérer sa stratégie pour parvenir au résultat à atteindre, qu'elle devait absolument atteindre, que son destin lui commandait d'atteindre. D'habitude, elle y pensait comme à un moyen d'obtenir que justice lui soit rendue. Quand elle était en colère, elle s'avouait que son but était la vengeance, mais maintenant qu'elle était ici, elle savait qu'elle devait y voir le destin. C'était le destin qui l'avait guidée. Le seul moyen pour elle de détruire Dan Plymale. Tel était son rêve, et sa destinée.

La climatisation de la voiture n'était pas indispensable dans l'air frais et sec de la mesa hopi. Elle abaissa sa vitre, prit dans la boîte à gants ses jumelles qu'elle ajusta sur la maison des Tuve. Personne dans le camion. Rien ne bougeait à l'exception d'un fin filet de fumée qui montait du four à pain en terre, derrière l'habitation. Elle avait déjà envisagé puis rejeté l'idée consistant simplement à aller cogner à la porte pour se présenter et expliquer à la mère et à l'oncle pourquoi elle avait versé le montant de la caution et pourquoi elle avait absolument besoin de l'aide de Billy. Elle était convaincue qu'elle pourrait le faire changer d'avis : elle avait vu la compassion se peindre sur son visage, dans la chambre de l'hôtel. Mais la mère et l'oncle étaient plus âgés, ils seraient soupçonneux, auraient une conscience religieuse supérieure et jamais elle ne pourrait les persuader que les règles associées à la Piste du Sel puissent être contournées. Il lui faudrait attendre l'occasion de voir Billy seul. Attendre au moins que l'oncle soit parti. S'il n'y avait personne pour l'interrompre, elle avait le sentiment qu'elle pourrait le gagner à sa cause en faisant jouer à la fois l'intérêt du garçon et la compassion qu'il ressentait pour l'épreuve qu'elle vivait. Et il en irait vraisemblablement de même avec sa mère.

Que Billy Tuve puisse retrouver l'homme qui lui avait donné cette pierre précieuse, cause de tant d'ennuis, semblait beaucoup moins vraisemblable, et même s'il y parvenait, que cela puisse la conduire ou non aux os de son père correspondait à une autre interrogation à laquelle il n'était pas possible de répondre. Mais elle allait les récupérer. Et ils prouveraient qu'elle était l'héritière de la fortune des Clarke, ils précipiteraient dans la faillite et la ruine Dan Plymale et son hypocrite Fondation pour la Paix éternelle dont l'unique motivation était de s'accaparer l'argent.

Quelqu'un venait d'apparaître sur l'arrière de la maison. Elle se positionna à la vitre du passager pour avoir une vue plus dégagée et braqua ses jumelles sur une femme forte qui marchait lentement, emportant un panier vers une corde à linge tendue entre l'appentis et un arbre proche. Elle y accrocha chemise, jean, chaussettes et sous-vêtement. Vraisemblablement ceux que Tuve portait quand il avait été jeté en prison.

Joanna posa les jumelles et se lova sur le siège pour adopter une position plus confortable. Prête à patienter davantage, à planifier, à se remémorer. Et à redonner de la vigueur à la confiance absolue dont elle avait besoin pour mener cette tâche à son terme. Elle y parviendrait parce qu'elle le devait. Parce que tel était son destin. Un destin qui avait été d'une douloureuse lenteur, mais qui l'avait finalement menée à cet endroit, et il la conduirait jusqu'aux os qui, à leur tour, lui procureraient enfin la paix de savoir qu'elle avait accompli son devoir. La paix qui consistait à porter son véritable nom, à adopter légalement celui de Joanna Clarke. Celle d'avoir enfin vengé sa mère. Son père. Et elle aussi.

La vengeance était son but depuis ses années de secondaire, quand elle vivait avec sa mère et le mari âgé de celle-ci, dans sa somptueuse demeure estivale au cœur des montagnes du Montana, et qu'elle avait appris que le nom qu'elle portait n'était que pure invention.

Le mari âgé se mourait alors d'une variante cancéreuse, ce qui était probablement déjà le cas quand sa mère, qui venait d'avoir trente ans à l'époque, avait épousé ce vieux monsieur tout gris qui se déplaçait dans une voiture conduite par un chauffeur. Joanna avait été demoiselle d'honneur à la cérémonie, âgée de neuf ans seulement mais déjà assez mûre pour se demander quelle raison sa mère pouvait avoir de se marier avec un grand-père à l'allure souffreteuse. Ce n'était qu'à la suite du décès de sa mère, un an après avoir obtenu son diplôme de l'université du Montana, qu'elle avait appris le reste de l'histoire. Et son vrai nom.

Le représentant légal de sa mère lui avait remis la lettre, une épaisse enveloppe fermée par un sceau en cire estampillé. Sa mère avait écrit dessus : « À remettre à ma fille, Joanna Clarke, au cas où il m'arriverait de mourir. »

Un homme sortit de la maison des Tuve. Joanna braqua à nouveau les jumelles. C'était l'oncle. Billy resta sur le seuil et lui dit quelque chose. L'oncle monta dans le pick-up, le moteur gronda, le petit camion descendit la piste en marche arrière, tourna sur la chaussée et s'éloigna lentement dans la direction d'où ils étaient venus. Billy Tuve disparut, referma la porte. Joanna orienta les jumelles sur l'arrière de l'habitation, repéra la mère près de l'enclos à moutons dont la barrière était ouverte et d'où sortaient les animaux. Puis elle reporta son attention sur le pick-up qui disparaissait maintenant derrière le rebord de la mesa. Elle revint à la mère de Tuve qui suivait le troupeau, sans doute vers l'endroit où elle l'emmenait paître. La porte principale était toujours fermée. Elle décida de patienter environ cinq minutes. Après, elle irait voir Billy, elle saurait le convaincre et le conduirait au point d'où partait la Piste du Sel avant de s'y engager pour accomplir son destin.

Lequel destin, néanmoins, ne lui octroya pas cinq minutes entières. Au moment où elle tournait la clef de contact pour démarrer et s'approcher de la maison afin d'exécuter cette partie de son plan, une autre voiture franchit le rebord de la mesa, une conduite intérieure blanche qui roulait vite. Joanna décida qu'elle allait attendre une minute de plus afin de la laisser passer. Ce que ne fit pas la voiture. Elle ralentit, tourna sur la piste menant à l'habitation des Tuve et s'immobilisa. Un homme en descendit, un gaillard imposant. Billy Tuve se présenta à la porte. Ils nouèrent contact sur le seuil de la maison et échangèrent des paroles. Pour Joanna, jumelles braquées sur eux, ils n'étaient pas d'accord. Billy fit un geste de négation. La discussion reprit. Billy disparut à l'intérieur. L'homme attendit sur le seuil. Sans bouger. Joanna consulta sa montre. Deux minutes s'écoulèrent. Quatre. L'homme s'appuya au chambranle, changea l'inclinaison de son chapeau de manière à protéger son visage du soleil.

Tout à coup, elle eut la nausée. Elle savait qui cet homme devait être. Un individu nommé Sherman. Celui qui s'était présenté au Centre des Services du Parc juste avant elle, qui avait demandé où les victimes de la collision aérienne étaient enterrées. Il avait ensuite voulu savoir qui distribuait les tracts promettant une récompense contre des renseignements à ce sujet.

– Vous venez de le rater, avait dit l'employé à Joanna. Il était très curieux de votre offre de récompense. Il m'a dit qu'il s'appelait Sherman et qu'il fallait qu'il vous voie. Je lui ai demandé s'il avait des informations concernant les diamants et il s'est contenté de rire.

Sherman était peut-être un faux nom, se dit-elle, mais de toute façon il pouvait aussi bien s'appeler Plymale. Il était forcément à la solde de l'homme de loi, représentait un des tentacules qui agissaient pour son compte. Ce qui signifiait que Dan Plymale avait retrouvé Billy Tuve avant elle.

Pendant que ces pensées l'agitaient, le Hopi réapparut sur le seuil. Il portait un sac de toile bleue à fermeture éclair qui parut assez lourd quand il le hissa pour le déposer sur le siège arrière de la voiture. Ils s'éloignèrent sur la route et disparurent derrière le bord de la mesa.

Joanna les suivit, prise d'angoisse et de nausée. Ce fut plus facile cette fois car elle était pratiquement sûre de savoir où ils se rendaient et parce que l'autre véhicule était une voiture blanche facile à repérer. Mais que devrait-elle faire quand ils arriveraient à destination ? Elle tira son sac à elle, en fit jouer le fermoir, plongea la main à l'intérieur, sortit un pistolet et se prépara dans la perspective de ce qui l'attendait.

Cette arme, comme presque tout ce qu'elle faisait, sa détermination féroce et ses rêves cauchemardesques, dataient de la lettre que sa mère lui avait laissée. Elle s'en souvenait, au mot près.

Très chère Joanna

Je t'ai menti tout au long de ces années parce que je ne voulais pas que tu hérites de la douleur que j'ai dû endurer depuis la mort de ton père. Mais je suis convaincue que tu dois savoir. Le lieutenant David Shaw, tué au Viêt-nam après ta conception, n'était qu'un mensonge. Il n'a jamais existé. Inventé pour cacher la vérité. Ton père s'appelait John Clarke junior, il a péri dans l'épouvantable collision aérienne qui s'est produite au-dessus de l'Arizona, environ six mois avant ta naissance. Il revenait pour notre mariage. Son père (ton grand-père, même s'il ne l'aurait jamais reconnu) était veuf. Il avait déjà dit à John, son fils unique, qu'il n'assisterait pas à la cérémonie. Il m'a écrit dans une lettre que j'appartenais « à la fange de la société », que je n'en avais « qu'après leur argent » et que je n'étais « pas digne d'entrer dans sa famille ».

La plus grande partie du reste de la première page se faisait l'écho d'autres propos injurieux comparables. Elle racontait comment Clarke senior, déjà victime de deux infarctus, en avait fait un troisième pendant les journées où s'étaient déroulées les recherches pour retrouver les corps après l'accident. Il était décédé sans être sorti du coma et ses intérêts avaient été confiés à ses conseillers juridiques, le cabinet Plymale, qui représentait une fondation exonérée d'impôts créée par Clarke senior.

Le cabinet appartenait à Plymale, Stevens, Ebersten et Daly, et l'un de ses jeunes membres était Dan Plymale junior, fils de l'associé majoritaire. Le cabinet semblait avoir envisagé que la mère de Joanna ait bel et bien conçu l'enfant de John Clarke junior. Plymale senior l'avait contactée, lui avait déclaré qu'elle n'avait aucun droit à revendiquer la moindre part de la succession, mais il lui avait proposé une somme de dix mille dollars si elle signait l'acte de renonciation. Elle s'était renseignée auprès de Hal Simmons, et celui-ci lui avait appris que le testament laissait l'essentiel du patrimoine à John, ou à ses descendants dans l'éventualité où il les précéderait dans la mort. En l'absence de descendants, cette partie essentielle de l'héritage revenait à la fondation qu'il avait créée sur les conseils et avec l'aide de Dan Plymale. L'exécuteur testamentaire et l'administrateur de la fondation caritative devait être le cabinet juridique de Plymale.

Elle avait remis à Hal Simmons des photocopies des lettres d'amour que John lui avait écrites, dont celles où il parlait de sa grossesse, ainsi que la toute dernière d'entre elles. Dans celle-ci, Clarke disait qu'il serait « à la maison demain pour te serrer dans mes bras et te conduire à l'église de telle sorte que ce tout petit enfant que nous avons conçu ensemble acquière un statut respectable et reconnu... et Papa Clarke peut bien en penser ce qu'il veut, on s'en moque ».

Simmons avait rencontré les Plymale, père et fils. Il leur avait montré les lettres et leur avait proposé de négocier un arrangement. Ils avaient refusé, prétextant que ces missives ne constituaient pas une preuve suffisante. Néanmoins, dans la mesure où il y avait grossesse, ils avaient suggéré de faire passer la somme offerte de dix mille à trente mille dollars, à condition qu'il y ait avortement et que la preuve leur en soit fournie.

Joanna se souvenait avec précision de ce que sa mère avait écrit.

Souviens-toi, Joanna, de ces vingt mille dollars qu'ils ont ajouté à leur proposition. Voilà ce que ta vie valait, pour eux. Vingt mille dollars de récompense si je te tuais dans mon ventre.

Vingt mille dollars ! Quand elle avait appris que c'était la valeur estimée du diamant de son père, le diamant que le pauvre Billy Tuve avait tenté de gager contre un billet de vingt, elle en avait ressenti l'ironie profonde. Elle avait ri d'abord avant de pleurer, puis elle s'était demandé s'il s'agissait de ce même diamant que son père ramenait à sa mère comme cadeau de mariage, et elle avait à nouveau fondu en larmes. Et voilà que le diamant, ou un autre en tous points semblable, la conduisait vers son destin.

Simmons avait expliqué à sa mère que les Plymale avaient probablement la bonne interprétation de la loi. Il leur fallait des preuves matérielles supplémentaires pour établir que l'enfant qui n'était pas encore né avait été engendré par la semence de Clarke. Avec une partie de l'argent que sa mère avait hérité des biens propres de son mari, et peut-être la perspective d'émoluments généreux calculés sur les sommes qui reviendraient à sa cliente, Simmons s'était assuré les services d'une société nationale spécialisée dans les enquêtes privées afin d'apprendre tout ce qu'il était possible de savoir sur John Clarke junior, ses affaires de diamantaire, les derniers mois de sa vie et les circonstances de son décès.

Les renseignements étaient arrivés au compte-gouttes. D'abord, le fait que son père convoyait des diamants taillés à la demande, de Los Angeles à New York. Cette information avait été fournie par un négociant du quartier des diamantaires de New York qui attendait ces pierres. Soixante-quatorze, s'échelonnant en poids entre 3,7 et 7,2 carats, des pierres d'un blanc bleuté, parfaites sans exception, dont une avait été taillée spécialement pour sa mère, exactement comme son père le lui avait annoncé dans son dernier courrier. Dans cette ultime lettre, il avait dessiné un petit croquis précis du diamant pour indiquer comment le tailleur lui avait conféré sa forme personnalisée.

Auprès des employés de la compagnie aérienne, à Los Angeles, l'agence d'enquête avait réuni des témoignages confirmant que Clarke avait embarqué sur l'appareil avec la mallette aux diamants verrouillée autour du poignet gauche, et qu'il avait repoussé la demande des agents de sécurité qui voulaient l'ouvrir afin d'en inspecter le contenu en leur expliquant que les gens qui convoient des diamants, au même titre que les porteurs de messages confidentiels au plus haut niveau, ne pouvaient pas ouvrir ce genre de mallette. La clef permettant de le faire avait été transmise, par un intermédiaire différent, à la personne qui allait les réceptionner, les compter, les peser et signer les reçus.

Auprès des employés des Services des parcs nationaux, des guides qui avaient travaillé dans le Canyon, de la police d'Arizona, d'une demi-douzaine de citoyens havasupai qui avaient participé à la récupération des corps et des fragments des avions disloqués, l'agence avait appris que le corps de Clarke n'avait pas été retrouvé et identifié. Ils avaient également établi qu'un membre d'un groupe de touristes qui participait à une descente guidée du Colorado en radeau, onze jours après la catastrophe, avait vu un lambeau de corps dans un amas de branchages en aval de l'un des rapides. Il n'avait pas pu atteindre l'endroit en raison du courant mais avait pris des clichés depuis une avancée rocheuse proche. Quand une équipe de guides était parvenue à atteindre l'endroit deux semaines plus tard pour récupérer le bras, il n'y était plus, pas davantage qu'une partie de la masse de déchets accumulés que le touriste avait vue. Une recherche organisée en aval avait été vaine.

L'agence avait précisé que l'homme qui avait pris ces photos était mort depuis mais que sa famille avait gardé les épreuves et les négatifs comme une sorte de souvenir macabre de ce qui avait été, à l'époque, la pire catastrophe de l'histoire de l'aviation civile. Des tirages en avaient été faits et transmis à Simmons et à sa mère, et Joanna les avait avec elle, dans son sac à main. C'étaient les seules photos qu'elle possédait de son père. Les proches parents de John Clarke avaient opposé un refus à ses demandes d'anciennes photos de famille.

À son rapport final, l'agence joignait une série d'entretiens où bon nombre de personnes (en majorité des Havasupais, quelques employés du Parc national du Grand Canyon, des guides professionnels, des touristes de passage) parlaient d'un homme, généralement décrit comme ayant de longs cheveux gris ou blancs, de stature élancée, portant des vêtement très usés ou en haillons, qui prétendait avoir trouvé un bras sectionné dans le fleuve, ou l'avoir repêché alors qu'il dérivait avec un amas de branches. Si ces récits variaient par quantité de détails, la plupart des gens interrogés s'accordaient pour dire que l'inconnu se trouvait sur ce qu'on appelle le « côté sud » du Canyon, en contrebas de ce que l'on surnomme la Rive Sud, celle que privilégient les touristes, et en aval par rapport à l'endroit où le Petit Colorado se jette dans le Grand Canyon. Ils semblaient également laisser entendre de différentes manières qu'il s'agissait d'un ermite, d'un personnage plutôt excentrique, peut-être d'un fanatique religieux. Deux témoignages le présentaient comme un shaman havasupai qui avait disparu une vingtaine d'années auparavant et dont avait perduré le souvenir d'un visionnaire doué pour retrouver les enfants perdus, les animaux égarés, tout ce qui avait disparu.

Dans l'analyse qu'en faisait Joanna, un élément important de ces lacunaires « rapports concernant l'ermite » était la mention, figurant dans trois d'entre eux, disant que cet étrange individu se présentait comme étant soit un prêtre, soit le gardien d'un lieu sacré. L'un des rapports incluait la description de ce qui se produisait quand les rayons du soleil atteignaient ce sanctuaire : « Quand cela arrive, nous a-t-il raconté, il " renvoie vers le Soleil Père une lumière éblouissante ", mais en précisant que cela ne se produit que vers la fin de la matinée, quand le soleil est presque au zénith ».

Pour Joanna, cette « lumière éblouissante » suggérait que le soleil tombait sur des diamants qui décoraient peut-être le sanctuaire de cet étrange personnage. Mais le plus important était la datation de ces rapports de troisième main. Dans l'un d'eux, la personne interrogée disait avoir rencontré l'ermite trois ans auparavant seulement. Une autre avait situé sa conversation avec lui « probablement vers le mois de juillet, il y a deux ans de ça ».

On pouvait donc raisonnablement penser qu'il était toujours vivant. Et l'homme qui pouvait lui permettre de le retrouver était juste devant elle dans la voiture blanche qui ralentissait, tournait sur une piste menant au bord de la mesa, à la limite de la haute, haute paroi qui plongeait dans les profondeurs du Canyon. Probablement au point de départ du chemin hopi qui s'enfonçait vers le Sanctuaire du Sel.

Elle fit halte à l'embranchement, observa en attendant que la voiture ait disparu derrière un écran de genévriers. Elle la suivit alors à vitesse réduite. Afin de leur laisser le temps de sortir le matériel destiné à descendre dans le Canyon. Son plan consistait à arriver juste avant qu'ils ne s'engagent sur la pente. Mais que ferait-elle à ce moment-là ? Elle déciderait quand elle y serait contrainte.

La voiture blanche était là, l'arrière tourné vers elle. Les deux hommes toujours à l'intérieur. La portière du passager s'ouvrit, se referma brutalement. Joanna se gara, prit ses jumelles qu'elle porta à ses yeux. Une sorte de lutte semblait se dérouler. Puis elle s'acheva. Joanna parvenait à distinguer ce qui devait être la tête de Tuve contre la vitre du passager, et une partie du visage du conducteur. Qui parlait.

Elle mit pied à terre, le pistolet au poing, caché derrière son dos, et s'approcha lentement en demeurant du côté du conducteur qui devait être Sherman, mais en restant dans l'angle mort, se félicitant du silence que préservaient ses chaussures de randonnée. Elle entendait la voix du conducteur, maintenant, par sa fenêtre ouverte, forte, avec des accents de colère. Elle se glissa le long de la voiture, vit Billy Tuve réfugié contre la portière opposée, tête courbée.

Sherman agitait sa main droite de haut en bas dans un geste difficile à interpréter. Il avait le regard fixé sur Tuve et continuait de parler. Il tenait un pistolet dans cette même main. Joanna baissa les yeux vers le sien, plus petit que le modèle, utilisé dans la police, que Sherman agitait dans les airs. Elle l'arma, s'assura que le cran de sûreté était retiré. Très silencieusement, elle effectua les deux derniers pas nécessaires, se planta devant la portière, introduisit son pistolet par la vitre, appuya le canon sur la nuque de Sherman et ordonna :

– Monsieur Sherman, laissez tomber votre arme sur vos cuisses.

– Hein ? fit-il d'une voix étranglée en essayant de tourner la tête.

Joanna lui enfonça le canon sous l'oreille.

– Lâchez-la tout de suite. Ou je vous tue.

Il s'exécuta. Dit :

– Je suis policier. Et vous, bordel, qui vous êtes ? Laissez-moi sortir ma plaque.

– Ramassez votre pistolet par le bout du canon avec la main gauche, ordonna-t-elle en maintenant la pression sur son oreille. Après, tendez-le-moi. La crosse en avant. Sinon, j'appuie sur la détente et je vous expédie une balle dans la tête.

– Du calme, plaida-t-il. Pas de geste brusque.

Il avança la main gauche, saisit le canon entre le pouce et l'index et lui tendit l'arme, la crosse en avant.

Joanna avait plongé sa main gauche dans la poche de sa veste d'où elle sortit un joli petit mouchoir. Elle s'en servit pour récupérer le pistolet de Sherman, y jeta un coup d'œil, remarqua qu'il n'était pas armé.

– Je sais qui vous êtes, dit Sherman. La femme qui essaye de mettre le grappin sur la fortune des Clarke. Ou alors vous êtes quelqu'un qui travaille pour son compte.

– Et vous, un détective privé du nom de Sherman. Qu'est-ce que vous fabriquez ici ?

– Il voulait me tuer, dit Billy Tuve qui s'était tourné et la regardait, appuyé contre la portière. Il m'a dit que si je refusais de le guider sur notre Piste du Sel, il allait m'abattre, pousser mon corps dans le vide et le laisser en pâture aux coyotes.

– Il ment, ce petit connard, contesta Sherman. Il m'a donné sa promesse. Je n'avais aucune intention de le tuer.

– Dites-moi pour qui vous travaillez, exigea Joanna. Je le sais déjà mais je veux confirmation. Alors pas de mensonge.

Sherman s'était tourné face à elle, il regardait droit dans le canon du pistolet braqué juste hors d'atteinte s'il décidait de tenter sa chance.

– Il s'appelle Chandler. Bradford Chandler. Il dirige l'agence Cavales et Compagnie, je crois qu'elle s'appelle comme ça.

Joanna réfléchit un instant.

– C'est Chandler qui vous a engagé, dit-elle. Et lui, qui l'a engagé ? Et qu'est-ce qu'il est chargé de faire ?

Sherman fit la grimace, se mordit la lèvre inférieure, hésita.

– Vous êtes probablement déjà au courant pour les bijoux égarés, dit-il.

– Continuez.

– Chandler les veut.

Joanna hocha la tête, l'incita à poursuivre :

– Et... ?

– Vous croyez qu'il y a autre chose ? demanda Sherman avec un haussement d'épaules.

– Je le sais, qu'il y a autre chose. Vous avez déjà mentionné la fortune. Mais vous ne m'avez pas dit qui a engagé ce Bradford Chandler.

– Écoutez, fit Sherman qui s'exprimait maintenant avec colère. Je suis un représentant de la loi. Pour qui vous vous...

Joanna appuya l'arme contre son globe oculaire gauche.

– O.K., d'accord, s'écria-t-il d'une petite voix de tête. Chandler est resté dans le vague là-dessus. Je crois que c'est un cabinet juridique.

– Le nom, exigea-t-elle.

– Sans doute Plymale. Je crois que c'est ça. Et une fondation qu'il dirige est impliquée là-dedans.

La gueule du pistolet était toujours désagréablement au contact de son orbite. Elle avait relâché la pression mais elle la remit.

– Vous ne vous imaginez pas me faire croire que le vieux Plymale veut seulement les diamants, j'espère.

La tête de Sherman était repoussée contre le dossier du siège.

– Non, non, dit-il. Ce sont d'autres gens qui sont à la recherche des diamants, mais en fait, ce qu'ils veulent surtout, ce sont des ossements. Ils les veulent pour pratiquer des analyses d'ADN. Pour obtenir des preuves dans une action en justice. Il y a un sacré paquet de fric en jeu. Et il y a une femme qui est en quête de ces ossements, elle aussi, et lui, l'Indien qui est avec moi, il est censé savoir où les trouver. Il était...

– C'est quoi, le nom de cette femme ? interrogea Joanna.

– Craig. Joanna Craig, je crois.

Elle écarta son pistolet du visage de Sherman, arma l'autre en prenant grand soin de maintenir le mouchoir sur le chien.

– Vous avez autre chose à me dire ?

– C'est tout. Mais ce que je peux vous affirmer, bordel, c'est que vous ne vous en sortirez pas comme ça. Traiter un représentant de...

Joanna avait déjà eu le temps d'introduire la grosse arme de poing par la fenêtre, de la mettre au contact de sa cage thoracique et d'appuyer sur la détente.

14

Bradford Chandler avait fait tout ce qu'il avait à faire à l'entrée sud du Grand Canyon. Il était descendu dans une suite très confortable du Grand Hôtel, avait effectué une visite de pure précaution à l'aéroport local pour s'assurer qu'il y avait des possibilités d'affréter des vols, avait réservé une Jeep pour une visite guidée, rempli tous les formulaires exigés par les Services du parc pour descendre dans les profondeurs du Canyon, et recueilli les informations relatives à ce qu'il faut faire et ne pas faire quand on s'y rend en excursion. L'une de celles-ci consistait en un rappel : c'était « la saison des moussons » sur les montagnes de l'Ouest, une saison d'orages violents ayant fréquemment pour conséquence de déclencher de soudains, brefs et dangereux torrents qui déferlent dans les canyons secondaires avant de se jeter dans le Colorado.

Fidèle à ses habitudes, il avait choisi la jeune employée la plus jolie des Services du parc pour obtenir les informations dont il avait besoin, avait aussitôt relevé sur sa plaque qu'elle s'appelait Mela, et avait fait jouer son charme selon une technique bien rodée à l'époque où il était étudiant. Il devait retrouver sa tante ici, lui avait-il raconté. Elle s'appelait Joanna Craig. Malheureusement, il était en retard. Pouvait-elle lui dire si Mme Craig était déjà venue en quête de renseignements et des autorisations nécessaires ? La formation suivie par la jeune femme lui ayant enseigné à se mettre au service des touristes, elle n'avait vraisemblablement nul besoin d'y être encouragée par ce déploiement de charme. Elle avait vérifié.

Oui, une Ms Joanna Craig avait bien effectué les démarches pour une excursion dans le Canyon.

– Elle est venue hier, avait ajouté l'employée en rendant son sourire à Chandler. Vous êtes encore plus en retard que vous ne le pensiez.

– Je peux peut-être la rattraper quand même. Est-ce qu'elle est descendue au Grand Hôtel ?

Il avait sorti son calepin de sa poche de veste, en avait tourné les feuillets suffisamment longtemps pour laisser à penser qu'il cherchait vraiment avant d'ajouter :

– Nous avons l'intention de suivre la piste du Sanctuaire du Sel des Hopis. Est-ce qu'elle vous en a touché un mot ? Est-ce qu'elle a pécisé quel chemin elle allait emprunter ?

Il était reparti avec un non en réponse à ces deux questions et une mise en garde donnée par les Services du parc : avant d'emprunter la Piste du Sel, il fallait en référer aux autorités hopi. Elle était strictement limitée à l'usage religieux des membres de la tribu et il ne lui serait sans doute pas possible de la prendre. Il s'était ensuite arrêté à l'hôtel. Oui, une Ms Joanna Craig était enregistrée. Il avait composé le numéro de sa chambre sur la ligne interne. Pas de réponse. Nul besoin d'avoir recours à l'explication préparée à l'avance : « Veuillez m'excuser, j'ai fait un faux numéro. » Il avait ensuite repris le volant pour se rendre sur un parking réservé aux touristes et y avait trouvé un endroit où il pouvait patienter en profitant de l'ombre et de la vue. Là, il avait attendu que son portable sonne et que Sherman lui donne le feu vert qui marquerait le début de la phase finale de l'opération.

Sherman l'avait appelé une fois auparavant afin de lui rendre compte de sa réussite. Il avait déniché la maison de la mère de Billy Tuve, lequel s'y trouvait, il s'était présenté comme étant un adjoint du shérif chargé de ramener le Hopi à Gallup afin d'éclaircir une difficulté liée au versement de sa caution. Il avait ensuite confié à Tuve qu'il ne le croyait pas l'auteur du meurtre commis dans le magasin de Zuni, qu'il voulait l'aider à retrouver le vieil homme ayant procédé au troc du diamant, ce qui établirait son innocence.

– Abrégez un peu, avait exigé Chandler. Où il est, là ?

– Parti pisser. On peut parler ?

– Euh, à condition d'accélérer le mouvement. Où on se retrouve ?

Sherman avait répondu qu'il n'en savait encore rien.

– Il me dit qu'il doit emprunter un chemin qu'ils appellent la Piste du Sel pour arriver près de l'endroit où il a rencontré ce type, mais d'après lui, personne ne peut descendre par là sans respecter des rites religieux obligatoires. Vous devez comprendre que j'ai beaucoup de mal à le convaincre de le faire. Jusque-là, tout ce qu'il a accepté, c'est de me montrer l'endroit, au sommet, d'où part cette piste. Il me dit qu'il exécutera avec nous les rites de bénédiction nécessaires, qu'il nous donnera du pollen et des bâtons de prières pour nous protéger des esprits, mais il refuse de nous accompagner.

– Et puis quoi encore ! Qu'est-ce qui vous arrive, Sherman ? Je croyais que vous saviez convaincre les gens de faire ce qu'ils ne veulent pas.

– Il prétend que ce n'est pas de sa faute. D'après lui, leurs Esprits Gardiens empêchent ceux qui n'ont rien à faire sur cette piste de l'utiliser. (Il avait eu un petit ricanement.) Il dit que ces esprits ressemblent à nous autres, les humains, mais qu'ils ont deux cœurs, qu'ils parlent encore aux animaux, qu'ils possèdent toutes sortes de pouvoirs. Et ils nous précipiteront dans le vide, ils nous feront tomber des rochers sur la tête, s'arrangeront pour que les serpents nous piquent, ce genre de chose. Il dit qu'il nous aidera mais qu'il refuse de descendre avec nous. De toute façon, il va maintenant me guider à un parking qui se trouve juste au bord, là d'où part le chemin, et quand j'y serai, je vous rappellerai. Ça ne peut pas être très loin de l'entrée sud du parc. Vous voulez que je vous y attende ? C'est quoi, votre plan ?

– Écoutez, Sherman. Ça ne nous aidera strictement à rien de descendre dans le Canyon s'il ne nous accompagne pas. Il faut absolument qu'il vienne pour nous servir de guide.

– C'est ce que je lui ai dit. Mais il m'a répondu que ça ne nous poserait pas de difficultés et il m'a indiqué exactement comment aller du bout de la piste à l'endroit où il était assis quand l'Indien est arrivé avec le diamant, de même que les autres directions dont nous aurons besoin.

– Je vous écoute.

Sherman les lui avait exposées : nombre de mètres depuis la rive, nombre de pas en suivant le cours du fleuve vers l'aval et en contournant un coin de la falaise pour atteindre l'embouchure d'une ravine de ruissellement où il pense que ce type habite, nombre de minutes qu'il lui a fallu pour revenir.

– Je pense que nous pouvons nous passer de lui, avait-il conclu.

– Peut-être, mais trop d'argent en dépend pour que nous nous contentions d'un peut-être.

– Moi non plus, je n'avais pas l'intention de m'en contenter. Il va nous y conduire.

– Ah ouais ? avait réagi Chandler en mettant l'accent sur le doute.

– Arrêtez, Chandler. Vous m'avez déjà rappelé que j'ai la réputation de forcer les gens à faire ce qu'ils ne veulent pas. Souvenez-vous que j'ai dirigé un service d'enquêtes criminelles dans la police. Je n'ai pas oublié les vieux trucs du métier. J'ai appris ce qui pouvait faciliter la coopération chez des gens de toutes extractions. Des gens beaucoup plus coriaces que ce petit Indien attardé.

Ces mots avaient redonné une grande partie de sa confiance à Chandler. C'était vrai que son interlocuteur avait acquis une réputation, mauvaise dans certains cercles, en raison de son savoir-faire pour convaincre les suspects réfractaires de révéler le lieu où des corps avaient été cachés, l'identité de leurs comparses et autres informations cruciales... des faits qui avaient bien plus bénéficié à la cause de la loi qu'ils n'avaient renforcé les perspectives d'avenir des accusés.

– Bon, d'accord. Et pour le reste de ce que je vous ai demandé ? Qu'avez-vous trouvé sur la femme qui a payé la caution de Tuve ?

– C'est quelqu'un d'intéressant. Son nom, celui qu'elle utilise, en tout cas, est Joanna Craig, elle est de New York et, d'après ce que j'entends dire par différentes personnes qui travaillent au maintien de l'ordre, elle est déjà venue ici à deux ou trois reprises dans le passé pour tenter de découvrir où est la tombe de son père.

Sherman avait attendu une réaction. Aucune n'était venue.

– C'est probablement la femme dont vous m'avez parlé.

– Continuez, avait ordonné Chandler.

– Ça ne vous surprend pas ?

– Pas beaucoup.

– Moi, si. Ça me pose des problèmes quand je ne sais pas dans quoi je mets les pieds.

– Écoutez, celui pour qui nous travaillons m'a dit qu'il y a une action en justice qui vient se greffer sur tout ça d'une manière ou d'une autre. Un vieux différend concernant un héritage. Rien que nous ayons besoin de connaître. Dites-moi seulement ce que vous savez d'autre sur cette femme.

– Eh bien, elle prétend que le nom de son père était Clarke et qu'il a été tué dans la collision aérienne qui a fait tant de victimes, dans les années cinquante. Elle raconte aux gens qu'elle cherche où son père a été enterré. Qu'elle veut se rendre sur sa tombe.

– Mais elle ne l'a pas trouvée ?

– Il faut croire que non. Je pense que cet accident, et les incendies qui ont suivi, ont causé un vrai carnage. Il a fallu regrouper des lambeaux de corps dans des sacs mortuaires. Et beaucoup ont été carbonisés.

L'humeur de Chandler s'améliora quand cette réaction de Sherman lui revint en mémoire. Il se détendit, profitant de la fraîcheur que lui procurait l'ombre, de la vue sublime et incroyable. Comme tous les Américains d'âge adulte, il avait vu tant de photos somptueuses de ce Canyon qu'il était pour lui devenu banal. Mais il se disait que ces images n'avaient jamais réussi à capturer ce qu'il voyait à cet instant. Il était frappé par le gigantisme stupéfiant de ce trou érodé dans la croûte terrestre, officiellement de quatre cent quarante-cinq kilomètres de longueur d'après la carte du guide qu'il avait acheté, depuis le barrage de Glen Canyon jusqu'au lac Mead, non pas un seul canyon mais des centaines, tranchant à travers des couches multiples et infinies de roches et d'autres minéraux, de coulées de lave et de sédiments des fonds océaniques emportés vers le Colorado d'abord puis jusqu'au Pacifique par l'inexorable force de la gravité et par la ruée des eaux. Il repensait tout à coup à sa dernière année d'études universitaires, juste avant que ses appétits machistes pour les expériences sexuelles ne lui valent une arrestation suivie d'une expulsion, repensait à ses cours de géologie, au vieux professeur Delbert qui leur projetait sur écran des diapositives en couleurs de ces mêmes falaises et tentait de les guider en partant de la strate jaune pâle, près du fond, qu'il appelait grès de Tapeats. « Au-dessus », avait-il expliqué, « on trouve l'argile schisteuse de Bright Angel. Le gris que vous voyez ensuite c'est du calcaire de Muav. » Et ainsi de suite en remontant au fil des couches, couleurs, ères, tandis que le professeur Delbert appuyait la pointe de sa règle sur l'écran, jusqu'à ce qu'ils rencontrent enfin la bande sombre d'argile schisteuse de Hermit puis le grès de Coconino et la formation de Toroweap.

Et cela continuait, la vieille voix cassée de Delbert effeuillait les couches du Plateau du Colorado en partant du noyau d'une planète récemment formée pour aboutir à sa dernière période volcanique, qui datait d'à peine un millénaire. C'était le seul cours que Chandler avait vraiment apprécié. Le seul qui ait sérieusement interrompu sa préoccupation effrénée de séduire les filles des familles richissimes. Elles étaient toujours là, autour de lui, à hocher la tête et à étouffer des rires durant ces conférences. Il songea qu'il aurait dû devenir géologue.

Il en était là de ses pensées lorsqu'un nouveau banc de nuages traversa le Canyon, apportant des modifications dans la répartition de la lumière et lui rappelant que le temps passait, que Sherman n'avait pas encore rappelé. Pourquoi ?

Il sortit son portable de l'étui accroché à sa ceinture et composa le numéro que l'ancien policier lui avait donné. Il écouta la sonnerie retentir un grand nombre de fois. S'assura que le numéro était le bon. Oui, et la sonnerie insistait. Soudain, il entendit une voix.

– Allô.

– Sherman ?

Pas de réponse. Puis :

– Qui est à l'appareil ?

Étrange, pensa-t-il, mais ça ressemblait à la voix de Sherman. Plus ou moins. Il y avait l'intonation impérieuse du flic qui parle.

– Qui vous voulez que ce soit, bordel ? Et où vous êtes, bon Dieu ? Nous perdons beaucoup trop de temps. Est-ce que Tuve coopère ?

– Quels liens entretenez-vous avec M. Sherman ? demanda la voix. Déclinez votre identité.

– Une petite minute. Vous me recevez bien ? Moi j'ai du mal à vous entendre.

Il vérifia une nouvelle fois le numéro qu'il avait fait. C'était bien celui de Sherman. Mais c'était presque à coup sûr à un flic qu'il parlait. Ce qui signifiait que quelque chose avait très mal tourné.

– Et maintenant, vous m'entendez ? demanda-t-il.

– Parfaitement, répondit la voix.

– Moi, je trouve très curieux que vous donniez l'impression d'être en possession du téléphone de Sherman. Où est-il ?

– Vous deviez me dire qui vous êtes. Et d'où vous appelez.

– Oh, c'est vrai. Je m'appelle Jim Belshaw. Et je vous appelle de l'hôtel Best Western à Flagstaff. Sherman devait venir m'y rejoindre. Comment se fait-il que vous ayez son téléphone ?

– Comment se fait-il que vous ayez son numéro ?

Chandler réfléchit un instant à la façon dont il pourrait faire transparaître la colère dans sa voix.

– Vous n'avez qu'à lui demander. Mais laissez-moi lui parler. Qu'est-ce qui se passe, bon sang ? Il y a une heure qu'il devrait être ici. Il va bien ?

– Vous êtes un ami à lui ?

– Oui. Absolument. Il lui est arrivé quelque chose ?

– Je suis l'agent J.D. Moya, de la police de l'État d'Arizona. Monsieur Belshaw, je veux que vous restiez exactement où vous êtes le temps que je puisse dépêcher quelqu'un afin de s'entretenir avec vous.

– Pas de problème. Je serai ici, au Best Western. Est-ce qu'il lui est arrivé quelque chose ? Est-ce que je peux aider en quoi que ce soit ?

– Je suis navré de devoir vous le dire, reprit l'agent Moya, mais l'homme qui se trouve à l'intérieur de cette voiture est dans un état critique.

– Dans un état critique ? Il a eu un accident de la circulation, ou quoi ?

– Blessé par balle. Est-ce que vous savez pourquoi il était armé d'un pistolet ?

Chandler en resta sans voix. Mais un court instant seulement.

– Quelqu'un lui a tiré dessus ? On a essayé de lui voler sa voiture alors qu'il était au volant ? À moins que ça soit un accident. Mais je ne savais même pas qu'il était armé.

Moya n'apporta aucune explication, il demanda :

– Qu'est-ce qu'il fabriquait, garé près du bord du Grand Canyon ?

– Je n'en ai aucune idée. Il était seul ? Est-ce que vous avez arrêté la personne qui lui a tiré dessus ? Ça me surprendrait qu'il ait pris un auto-stoppeur. Est-ce que ça donne l'impression qu'il ait pu se tirer dessus ?

– L'enquête ne fait que commencer, monsieur Belshaw. Je ne suis pas autorisé à révéler quoi que ce soit.

Chandler réfléchit. Combien de temps faudrait-il à la police de l'Arizona pour découvrir qu'il n'y avait pas de Jim Belshaw au Best Western de Flagstaff ? Sans doute une poignée de minutes. Moya allait contacter le siège de la police de l'État à Flagstaff, leur dire d'envoyer quelqu'un. Et après ? Quand l'équipe des techniciens se présenterait sur les lieux du crime, et qu'un véritable enquêteur de la police criminelle arriverait, ils se pencheraient sur ce petit calepin que Sherman avait sur lui. Y trouveraient-ils le nom de Brad Chandler ? Son numéro de portable ? Il y avait malheureusement de grandes chances. Et peut-être également le numéro du Grand Hôtel.

– Agent Moya, dit-il. Si quelqu'un a tué Sherman, je veux qu'il soit puni pour ce crime. Je ne sais sûrement rien qui puisse vous aider, mais si j'en savais plus sur ce que vous avez trouvé, cela pourrait peut-être raviver un souvenir. Par exemple, je crois qu'il avait l'intention de faire une excursion dans le Canyon. Y avait-il du matériel de randonnée dans son véhicule ? Autre exemple, il m'a dit un jour qu'il connaissait un Indien qu'il avait l'intention d'engager comme guide, s'il le faisait. Par conséquent, si c'est pour ça qu'il est allé là-bas, il pourrait y avoir deux jeux de matériel de camping, ou de randonnée, dans sa voiture.

Ces paroles furent suivies d'un temps de silence du côté de Moya.

– Écoutez, merci de votre proposition, monsieur Belshaw. Mais vous êtes dans l'erreur, pour ça. J'ai vu ce qui m'a semblé correspondre à un seul sac à dos dans la voiture. Mais nous n'intervenons en aucune façon sur les lieux d'un crime de sang comme celui-là tant que la police scientifique n'est pas arrivée avec tout son équipement. J'ai juste tendu le bras à l'intérieur pour jeter un coup d'œil à son portefeuille afin de l'identifier, et j'ai remarqué le sang et le gros pistolet sur le plancher de la voiture. C'est pratiquement tout. Ne quittez pas une seconde.

Chandler resta en ligne, inquiet maintenant en percevant les bruits que faisait Moya en utilisant sa radio.

– Monsieur Belshaw, vous êtes certain que vous ne vous êtes pas trompé en me donnant les coordonnées de l'hôtel de Flagstaff ? Nous venons d'appeler par radio. Notre agence de Flagstaff nous répond que le Best Western de la ville n'a actuellement aucun client répondant au patronyme de Belshaw.

Chandler réussit à émettre un rire.

– C'est parce que je venais de me garer devant l'entrée quand j'ai décidé d'appeler Sherman, avant de prendre possession de ma chambre, et vous m'avez communiqué cette affreuse nouvelle. Je vais aller à la réception, là, voir s'ils m'ont gardé ma réservation. Je m'assure que j'ai bien ma chambre et j'attends. Mais vu que Sherman est grièvement blessé, je ne vais peut-être pas rester à Flagstaff.

– Hé, fit Moya. Ne bougez pas de l'hôtel. Nous avons des questions à vous poser.

– La ligne devient très mauvaise sur ma cochonnerie de portable. Je n'ai pas le retour. Juste des grésillements. Vous m'entendez ? Allô ? Allô ? Agent Moya ? Allô ? Écoutez, si vous m'entendez toujours, je vais entrer prendre ma chambre. Je veux savoir ce qui est arrivé à Sherman.

Sur ce, il se contenta de prêter l'oreille. Entendit Moya crier pour se faire entendre. L'entendit pousser des jurons. Finalement le policier abandonna et coupa la communication. À ce moment-là, Chandler arrêta son portable, secoua la tête et entreprit de s'attaquer aux problèmes auxquels il se retrouvait confronté.

Le pire était le calepin que Sherman rangeait dans la poche de sa veste. Il y avait peut-être une chance qu'il n'y ait pas inscrit son nom. Une chance assez grande qu'il n'y ait pas noté son numéro de téléphone au Grand Hôtel. Il ne faudrait pas un talent de détective exceptionnel pour les mettre sur la piste de l'homme qui avait appelé le numéro de portable de Sherman. Mais il n'y pouvait absolument plus rien.

Ce qu'il lui fallait faire maintenant, c'était découvrir ce qu'il était advenu de Billy Tuve. Était-ce lui qui avait tiré sur Sherman ? Peut-être, mais cela ne semblait pas très vraisemblable. Qui, alors ? Probablement une de ces autres personnes dont Plymale l'avait averti qu'elles étaient à la recherche des diamants. Ou, comme il avait voulu le lui faire croire, à la recherche des ossements. Et le travail dont il l'avait chargé consistait juste à empêcher la réussite de pareille entreprise. Il aurait sans doute pu y parvenir simplement et facilement en éliminant Tuve de la circulation. Mais il n'avait jamais eu confiance en Plymale. Tuer Tuve aurait annihilé ses chances de toucher le gros lot : une mallette remplie de diamants de qualité supérieure.

Mais où était Billy Tuve maintenant ? Le groupe antagoniste dont Plymale avait parlé semblait avoir éliminé Sherman. D'après le peu qu'il avait appris de ce fichu flic de l'Arizona, les affaires de Tuve n'avaient pas été abandonnées dans la voiture de Sherman. En se basant sur cette information, l'esprit logique de Chandler parvint à la seule conclusion logique. Les méchants étaient venus pour récupérer Tuve. Sherman avait résisté. Ils l'avaient abattu, avaient embarqué Tuve, et la seule raison pour laquelle ils avaient besoin de lui était identique à celle de Sherman. Ils allaient l'obliger à descendre dans le canyon et se servir de lui pour trouver les diamants. Mais où ? Quelque part près de l'endroit où s'achevait la Piste du Sel, près du lieu où les Hopis récoltaient le sel pour leurs cérémonies. Le guide et conducteur de la Jeep dont il s'était assuré les services pour l'accompagner dans le fond le lendemain avait quantité d'informations sur les lieux sacrés du Canyon, et le Sanctuaire du Sel était proche du point où le Petit Colorado déversait ses eaux dans le fleuve. Aucune piste carrossable, même pour une Jeep, ne leur permettrait d'approcher assez près, lui avait annoncé le chauffeur, mais il pouvait les déposer à l'entrée d'un chemin qu'il avait repéré dans son livre, *Excursions à pied dans le Grand Canyon* : il prenait fin sur la rive du fleuve, ne lui laissant qu'une petite distance à parcourir vers l'amont pour atteindre le sanctuaire.

Chandler ouvrit le coffre de sa voiture d'où il sortit une petite valise en aluminium. Il la posa sur le siège avant, en fit jouer les fermoirs et prit deux petits aérosols à l'intérieur : une bombe de mousse à raser Burma Shave et un conteneur de déodorant corporel Always Fresh. Tous deux avaient été modifiés par leur ancien propriétaire de telle sorte que les capuchons se dévissaient, et tous deux avaient été dérobés dans une consigne où étaient entreposées des preuves matérielles relatives à des crimes anciens. Chandler supposait que ces deux bombes avaient précédemment été utilisées pour dissimuler des doses de crack individuelles. Il les imagina glissées dans un sac d'épicerie avec du pain, de la soupe en conserve, etc., offrant au revendeur un moyen relativement sûr de faire transiter la marchandise jusqu'à son acheteur. Quant à son usage personnel, elles lui permettaient de faire franchir facilement, à son petit pistolet calibre vingt-cinq favori, les détecteurs de sécurité dans les aéroports.

Il en dévissa les sommets, sortit le canon de l'arme, le mécanisme, le chargeur, etc., essuya complètement l'épais dépôt de mousse à raser qui en recouvrait les éléments, éjecta la mousse du canon en soufflant dedans, le nettoya avec une tige qu'il rangeait dans la boîte à cet effet, et remonta l'arme. Il l'avait commandée dans une boutique de mécanismes de collection en Suisse, lors d'un de ses séjours aux sports d'hiver, et l'arme marchait avec une fiabilité typiquement helvétique. Il fit monter une cartouche dans la chambre, l'éjecta au creux de sa main, la réinséra dans la chambre.

Le fonctionnement était parfait. Quand Ms Joanna Craig arriverait le lendemain au sanctuaire hopi en compagnie de Tuve, il les y attendrait.

15

Joe Leaphorn s'était aperçu qu'il disposait en fin de compte d'un moyen pour entrer en communication avec son ancien subordonné. Il avait retrouvé le numéro de portable là où il l'avait noté dans la marge de son agenda. Et donc, le portable se mit à sonner dans la poche de Chee qui se tenait au bord du Grand Canyon et regardait Cowboy Dashee planter des bâtons de prières peints devant une formation rocheuse d'aspect étrange.

Le sergent lâcha l'équivalent navajo d'un juron, s'empara de l'appareil, l'alluma et dit :

– Chee.

– Joe Leaphorn. Est-ce que l'histoire de Billy Tuve vous intéresse toujours ?

– Tout à fait.

– Je veux dire, vous voulez toujours savoir où il s'est procuré ce diamant ? Si oui, j'ai des informations qui pourraient vous servir.

– Aussi intéressé qu'avant. Non pas que nous ayons, les uns comme les autres, beaucoup d'espoir d'aboutir.

Un silence s'ensuivit, puis Leaphorn dit :

– Mais je suis prêt à parier que vous allez descendre quand même, n'est-ce pas ?

Chee jeta un regard alentour. Cowboy était à côté de sa voiture, il donnait un coup de main à Bernie.

– Lieutenant. Ce Billy Tuve est le cousin de Cowboy. Il a eu un traumatisme au cerveau. Et Cowboy a toujours été là pour me soutenir quand j'en ai eu besoin. Depuis nos années de secondaire. Je crois que Cowboy va descendre effectuer cette recherche même s'il n'existe pas de véritable espoir. Nous sommes plus ou moins en train d'en prendre la décision, là.

– Vous avez dit « les uns comme les autres ». Vous, Cowboy et Tuve ?

– Cowboy, moi et Bernie Manuelito. Tuve devait venir, mais quand Cowboy est passé le chercher, il n'était plus là. Quelqu'un s'est présenté à la maison de sa mère et il est parti avec. Ce qui rend encore plus douteuses nos chances de parvenir à un résultat.

– Ce sont probablement les services du shérif qui sont venus le chercher. Il paraît que cette histoire de caution a été remise en cause. Pourquoi Bernie vous accompagne-t-elle ?

– Ce n'était pas les services du shérif. La femme qui lui a permis de sortir de prison, peut-être.

– C'est étrange. Mais pourquoi Bernie vous accompagne-t-elle ? C'est un trajet drôlement dur et exigeant.

– Je ne sais pas pourquoi elle vient.

– Vous voulez que j'essaye de deviner ? demanda Leaphorn en riant.

– Pourquoi vous ne me dites pas plutôt ce que vous aviez à m'apprendre ? répondit Chee d'un ton maussade.

Bernie était à ses côtés, un sac à dos à la main. *Qui c'est ?* lui demanda-t-elle d'un geste de son autre main.

Chee la fit attendre pendant que l'ancien lieutenant retransmettait ce que Louisa lui avait appris, concernant la récompense promise en échange des os, et les rumeurs, consécutives à la catastrophe aérienne, qu'elle avait entendues parmi les tribus vivant dans le fond du Canyon.

– Vous pensez que ça peut vous aider ? conclut-il.

– Peut-être assez pour faire pencher la balance, répondit Chee après un soupir. En tout cas, ça laisse supposer que ce distributeur de diamants pourrait être encore vivant.

– Qui est-ce ? insista Bernie. Billy Tuve ?

– Lieutenant Leaphorn, reprit Chee, Bernie est juste à côté de moi. Vous voulez lui demander pourquoi elle veut descendre ?

Sur ces mots, il tendit le portable à la jeune femme qui le prit avec un petit sourire.

– Lieutenant, dit-elle, c'est exactement ce que je viens d'expliquer à Jim. Je crois que ça va être sympa. De toute façon, lui et Cowboy ont besoin de quelqu'un pour veiller sur eux.

– Soyez prudente, conseilla Leaphorn.

– Ne vous en faites pas. Vous savez où j'habite. L'escalade et la marche au milieu des rochers, je connais très bien.

– Ce n'est pas uniquement ce que je voulais dire, Bernie. Vous devez savoir que le FBI s'est investi dans l'affaire. Ils ont chargé le capitaine Pinto de travailler pour eux. Les Fédéraux voulaient qu'il apprenne tout ce qu'il était possible de découvrir concernant un diamant que Shorty McGinnis était censé avoir en sa possession. Ce qui signifie que Washington s'intéresse à l'affaire et, par conséquent, que cela revêt une énorme importance pour quelqu'un.

– Le sergent Chee m'en a un peu parlé.

– Il n'en sait probablement pas beaucoup plus que moi. J'espère qu'il vous a dit que lui et Cowboy ne sont pas les seuls à être sur la piste de ces diamants.

– Je ne crois pas qu'il l'ait fait.

– D'autre part, il y a une grosse récompense offerte à qui ramènera les ossements de la victime. Dans le but de les enterrer.

– Il y a une autre raison à ça?

– Qui peut le savoir? Mais de toute façon, jeune femme, souvenez-vous que si Washington tient un rôle là-dedans, ça signifie que des gens très influents sont concernés, ce qui d'ordinaire implique qu'il y a beaucoup d'argent en jeu. Ce qui peut rendre la situation dangereuse. Alors soyez prudente. Et essayez de rester en contact. Juste au cas où vous auriez besoin d'aide pour les empêcher de foncer au-devant d'ennuis, faites-moi savoir quand vous arriverez en bas, si vous avez la possibilité d'appeler.

Il leur fallut presque six heures pour parvenir dans le fond. Selon Dashee, ce n'était vraiment pas mal, même si, à la fin de l'adolescence, il avait effectué le parcours en un peu moins de cinq heures. Il avait observé une prudence renforcée aux endroits où les fidèles laissaient de petites offrandes de pollen aux esprits protecteurs de la Piste du Sel, et avait refoulé sa coutume qui consistait à échanger des piques avec Chee.

Son silence gêné n'était pas uniquement dû à l'inquiétude quant à la réaction des esprits qui supervisaient le comportement des membres de la tribu. L'inquiétait également celle des anciens de son clan et de sa kiva s'ils apprenaient qu'il avait escorté deux Navajos sur cette piste sacrée. Aux yeux des Hopis très traditionalistes, les gens du Dinee conservaient leur image de « casseurs de têtes » : des barbares à ce point incivilisés qu'ils tuaient leurs ennemis selon la vieille technique de « la pierre qui défonce le crâne ».

Pour Bernie, qui tentait de reprendre sa respiration sur le sable, cette descente était déjà une sorte de rêve qui s'inscrivait dans une passionnante observation en gros plan de cette nature qu'elle adorait dans sa beauté la plus pure. Et également une expérience qui lui avait mis les nerfs à rude épreuve car un pas de travers sur une pierre instable aurait pu la précipiter cent cinquante mètres en contrebas où elle aurait rebondi sur une saillie avant de reprendre sa chute, de rebondir encore jusqu'à ce que, pour elle, le voyage s'achève au bord du Colorado.

Le long du parcours, afin de se persuader de ce qu'elle voyait vraiment, elle s'était surprise à se remémorer la lecture qu'elle avait faite pour s'y préparer. La traînée ondulante de couleur presque blanche, entre les falaises saumon qui reflétaient le soleil, devait être du grès de l'ère mésozoïque, des vestiges de dunes de sable ensevelies quand la planète était jeune, et le rouge sang présent dans la strate supérieure les taches laissées au cours de sa dissolution par le minerai de fer dont le nom, exigé lors de l'examen de géologie du professeur Elrod, était de l'hématite, une pensée dont elle avait été brusquement détournée par un coup d'œil involontaire vers le vide qui l'avait confrontée avec sa mort. La mort à peine distante du petit nombre de secondes qu'il lui faudrait pour tomber, tomber encore et toujours. Puis le corps appartenant à Bernadette Manuelito, connue de manière plus officielle pour les besoins des cérémonies navajo sous le nom de Fille-qui-Rit, s'écraserait sur la berge en contrebas où il ne serait plus qu'un amas d'os brisés et de chairs déchiquetées.

Cowboy Dashee lui fit reprendre pied dans le réel.

– Bernie, qu'est-ce que tu en penses ?

– De quoi ?

– De ce dont nous venons de parler, répondit-il d'un ton où perçait une légère impatience. Nous sommes exactement à l'endroit où nous voulions aller, et Billy n'y est pas. Alors qu'est-ce qu'on fait ? Comment on s'y prend pour organiser notre recherche ?

N'ayant pas d'idée concrète, elle haussa les épaules.

– Billy est peut-être arrivé ici avant nous et il en a eu assez de nous attendre. Si on trouvait d'abord où il est ?

Elle regardait autour d'elle en prononçant ces mots, découvrant dans pratiquement toutes les directions un paysage de falaises sauvages, prêtant l'oreille au rugissement des flots qui franchissaient les rapides et, au-dessus du tonnerre du fleuve, au chœur de sifflements, de trilles et de coassements vraisemblablement causé par les diverses espèces de batraciens qui vivaient dans le Canyon. La combinaison de l'ensemble rendait sa suggestion stupide.

– Ben, on pourrait au moins essayer, ajouta-t-elle.

– On ne peut sûrement pas faire plus dans l'immédiat, intervint Chee. L'un de nous devrait attendre ici, d'où on pourra le voir arriver s'il n'est pas encore au bas de la piste, ou bien, s'il y est déjà, pour aller à sa rencontre s'il revient nous chercher.

Il se tourna vers Dashee qui acquiesça. Puis reporta son regard sur la jeune femme :

– Bernie, tu attends ici. Si Tuve se manifeste, arrange-toi pour qu'il reste jusqu'à ce que Cowboy et moi nous revenions.

– Sergent Chee...

La voix de Bernie était suffisamment forte pour être entendue en dépit du grondement du courant et de la clameur des grenouilles en cette période des amours, peut-être même un peu plus forte que ça.

– ... Je tiens à vous rappeler que je ne suis plus l'agent B. Manuelito, votre subordonnée dans la Police tribale navajo. Je suis une citoyenne libre et indépendante.

– Mes excuses, dit Chee en adoptant un ton de repentir acceptable. Je pensais juste...

– D'accord. Je reste là, dit-elle.

Dashee lui adressait un large sourire.

– Merci, dit Chee. Je pourrais partir vers l'aval pour essayer de découvrir cette espèce de canyon latéral dont Tuve a parlé, et revenir dans... disons une heure et demie environ. Plus vite si l'un de nous trouve quelque chose. Et toi, Cowboy, tu veux bien faire la même chose vers l'amont ? Jusqu'au confluent où le Petit Colorado se jette dans le grand et...

– Pigé, dit Dashee.

Bernie appuya son corps fatigué contre un gros rocher qui s'y prêtait, se laissa glisser lentement le long de sa surface et s'assit confortablement sur une plaque de grès. Elle regarda Dashee progresser devant un amoncellement de roches jusqu'à ce qu'il disparaisse derrière un coude de la falaise. Observa Chee qui s'éloignait vers l'aval en collant à la rive, les yeux fixés sur le sol. Espéra qu'il allait regarder en arrière, lui jeter au moins un coup d'œil, mais il n'en fit rien. Regretta d'avoir pris un ton aussi râleur. À son retour, elle lui dirait qu'elle était désolée. Qu'elle était fatiguée. Ce qui était exact. Et maintenant, elle allait se contenter d'attendre. Peut-être repérer une de ces bruyantes grenouilles. Une espèce arboricole probablement, à moins qu'il ne s'agisse de crapauds tachetés de rouge. Étudier les algues sur les rochers humides au bord de l'eau. Retourner ses pensées dans sa tête. Regretter que cela ait pris aussi longtemps à Jim Chee pour se rendre compte qu'il était tombé amoureux d'elle. Regretter de ne pas avoir identifié ses blocages et fait en sorte que l'intérêt qu'elle lui portait ait été un peu plus évident. *Beaucoup* plus évident, même.

Et après un moment consacré à ça, les ombres commenceraient à grimper à l'assaut des parois du Canyon, Jim et Cowboy reviendraient et ils allumeraient un petit feu, vraisemblablement, ils mangeraient une partie des provisions qu'ils avaient apportées, parleraient longtemps et dérouleraient leurs sacs de couchage, et Jim insisterait sans doute pour que les leurs soient côte à côte, à bonne distance de Dashee, une situation à laquelle elle devrait faire face. Son clan enseignait aux filles qu'une trop grande intimité avant que les promesses nuptiales aient été officiellement et formellement confirmées en présence des deux clans et des deux familles avait souvent de tristes conséquences sur les années de mariage à venir. Par conséquent, comme l'avait exprimé sa mère, il faudrait « laisser un peu de sable entre toi et ton sergent de la police » tant qu'ils n'en seraient pas arrivés là.

Elle allait donc rester assise à regarder les changements d'éclairage modifier la couleur des falaises, attendre, réfléchir au bonheur futur lorsque toute cette période d'indécision serait derrière elle. Mais ce genre de pensées heureuses ne cessait de se muer en questions. Jim était-il vraiment l'homme qu'elle croyait, celui qu'il semblait être ? Ou était-il le sergent à la voix autoritaire qui jamais, non, jamais, ne serait vraiment son homme ? Et son attitude à elle, à l'instant présent (suivre ses ordres, attendre ses prochaines instructions, attendre qu'on lui dise ce qui se passait) était-elle une indication de ce dans quoi elle s'engageait ? Elle ne le croyait pas. En fait, elle ne voulait même pas y réfléchir. Elle voulait penser à l'endroit où elle se trouvait : au cœur même de ce Canyon d'une stupéfiante majesté, entourée de toutes ces étranges variations par rapport au Monde de la Surface de la Terre qu'elle connaissait, un kilomètre et demi au-dessus de sa tête.

À ce moment-là, le changement de luminosité déclencha sans doute une sorte de signal dans l'univers biologique environnant. Tout à coup les hirondelles à face blanche firent leur apparition, exécutant leurs plongeons acrobatiques pour frôler la surface de l'eau en quête de l'éclosion d'insectes. Quelque part derrière elle, une chouette précoce émettait le genre d'appel que seul le plus âgé de ses oncles était capable d'interpréter, et les crapauds tachetés ajoutaient leurs grognements à la symphonie collective des chants d'oiseaux.

Qu'est-ce qu'elle faisait à rester assise là ? se demanda-t-elle. Elle ouvrit la fermeture éclair de son sac à dos, sortit sa gourde, mit ses jumelles en bandoulière puis enfonça à nouveau la main dans le sac en quête de son carnet d'ornithologue amateur. Elle déchira une des pages vierges de la fin, prit son stylo et écrivit.

M. TUVE, JE PARS UN PEU VERS L'AMONT. JE REVIENS BIENTÔT. ATTENDEZ-NOUS ICI.
Bernie

Elle laissa le message sur le rocher où elle s'était assise, déposa un autre caillou sur un de ses angles pour l'empêcher de s'envoler, se mit en marche en choisissant d'abord de s'approcher des tamaris, le long de la falaise, pour voir de près un nid d'oiseau qu'elle y avait repéré, puis redescendit vers un affleurement de roche qui, il y avait très longtemps (quelques milliards d'années sans doute) avait constitué un obstacle pour les coulées de lave et donné naissance à un bruyant petit rapide dans le Colorado.

Les débris rejetés par la fureur des eaux ne révélèrent rien qu'elle ne s'était attendue à voir car ils se composaient surtout de branchages emportés par l'un ou l'autre des petits torrents qui dévalaient depuis les sommets plus frais et plus arrosés des mesas, quinze cents mètres au-dessus. Elle identifia des graines de pins pignons, des aiguilles de pins ponderosa, des brindilles de genévriers de l'Utah et une grande variété d'herbes dont beaucoup avaient vraisemblablement été apportées par le vent, mais il y avait aussi des stipas locales qui pullulaient dans ce climat chaud et sec. Rien ici qui ait de quoi la surprendre.

À l'aide des jumelles, elle scruta le lieu où Jim et Dashee l'avaient laissée. Aucune trace d'eux ni de Tuve, et elle ne repéra personne aux rares endroits, proches du sommet des falaises de la Piste du Sel, où elle se disait que le Hopi pouvait descendre. Elle effectua la mise au point la plus rapprochée possible sur le rocher où elle avait déposé son message. Lui non plus, elle ne le vit pas. Soit l'un de ses deux compagnons était revenu, l'avait trouvé et, espérait-elle, attendait maintenant qu'elle revienne, soit Tuve était arrivé, l'avait pris et avait poursuivi son chemin. Ou encore, les lentilles n'étaient pas assez puissantes pour qu'elle puisse distinguer le feuillet de l'endroit où elle se trouvait.

Elle les braqua sur la paroi. L'inclinaison du soleil explicitait clairement, en cet instant, pourquoi l'un des premiers explorateurs qu'elle avait lus (John Wesley Powell, dans son souvenir), avait utilisé le terme de « balustrades ». Une succession apparemment infinie de lignes successives d'ombre et de lumière, un peu comme si l'on se penchait sur le côté pour contempler une clôture, dont chaque espace assombri représentait un endroit où, au fil d'un million d'années environ, avaient ruisselé depuis le haut de la mesa les eaux des orages ou de la fonte des neiges, érodant leur petit canyon individuel dans leur course pour rejoindre le Colorado et poursuivre leur chemin jusqu'à l'océan Pacifique.

Ces canyons-là seraient plus intéressants que le décor proche de la rive. Et un canyon secondaire était exactement ce que Jim et Cowboy cherchaient. Un lieu érodé où vivait, ou bien avait vécu, leur fantastique distributeur de diamants. À présumer qu'il ait jamais existé, ce qui lui avait, à elle, toujours paru sujet à caution.

Elle contourna l'affleurement rocheux des rapides et se dirigea vers l'aval. La première encoche dans la falaise se terminait en cul-de-sac, obstruée par des broussailles et un amas de rocailles entraînées autrefois jusque-là par un torrent violent. Elle s'insinua assez loin à travers cette barrière naturelle, constata qu'il n'y avait pas grande possibilité d'y découvrir une grotte suffisamment vaste pour accueillir un occupant.

Son chemin se poursuivit par la rapide exploration de quatre autres passages rongés par l'eau dans la paroi, et la conduisit à l'embouchure plus prometteuse d'un lit de ruissellement. Ici et là, elle avait repéré les traces laissées par les chaussures de Jim, surtout dans le sable humide tout proche des eaux couleur mastic du Colorado. Elle les retrouva alors. Elles la précédaient sur le sable apporté par le vent menant à l'embouchure qui stimulait son intérêt. Elles y pénétraient, en ressortaient, repartaient vers le fleuve qu'elles suivaient vers l'aval.

Ah, pensa-t-elle, il allait revenir dans un moment, et avec les ombres qui s'allongeraient, la température allait baisser. Son voyage scolaire dans le Canyon s'était effectué pendant la période plus fraîche de la fin d'automne. Elle avait lu que la chaleur estivale, au fond du Canyon, pouvait parfois atteindre six ou sept degrés de plus qu'au sommet de la mesa, quinze cents mètres plus haut. Et maintenant elle le croyait. Même à l'ombre, la température semblait dangereusement torride. Elle s'enfonça suffisamment loin dans la fente rocheuse pour trouver un point où les falaises intérieures n'avaient pas été chauffées à longueur de journée par le soleil du sud-ouest. Elle comptait s'y reposer un moment en profitant de la fraîcheur.

Mais comme souvent chez Bernadette Manuelito, le temps de repos fut bref. Elle repéra à nouveau les traces laissées par Chee qui avaient éraflé la fine couche de sable chassée près de la paroi opposée. Elle décida de mettre en pratique les connaissances qu'elle avait acquises, lors de sa brève expérience dans la Police des Frontières, pour ce qui était de suivre quelqu'un.

Les traces disparaissaient dans un entremêlement d'herbes-qui-roulent desséchées et mortes, de brindilles et de tiges assorties, avant de réapparaître là où le ruissellement le plus récent avait laissé le sol rocheux à nu et susceptible de porter des marques d'éraflures. C'était, bien sûr, une progression exclusivement vers le haut et elle parvint bientôt à un embranchement où un lit de torrent de taille moindre, creusé par les pluies d'orages, se jetait dans son homologue plus important. Elle ne parvint à distinguer les traces laissées par Chee que durant quelques mètres à l'intérieur de cette ravine secondaire avant qu'elles ne reprennent leur progression dans le plus large des canyons et ne parviennent à un autre confluent qui, celui-là, s'insinuait à travers une très étroite fente dans les falaises. À ce point elle remarqua un autre très bref détour ponctué d'empreintes de pas.

De cette nouvelle encoche soufflait un courant d'air frais qui lui apporta l'arôme de la flore des hauts-plateaux : la résine des pins pignons, le parfum de la rose des parois rocheuses, et l'odeur légèrement acide du cactus à coupelles grenat. Agréable et accueillant. Le socle rocailleux, sous ses pieds, était humidifié par un minuscule filet d'eau provenant d'un suintement horizontal entre les strates de la paroi opposée. Une nuée de moucherons se repaissaient de la mousse qui y poussait et, juste en dessous, était accroupi un de ces crapauds tachetés très communs dans les profondeurs du Canyon. Il observait une immobilité si totale que Bernie se demanda un moment s'il était vivant. Il répondit à cette interrogation par un bond soudain et s'enfuit sur le sol rocheux.

Pourquoi? Bernie en discerna rapidement la raison. La tête d'un petit serpent apparut sous un bloc de pierre erratique et ondula sur la roche pour se lancer à la poursuite du batracien. Puis il s'immobilisa. Se lova sur place. Sa tête pivota et il darda sa langue, interrogeant l'air qui portait l'odeur étrange de Bernie, une nouvelle espèce qui faisait intrusion sur le territoire de chasse du reptile.

Depuis son plus jeune âge, la jeune femme avait appris à considérer toute chose vivante comme un citoyen doté des mêmes droits qu'elle au sein d'un cosmos naturel rude et sans merci. Tous sans exception, qu'il s'agisse d'une écolière, d'un scorpion, d'un lynx ou d'un vautour à tête rouge, avaient un rôle à jouer et étaient dotés du bon sens nécessaire à la survie, à condition d'en faire usage. Par conséquent, elle n'avait pas peur des serpents. Pas même des serpents à sonnette, espèce à laquelle celui-ci appartenait visiblement, car après s'être lové sur lui-même, il avait dressé l'extrémité de sa queue et lancé le signal de mise en garde qui donnait son nom à l'espèce.

Mais il était rose, ce qui fit naître un immense sourire sur son visage et lui fit immédiatement penser au professeur William Degenhardt, l'enseignant qu'elle avait préféré à l'Université du Nouveau-Mexique. Herpétologue mondialement reconnu, il faisait autorité sur les serpents, les salamandres et autres créatures à sang froid. Il avait, en fait, la réputation d'être leur ami, et un immense portrait représentant un crotale ramassé sur lui-même décorait le mur de son salon. Elle conservait un souvenir attendri de ses cours, et le serpent à sonnette rose du Grand Canyon avait été le sujet de l'un d'eux, non pas seulement parce qu'il était rare, mais parce qu'il offrait une merveilleuse démonstration de la façon dont une espèce est capable d'adapter sa taille, sa couleur et ses techniques de chasse à l'étrange environnement que représente le Canyon.

Elle regretta de ne pas s'être munie d'un appareil photo. Elle avait hâte de pouvoir en parler à Degenhardt. Peut-être pourrait-elle capturer ce spécimen et le lui apporter. Le professeur toutefois n'approuverait jamais que la nature endure pareille perturbation. De plus, elle ne pourrait pas le garder en vie dans son sac à dos. Elle se contenta donc de ne pas le quitter du regard, enclenchant sa mémoire en mode sauvegarde et enregistrant ses moindres variations et nuances de couleur et de ton, la taille et le nombre de ses grelots, la forme de sa tête, etc., tous les détails que le professeur désirerait comparer avec les illustrations de son manuel consacré à ce genre de créatures. Mais le reptile finit par se lasser de cet examen, il fit jaillir sa langue pour interroger l'air une dernière fois et rampa pour aller se cacher sous un bloc de roche.

Le cri d'un faucon pèlerin arracha Bernie à ses pensées sur les reptiles et les professeurs d'université, et la ramena à la tâche que le sergent Chee lui avait confiée. Il était temps de redescendre de cette fente dans la paroi pour trouver un endroit d'où elle pourrait voir si Tuve avait suivi la Piste du Sel pour s'associer à leur expédition. Ou si Chee, Dashee, voire les deux, l'attendaient au Sanctuaire de la Femme du Sel.

Pour atteindre l'emplacement qui lui paraissait le plus favorable comme poste d'observation, il lui fallait escalader une zone d'éboulis dans la falaise opposée du canyon dans lequel elle s'était enfoncée en tournant le dos au fleuve. C'était un passage difficile, rendu plus lent encore car Crotale Rose lui avait rappelé que les serpents aiment à se poster dans les petites anfractuosités de la roche. Elle fit très, très attention à l'endroit où elle posa ses mains pour se hisser jusqu'à la plate-forme qu'elle avait choisie.

Un bon choix. De ce point d'observation, ses jumelles pouvaient parcourir une section substantielle du fleuve ainsi que deux petites cascades, de l'autre côté du Colorado, qui se jetaient dans le vide à flanc de falaise. Vers l'amont, le panorama englobait les eaux qui arrivaient du Petit Colorado, engendrant le bassin d'eau profonde, fraîche et bleutée, proche du Sanctuaire de la Femme du Sel, et éclaircissant la teinte boueuse du fleuve.

Plus important, elle distinguait l'endroit où le sergent Chee lui avait donné l'ordre d'attendre son retour. Bon, il n'était pas revenu de sa quête en aval. Pas plus que Cowboy Dashee ne semblait en avoir terminé de son excursion vers l'amont. Aucune trace de Tuve non plus. À moins qu'il ne soit venu avant de repartir. D'ailleurs, Chee et Dashee avaient très bien pu faire de même avant de se lancer à sa recherche.

Elle ressentit un élan de culpabilité déstabilisant. Jim ne lui avait en fait pas demandé grand-chose. Simplement de lui donner un petit coup de main dans leur tentative pour voler au secours de Billy Tuve. Elle aurait fort bien pu différer son enquête botanique. L'opinion que Jim avait d'elle risquait de souffrir un peu s'il s'apercevait en revenant qu'elle s'était éclipsée.

Mais ce soupçon de culpabilité fut rapidement englouti par une autre pensée. Aussi improbable que cela puisse paraître, ils avaient peut-être trouvé ce qu'ils cherchaient : l'antre de ce personnage qui avait, du moins le croyaient-ils, distribué des diamants aux gens qui passaient par là. Peut-être avaient-ils atteint leur but et n'avaient-ils tout simplement pas pris la peine de venir l'inviter pour l'associer à l'excitation de la découverte. À moins que Chee se soit cassé la jambe en escaladant les rochers. Que Dashee se soit blessé et que Jim soit parti l'aider. Ou tout bêtement qu'ils aient poursuivi leur recherche plus longtemps et qu'ils aient été plus lents qu'elle ne l'avait escompté.

Bernie avait trouvé ces jumelles qui lui permettaient d'observer les oiseaux dans un magasin des surplus de l'armée, à Albuquerque. Elles avaient été conçues pour un usage plus grave, étant beaucoup plus puissantes, du point de vue de l'optique, que celles dont se servent d'ordinaire les ornithologues amateurs, et beaucoup trop lourdes pour qu'ils souhaitent les trimballer dans leurs promenades. Elle les abaissa. Essuya la transpiration dans ses sourcils, exécuta quelques mouvements d'assouplissement des poignets avant de les porter à nouveau à ses yeux.

Un homme entra tout droit dans le cercle de sa visée. Il tira une bouteille d'eau de la poche latérale de sa jambe de pantalon, retira son chapeau, se désaltéra. Il était blond, costaud, et donnait l'impression d'être jeune. Et il était également pieds nus. Elle le regarda marcher prudemment dans le sable chaud jusqu'au rocher sur lequel elle s'était reposée. S'y asseoir, tendre la main dans l'ombre derrière la roche et en ramener une paire de chaussures de randonnée. Y prendre des chaussettes, se masser chaque pied avec application avant de les enfiler.

Qui pouvait-il être ? Probablement rien de plus qu'un touriste. Mais ce n'était pas certain. Les organisateurs d'excursions qui descendent le Colorado en bateaux pneumatiques n'ont pas l'autorisation de déposer des passagers dans ce lieu par respect pour les sites religieux des Hopis. Bien sûr, il avait pu arriver par le chemin. Il se massait à nouveau les pieds et cela laissait à penser que ce pouvait être le cas. Mais la Piste du Sel était le seul accès relativement facile et elle aussi était soumise à interdiction sans autorisation préalable des Hopis et présence d'un guide.

Bernie le laissa prendre soin de ses pieds et scruta à nouveau le paysage. Toujours aucun signe de Jim, Cowboy, Billy Tuve, ni de quiconque. La seule manifestation de vie qu'elle détecta fut un troupeau de quatre chevaux sur la rive opposée qui se reposaient à l'ombre de ce qui semblait être des oliviers de Bohême. Elle ramena les jumelles sur l'homme aux cheveux blonds. Il s'était recoiffé et avait porté à ses yeux des jumelles encore plus grosses que les siennes. Il semblait balayer lentement et méthodiquement les pentes environnantes. De droite à gauche et de haut en bas, il cherchait quelque chose. Mais quoi ?

Une brusque et angoissante idée s'empara d'elle : si c'était elle qu'il cherchait ? S'il l'avait déjà repérée ? S'il figurait au nombre de ceux qui avaient déjà vu une des affichettes dont Chee et Dashee lui avaient parlé, celles qui offraient la récompense à qui ramènerait les ossements ? S'il était partie prenante dans ce qui avait incité des gens de Washington à faire intervenir le FBI ? S'il était dangereux ?

Elle se leva, inspecta à nouveau l'endroit où Chee l'avait abandonnée près du Sanctuaire de la Femme du Sel. Avec une grande prudence désormais, glissant à peine son regard au-dessus du rebord de la plate-forme rocheuse.

Le solide gaillard aux cheveux blonds lui tournait maintenant le dos, il regardait de l'autre côté, étudiant apparemment la partie supérieure de la Piste du Sel. Il attendait Tuve, supposa-t-elle. Et cette pensée lui rappela *En attendant Godot*, et le temps perdu, pendant le cours de Littérature 411, à discuter de savoir si Godot finirait oui ou non par arriver, et quelle différence cela ferait s'il arrivait. Et voilà qu'elle en était réduite à offrir une ressemblance parfaite avec les personnages ridicules de Beckett.

Elle en avait plus qu'assez de tout ça. Elle allait trouver Chee et lui dire qu'elle rentrait chez elle. Ou en tout cas, qu'elle partait de là. À moins qu'elle ne modifie tout cela en une sorte d'étude botanique sur le terrain et ne laisse le sergent et l'adjoint du shérif tenter de retrouver seuls leur mythique distributeur de diamants.

Il était plus facile de négocier la paroi glissante qui lui avait permis d'accéder à son perchoir dans le sens de la descente que dans celui de la montée, mais plus risqué aussi. Et quand elle en atteignit le bas, elle se trouva nez à nez avec une femme qui la regardait et l'attendait.

16

– Ma petite, vous ne devriez pas être là. C'est dangereux pour vous.

Ce qui laissa Bernie un moment sans voix. Elle marmonna le bonjour des Navajos, « Ye eeh teh », fit ce qui s'apparentait à un sourire hésitant, épousseta son jean, examina la main qu'elle avait éraflée en descendant, et releva les yeux. La femme était menue et assez âgée, avec un visage au teint foncé, creusé par le temps, de longs cheveux blancs. Elle était vêtue d'une jupe en jean très décolorée qui tombait bas sur ses jambes, d'une chemise bleue, longue elle aussi, et portait un sac de toile en bandoulière. Une Hopi, peut-être, une des Supais qui vivaient de l'autre côté du fleuve ou une femme d'une des autres tribus pueblo.

Bernie lui tendit la main.

– Je m'appelle Bernadette Manuelito, se présenta-t-elle. Pourquoi est-ce dangereux ?

– Les gens qui ne connaissent pas la langue hopi m'appellent Mary. Mais vous êtes Navajo, je crois. Pas simplement une touriste. Je vous ai vue près du Sanctuaire de la Femme du Sel, à côté du bassin d'eau bleue. C'est un lieu réservé aux Hopis qui sont membres des confréries sacrées. Pas pour... Pas pour ceux qui n'ont pas été initiés dans une kiva.

Bernie était gênée.

– Mais je suis venue accompagnée d'un Hopi. Un Hopi qui appartient à l'une des kivas qui descendent ici chercher du sel et de l'argile colorée pour les cérémonies. Il m'a dit qu'il n'y avait pas de problème.

La femme réfléchit en gardant une expression grave mais ses yeux étaient fixés sur la main blessée de Bernie.

– Ça saigne, dit-elle. Vous vous êtes coupée où ?

– J'ai dérapé en redescendant. J'ai essayé de me rattraper. Je me suis coupée sur un rocher.

– J'ai un baume pour ça, chez moi. Je le vendais à l'endroit où je travaillais, à Peach Springs, ça guérit rapidement les coupures.

Elle eut un sourire ironique avant de poursuivre :

– C'était il y a longtemps. J'en ai eu assez de parler tout le temps avec des touristes.

Bernie ouvrit son sac à dos et en sortit sa bouteille d'eau à demi vide.

– Vous pensez que je devrais la laver ? En chasser la terre ?

– Vous n'avez que ça, comme eau ?

– J'ai beaucoup marché, répondit Bernie. J'aurais sûrement dû en économiser plus.

– Un peu plus haut dans cet étroit canyon, fit la femme en pointant le doigt, il y a une petite source d'où l'eau suinte. Elle a un goût amer à cause de ce qu'elle emporte en passant sur les rochers. Ça rend malade si on la boit. Mais clle sera très bien pour nettoyer votre blessure.

– Je vais faire ça.

La femme montra la bouteille.

– C'est tout ce que vous avez à boire ? Pour combien de temps ?

– Je ne suis pas sûre. Quelqu'un doit venir me retrouver là-bas, près du Sanctuaire de la Femme du Sel. J'espère que ça va être bientôt.

– Un homme ? Il y est déjà.

Jim était revenu ! Bernie sentit une vague de soulagement. Aussitôt suivie par de l'appréhension.

– Un policier navajo, jeune, beau garçon ? Mais pas en uniforme ?

La vieille femme rit.

– Pas un policier navajo, non. Sauf si vous avez des grands Navajos aux cheveux blancs et aux yeux bleus. Mais il était armé, comme un policier.

– Vous l'avez vu ?

– Un pistolet, oui. Il le regardait. Et après il l'a remis sous sa ceinture.

– Oh, fit Bernie.

Elle observa la vieille femme qui lui rendit son regard. Hocha la tête.

– De gros ennuis ? Une histoire d'hommes, c'est ça ? C'est généralement ce qui se passe. Alors vous ne voulez pas retourner là-bas tout de suite, hein ? Tant que celui que vous voulez ne sera pas venu vous chercher.

– Quelque chose comme ça, répondit Bernie.

La femme sourit.

– Dans ce cas, ma fille, il faut que je vous donne de l'eau pour vous désaltérer. Ça vous laissera plus de temps avant d'être déshydratée. Mais vous devriez retourner près du grand fleuve pour y attendre votre policier navajo. Ici, c'est dangereux.

Bernie eut un geste affirmatif.

La femme fit glisser le sac de son épaule. C'était une de ces grosses outres que les cow-boys des régions sèches et les bergers accrochent à leur selle. Elle montra la bouteille de Bernie en disant :

– Je vais partager avec vous.

– Merci, Mary. Vous en avez assez ?

– Je n'attends pas d'homme, moi, répondit-elle en riant. Je retourne chez moi. Vous devriez faire pareil. Ne pas rester aussi près d'un endroit où il y a du danger.

Bernie tendit sa gourde et, pendant que la femme la remplissait, réfléchit au pistolet qu'elle avait vu et à la situation dans laquelle elle s'était mise en descendant dans le Canyon.

– Ce danger, reprit-elle. Est-ce que vous pourriez me dire de quoi il s'agit ?

Mary soupesa la question.

– Vous savez des choses sur les Hopis ? Comment nous sommes arrivés dans ce Monde de la Surface de la Terre ? Vous avez entendu parler de nos kachinas ? De tout ça ?

– Un peu. Le père de ma mère m'a raconté des choses et mon oncle en savait aussi. Il est hatalii *. Chanteur.

Mary eut une expression dubitative.

– Je pense que c'était uniquement des renseignements qu'ils tenaient d'amis, précisa Bernie. Rien de secret.

– Masaw, vous voyez qui c'est ? Celui que certains appellent l'Homme Squelette ?

– J'ai entendu dire qu'il était l'Esprit Gardien des Hopis dans le Monde de la Surface de la Terre.

Mary confirma de la tête.

– Dans ce Monde Étincelant.

– Ce n'est pas l'Esprit qui a accueilli les Hopis quand ils ont émergé des mondes ténébreux pour pénétrer dans celui-ci ? Celui qui vous a dit d'émigrer dans les quatre directions jusqu'à ce que vous trouviez le Lieu qui est le Centre du Monde ? Et que vous deviez y vivre ? Au sommet des mesas hopi ?

Mary souriait.

– Eh bien, je dirais que c'est une des versions d'une toute petite partie de l'histoire. La façon dont les membres du Clan de l'Ours la racontent, en tout cas. Qu'est-ce que vous avez entendu dire d'autre ?

– Dans le livre écrit par Frank Waters, j'ai lu que quand Masaw a accueilli les hommes qui émergeaient du monde souterrain, il avait le visage couvert de sang. Que c'était un kachina à l'aspect terrifiant. Et qu'il vous a enseigné à ne pas redouter la mort. Je crois que vous l'avez surnommé le Kachina de la Mort.

– Ou parfois l'Homme Squelette, confirma Mary. Et parmi nos anciens il y en a qui racontent l'histoire autrement. Dans les trois premiers mondes sombres que nous avons été obligés de fuir à cause du trop grand nombre d'habitants, les gens continuaient à faire des bébés mais personne ne mourait jamais. Nous étions tellement serrés les uns contre les autres, à ce qu'on raconte, qu'on ne pouvait pas cracher sans que ça retombe sur quelqu'un. Qu'on pouvait à peine bouger. Les gens engendraient sans cesse d'autres gens. Des frères jumeaux étaient à la tête du peuple à ce moment-là. Ils ont trouvé moyen de faire pousser un roseau à travers le plafond du premier monde des ténèbres pour que nous atteignions le deuxième, puis, quand celui-ci est devenu trop peuplé, que nous continuions vers le troisième et, finalement, jusqu'à celui-ci. Mais il n'y avait toujours personne qui mourait jusqu'à ce que Masaw enseigne aux gens à ne plus craindre la mort.

Bernie avait entendu un récit qui se rapprochait de celui-là durant ses cours d'anthropologie, mais pas la même version.

– Comment s'y est-il pris ? demanda-t-elle.

– L'un des chefs de clan avait une très belle fille qui a été tuée par une autre. Par jalousie. Et cela a entraîné de grosses difficultés entre ces deux familles. Alors Masaw a ouvert la terre afin que le chef du clan puisse voir sa fille dans le monde de l'au-dclà. Elle était heureuse, riait, jouait, chantait ses prières.

– Ça ressemble au paradis des chrétiens. Nos croyances navajo, enfin, la plupart, ne sont pas aussi explicites. Mais vous vous apprêtiez à me dire pourquoi c'est dangereux pour moi d'être ici.

– Parce que là-haut...

Elle se tut un instant, secoua la tête, indiqua le canyon.

– Là-haut, on raconte que c'est l'endroit où habite l'Homme Squelette. Dans le canyon le plus important qui se jette dans celui-ci. Il arrive de la gauche. On raconte qu'il a peint un symbole sur la falaise, là où il débute. Le symbole qui correspond à l'Homme Squelette.

Mary s'agenouilla, traça quelque chose dans le sable avec son doigt. La représentation à laquelle elle donna forme ne rappelait rien à Bernie.

– Est-ce que le danger vient du fait que c'est l'endroit où habite Masaw, l'Homme Squelette ? demanda-t-elle avec un sentiment de malaise. Est-ce que cet esprit est dangereux pour des gens comme moi ?

Mary secoua la tête d'un air préoccupé.

– Tout est tellement mélangé, maintenant, dit-elle. Les Supais ont leurs idées, et les Paiutes arrivent ici avec des idées différentes, les prêtres, les prédicateurs et même le Peuple du Peyote * nous disent des choses. Mais ça pourrait être un homme, paraît-il, encore plus âgé que je ne le suis. Personne ne savait qui étaient ses parents. Il venait à Peach Springs et il racontait que c'était Masaw qui avait fait tomber du ciel tous ces corps dans le canyon. Il disait que c'était lui qui avait causé cet accident entre les deux avions. Et il essayait de convaincre les gens de changer de religion et de partager sa croyance. Je pense que c'est lui qui a commencé à surnommer Masaw l'Homme Squelette.

Mary se tut, secoua la tête, rit et reprit :

– Quand j'étais une toute jeune adulte, il est venu dans notre village et nous a montré des tours. Il avait un petit sac à pollen en peau de cervidé qu'il présentait devant le soleil. Comme ça.

Elle leva la main droite bien au-dessus de sa tête et mit le pouce au contact de ses autres doigts.

– Il nous a dit de bien remarquer que la bourse était laide et marron. Elle est à l'image de la vie, nous a-t-il dit, mais regardez ce que vous obtenez si vous êtes prêts à vous libérer de cette existence. À en sortir. Et à ce moment-là le sac de pollen se changeait en cet objet étincelant qui reposait sur le bout de ses doigts.

Dans l'attente de sa réaction elle dévisagea Bernie avec une interrogation dans le regard.

– Stupéfiant, commenta la jeune Navajo.

Elle se demandait comment le truc avait pu être réalisé : le pouce et l'index qui faisaient sortir le diamant de la bourse, laquelle disparaissait dans la paume de la main.

– Je l'ai vu de mes yeux, insista Mary. Ce sac étincelait de mille feux tandis qu'il le faisait tourner dans le soleil.

– Et qu'est-ce qui s'est passé ensuite ?

– Je ne m'en souviens plus précisément. Mais au bout d'un petit moment il tenait à nouveau la bourse à pollen qui n'étincelait plus.

– Fascinant.

– Mon oncle m'a dit qu'à son avis, il y avait un truc, mais cet homme prétendait que c'était l'Homme Squelette qui lui avait donné le sac à pollen pour prouver aux gens qu'ils devaient être prêts à mourir. La vilaine bourse à pollen marron était semblable à la vie qu'ils vivaient dans le présent. Après leur mort, tout serait lumineux et resplendissant.

– D'où venait cet homme ? Ce qu'il racontait correspond-il à ce que l'on vous enseigne dans votre kiva ?

– Je n'ai pas autant de souvenirs que je le devrais des temps anciens, avoua Mary d'un air triste. Je sais qu'on me les a enseignés quand j'étais jeune, mais au bout de toutes ces années passées à Peach Springs à parler avec toutes sortes de gens différents, je les ai oubliés. Et ça s'est mélangé avec d'autres choses. Mais je sais que même si Masaw avait cet aspect terrifiant, on raconte que son visage était couvert de sang, il était l'ami de notre peuple de bien des façons.

– Par exemple en apprenant aux gens à ne pas redouter la mort.

– Par exemple, confirma-t-elle en souriant. Je me souviens que ma mère me disait ça. Qu'il y a seulement deux choses dont nous sommes sûrs. Que nous naissons et que peu de temps après, nous mourons. C'est ce que nous faisons entre les deux qui importe. C'est ce que prend en compte Celui-qui-Nous-a-Créés quand il décide de ce qu'il doit advenir de nous après.

Bernie réfléchit, hocha la tête.

– Je crois que nous sommes tous assez semblables, quelle que soit notre tribu et la couleur de notre peau.

– Tout le monde a aussi suffisamment de bon sens pour rester à l'écart des lieux dangereux, reprit Mary en la scrutant. On n'essaye pas de toucher avec la main un serpent lové sur lui-même.

Bernie hocha la tête et Mary ajouta :

– On n'essaye pas de monter là où habite l'Homme Squelette.

– À moins qu'on ait vraiment besoin d'y aller. Pour essayer de sauver un homme qui va être enfermé dans une prison si on ne trouve pas quelque chose là-haut.

Mary respira à fond avant de rejeter l'air.

– Ça veut dire que vous voulez quand même grimper dans ce canyon ?

– Je ne peux pas faire autrement.

Mary pointa le doigt.

– Il y a une étroite ouverture dans la paroi de la falaise, sur votre gauche après le coude que vous voyez. Puis sur la droite, plus haut, vous allez en trouver une autre, un peu plus large, il y a parfois un filet d'eau qui en coule. Mais elle est obstruée par des rochers là où une partie de la paroi s'est écroulée, et de l'autre côté de ces rochers, il y a les épais buissons de griffes de chats. Il est impossible de les franchir sans saigner de partout.

Bernie fit signe qu'elle savait.

– Petite, reprit Mary, vous ne devriez pas y aller. Mais soyez très prudente. Si vous avez besoin d'aide, personne ne vous retrouvera jamais.

17

Joanna Craig s'assit sur une saillie lisse constituée d'une sorte de roche rose pâle, six cents mètres environ au-dessus de ce qui devait être le Colorado. Il avait la couleur du mastic et non pas ce bleu clair qu'elle avait toujours imaginé, et les falaises de la rive opposée (derrière elle aussi, et partout) s'élevaicnt à la verticale vers un ciel bleu foncé, en partie envahi de masses de nuages bas, bleu sombre. Son moral était bas, lui aussi, et, comme les nuages, très sombre.

Elle en était à s'avouer qu'elle avait été nulle. Que Billy Tuve, en dépit de ses lésions au cerveau, avait été plus malin qu'elle. Il avait fichu le camp. En la laissant seule. Pire, à cause de sa propre bêtise, elle semblait marcher droit dans un piège. Elle était penchée en avant, les coudes sur les genoux, la tête ployée vers le sol, tout le corps relâché à l'exception de son esprit qui énumérait les erreurs qu'elle n'avait cessé de commettre et cherchait des solutions.

La première, déjà, avait peut-être été de venir ici. Mais ce n'était pas une crreur. C'était une chose à laquelle elle ne pouvait se soustraire. Une chose que l'on pouvait appeler son destin et qui avait provoqué la réapparition de ce satané diamant du fin fond d'un lointain passé. Peut-être ses prières en étaient-elles responsables. Tant d'années passées à implorer un moyen de se venger. De se faire rendre justice. Et finalement le diamant avait refait surfacc, il avait été donné à un Hopi au comportement infantile, avait déclenché une succession d'événements, l'avait incitée à voir son avocat avant de l'attirer ici, à plus de trois mille kilomètres de chez elle, pour s'asseoir, épuisée, six cents mètres au-dessus d'un fleuve sale. En ne sachant plus quoi faire.

Bien sûr, elle aurait dû continuer à harceler Tuve de questions sur l'homme qui était venu s'entretenir avec lui dans la prison, une heure ou deux à peine avant qu'elle ne vienne lui rendre la liberté en versant sa caution. Qui était-ce ? Un avocat, avait répondu le Hopi. Il allait le représenter, le faire sortir de là, mais Billy devait lui dire où il s'était procuré le diamant. Comment était-il physiquement ? Blanc, massif, le visage un peu rougeaud. Les yeux bleus. Et Tuve lui avait répondu quoi, à cet avocat, concernant l'endroit d'où provenait le diamant ? Qu'il n'en savait rien. Que l'homme qui le lui avait donné s'était juste un peu éloigné vers l'aval en partant du bassin d'eau bleue, près du Sanctuaire de la Femme du Sel, et qu'il était revenu avec. Quoi d'autre ? Tuve avait secoué la tête. Il avait dit tout ce qu'il avait à dire. Et elle avait accepté qu'il en reste là.

La petite piste étroite avait alors contourné une avancée de la falaise et Tuve avait pointé le doigt vers le bas. Dans les jumelles, elle avait vu l'endroit où l'eau plus claire du Petit Colorado se jetait dans le courant boueux du fleuve et, plus loin, la forme oblongue du bassin bleu qui devait être alimenté par une source. C'était là en bas que devait se trouver le Sanctuaire de la Femme du Sel.

Tuve, à ce moment-là, se tenait derrière elle.

– Ah, s'était-il écrié avant d'ajouter quelque chose.

Et il avait montré la direction. Elle avait remarqué un mouvement. Une silhouette qui marchait au bord du bassin, qui disparaissait derrière les arbres rabougris, réapparaissait, se penchait pour étudier quelque chose sur le sol. Un homme, apparemment, mais trop loin en contrebas pour pouvoir en dire plus.

– C'est l'avocat dont on parlait ? avait-elle demandé. Celui qui est venu vous voir ?

Tuve n'avait pas répondu.

– Ça pourrait être lui, avait-elle poursuivi. Il est plutôt costaud, comme vous me l'avez décrit. Non ?

Les jumelles toujours braquées, elle avait changé de position quand l'homme s'était avancé vers un endroit où un tamaris le dissimulait partiellement à sa vue.

– Grand, avait-elle ajouté. Il a l'air équipé pour la marche. Avec son chapeau sur la tête, je ne peux pas en voir plus d'ici. Est-ce qu'il ressemble...

Mais Billy Tuve n'était plus là. Il n'était plus sur la piste derrière elle. Elle ne le voyait nulle part. Peut-être avait-il rebroussé chemin, était-il dissimulé par le coude que décrivait la piste, à une vingtaine de mètres d'elle. Peut-être s'était-il écarté dans les broussailles pour soulager un besoin naturel. Elle avait cessé de réfléchir et s'était mise à courir.

– Billy ! Monsieur Tuve !

Mais il n'était pas à l'angle que décrivait le chemin, ni de l'autre côté. Nulle part dans son champ de vision. Jusque-là, elle ne s'était pas rendu compte à quel point elle avait les jambes lourdes à cause de la longue et difficile descente. Elle s'était arrêtée, avait repris sa respiration en tremblant, essayé d'apercevoir un endroit, plus haut sur la piste, où il pourrait se cacher. Il y en avait plusieurs. Elle n'avait pas l'énergie suffisante pour aller les inspecter. Mais pourquoi se cacher ? Pourquoi la laisser comme ça ?

Joanna s'était alors appuyée contre la falaise, elle s'était laissée glisser le long de la paroi irrégulière et s'était assise, le dos à la roche, les jambes ramenées contre elle, le front entre les genoux. La toile chaude et poussiéreuse de son jean lui avait rappelé l'ampleur de sa soif. Et le peu d'eau qui restait dans sa gourde. Elle avait tenté de lutter contre le désespoir. Tenté de réfléchir.

Billy Tuve l'avait-il trahie ? Après tout, pourquoi ne le ferait-il pas ? Il donnait l'impression d'être lent d'esprit et un peu innocent mais avait été assez intelligent pour comprendre qu'elle se servait de lui. Pourtant, il avait été disposé à l'aider, et à lui permettre de lui venir en aide. Alors pourquoi l'abandonner maintenant ? Il s'était montré coopératif, et même compréhensif, jusqu'au moment où il avait aperçu cet homme en contrebas. Peut-être avait-il reconnu dans sa silhouette celui qui lui avait rendu visite en prison. Sûrement. Peut-être lui et cet individu aux cheveux blonds avaient-ils conclu une sorte d'accord. Peut-être l'inconnu attendait-il au bas de la piste uniquement pour y retrouver Tuve. Afin que ce dernier le conduise aux diamants. Ce devait être le bras droit de Plymale. Celui qu'elle avait tué travaillait pour lui, il l'avait appelé Bradford Chandler, avait précisé qu'il était au service d'un homme de loi nommé Plymale.

Mais si Tuve avait conclu un accord avec ce Chandler, pourquoi n'avait-il pas poursuivi son chemin vers le bas de la piste pour aller le rejoindre ? Pourquoi s'était-il éclipsé dans la direction opposée ? Avait-il peur de lui ? À considérer qu'il travaille pour Plymale, elle avait une bien meilleure raison de le craindre.

Ce fut à ce moment-là qu'elle remarqua la gourde de Tuve.

Elle était soigneusement posée sur une étroite plate-forme qui avançait de la falaise, presque comme si elle y avait été mise afin qu'elle la remarque. Comme si Billy Tuve l'avait laissée à son intention. Elle se releva, les muscles ankylosés et douloureux à cause de ce bref instant de repos, tendit le bras. La gourde était lourde, son cuir mouillé et frais.

Elle s'assit à nouveau, s'appuya contre la roche, dévissa le capuchon, mit le bout de sa langue au contact du liquide. Le goût en était fade, mais c'était de l'eau. Elle en emplit sa bouche et l'y garda pour en profiter avant d'avaler. La terrible et déprimante pensée selon laquelle Tuve, qu'elle avait appris à bien aimer, l'avait abandonnée à une mort par déshydratation se trouvait modifiée : elle savait maintenant qu'il lui avait laissé suffisamment d'eau pour qu'elle arrive en lieu sûr. On lui avait raconté que les Hopis, comme d'autres Indiens, s'aménagent sur certaines pistes des cachettes abritant des récipients d'eau pour les cas d'urgence. Tuve savait où trouver pareilles réserves s'il avait besoin de boire. Néanmoins, même si cela ne représentait pas pour lui un sacrifice mettant sa vie en péril, c'était un beau geste de sa part. Un geste qui calmait sa soif et son désespoir en même temps.

Il la conduisit également à prendre une décision. Elle allait continuer de descendre la Piste du Sel jusqu'en bas. Elle éviterait de se montrer. Tuve en avait probablement dit autant à son visiteur de la prison qu'à elle. Peut-être même plus. Si ce personnage renonçait à attendre le Hopi, il n'était pas exclu qu'il se lance seul dans la chasse au diamant. Elle allait le suivre quel que soit l'endroit où ça la mènerait.

Elle se releva, épousseta son jean, transvasa le peu d'eau qui lui restait dans la gourde du Hopi et reprit sa descente. L'espoir était quand même très limité. Mais elle pouvait encore compter sur son petit pistolet si nécessaire. D'ailleurs, quelle autre option avait-elle ? L'occasion qu'elle appelait de ses prières depuis le décès de sa mère était enfin là. La possibilité d'obtenir réparation. Et de se venger. Peut-être même, enfin, de goûter à la paix et à un certain bonheur. Il fallait qu'elle se laisse guider là où cette situation l'entraînait. Même si cela devait la tuer. Comme Tuve le lui avait dit quand ils s'étaient engagés sur la piste, les Hopis avaient un esprit kachina qui leur avait un jour ouvert une porte correspondant à la mort et leur avait révélé une vie heureuse derrière elle.

Ce qui lui fit repenser à Sherman. L'avait-elle tué ? Elle en avait bien eu l'intention quand elle avait appuyé sur la détente. Mais il était possible qu'il ait survécu. Elle se prit à l'espérer. Elle n'avait pas envie d'avoir tenu le rôle de bourreau.

Elle émit ce qui aurait pu être décrit comme un rire. Quoi qu'il puisse y avoir derrière cette porte, cela n'aurait pas besoin d'être sublime pour surpasser la vie à laquelle elle devrait retourner si elle échouait dans cette quête. Quoi qu'elle puisse découvrir dans les profondeurs de ce redoutable Canyon, son destin était de le trouver.

18

Bradford Chandler avait atteint une série de conclusions. La première était qu'il perdait son temps à attendre Billy Tuve au pied de la Piste du Sel des Hopis. Il avait trouvé un message signé par une certaine « Bernie », lequel précisait que plusieurs personnes, elle au moins et des amis, étaient également là pour attendre Tuve. Ce qui laissait entrevoir des implications intéressantes. Ils avaient vraisemblablement vu les affiches promettant la récompense. Mais de toute façon, il allait attendre.

Il remit le message exactement où il l'avait trouvé, s'installa dans un endroit confortable abrité du soleil par la végétation. Il allait y rester et observer ce qui se passerait.

Ça lui avait semblé être l'unique choix possible, de venir ici afin d'y retrouver Tuve, et ce, en dépit de la somme exorbitante que lui avait demandé le pilote de l'hélicoptère pour l'y déposer. Après tout, il pouvait transmettre la facture à Plymale, y compris l'amende que le pilote devrait acquitter pour avoir enfreint l'interdiction de vol instaurée dans cette zone par les Services des parcs nationaux. Mais il avait maintenant le sentiment qu'il était peut-être seulement en train de perdre son temps et l'argent de Plymale. Il avait mis les pieds dans une situation complexe qu'il ne comprenait pas.

Il avait inspecté les environs et s'était assuré que ce lieu correspondait bien à la description que Tuve lui avait faite de l'extrémité de la piste : plus précisément, du site où il prétendait avoir troqué sa pelle repliable contre le diamant. Ensuite, Chandler avait scruté les falaises qui dominaient le fleuve à la verticale et en amont, à l'affût de sections où il pouvait surveiller le trajet suivi par la piste. Selon sa théorie, Tuve allait descendre, soit sous la surveillance de la personne qui avait abattu Sherman, soit, si c'était lui qui avait tiré, seul. Il viendrait parce que s'il avait des réactions infantiles, il était suffisamment intelligent pour savoir qu'en découvrant la cachette des diamants, il s'innocenterait de l'accusation de vol et de meurtre qui pesait sur lui.

De l'endroit où il était installé, Chandler avait repéré trois passages où il pourrait voir dans ses jumelles quiconque emprunterait la piste. Il n'avait enregistré de mouvement en aucun d'entre eux, avait abaissé le lourd instrument de vision, s'était frotté les yeux, avait examiné à nouveau les alentours. D'après ce que Tuve lui avait dit, l'homme qui lui avait donné le diamant s'était éloigné vers l'aval et était revenu quelques minutes plus tard à peine avec la pierre qu'il lui avait remise. Chandler avait repris les jumelles et s'était livré à une observation de cette partie du Canyon.

Il avait vu des kilomètres et des kilomètres de falaises, les amas de nuages menaçants qui alternaient désormais par endroits avec le ciel bleu foncé. Il avait remarqué cinq ou six chevaux qui paissaient dans un petit pré sur la rive opposée, d'autres parois déchiquetées de son côté puis, soudain, un éclair de lumière juste au moment où sa visée poursuivait son chemin. Il avait ramené les jumelles en arrière, avait à nouveau aperçu cet éclair lumineux et effectué sa mise au point dessus. Il se situait au sommet d'une crête relativement basse, frangée de cette végétation broussailleuse des régions arides et surmontée d'une falaise beaucoup plus haute.

Au milieu des broussailles, quelqu'un se tenait et l'étudiait à l'aide d'une autre paire de jumelles. C'était le soleil qui avait dû produire ces éclairs en se réfléchissant sur les verres. Pour autant qu'il puisse le déterminer à cette distance, le guetteur était vêtu d'une chemise bleue et d'une casquette grise. Mais cette personne lui avait alors tourné le dos, s'était éloignée en quittant son perchoir et avait disparu à sa vue. C'était une femme, une femme de petite taille. Était-il possible qu'il s'agisse de la Bernie qui avait laissé le message ?

Il continua de scruter ce point de la crête et ses abords jusqu'à ce que ses yeux lui fassent mal, mais il ne distingua plus rien.

Il passa un moment à reposer sa vue et à réfléchir à ce que cela devait signifier. Une touriste, peut-être, qui se promenait par là ? Cela ne paraissait pas très vraisemblable sur cette crête qui manquait par trop de charme et n'avait rien d'accueillant. Quelle raison quelqu'un qui n'obéissait pas à un but bien précis pourrait-il avoir d'effectuer cette escalade ?

Cette femme pourrait-elle être Joanna Craig ? La crête en question semblait se situer pratiquement à l'endroit où la description faite par Tuve allait le conduire. Elle aussi avait certainement entendu la même histoire de la bouche du Hopi, peut-être même davantage. Il médita un instant puis reporta son regard sur les portions de la Piste du Sel au-dessus de lui et se livra à une nouvelle étude.

Aucun mouvement sur la plus éloignée. La deuxième était elle aussi exempte de toute trace d'activité. Mais au niveau le plus bas, il vit ce qu'il espérait. Il fit le point sur deux silhouettes : apparemment celles d'un homme et d'une femme. L'une des deux, agile, Billy Tuve décréta-t-il, ouvrait le chemin à la seconde, craintive et très prudente, dont il supposa qu'elle n'était autre que Joanna Craig, l'ennemie de Plymale. Enfin !

Mais qui, dans ce cas, était la femme aux jumelles qui l'avait observé depuis la crête située en aval ? Et quel était le lien entre cette Bernie, ses amis et Tuve ? Chandler envisagea cette question, conclut que la seule réponse à laquelle il pourrait parvenir relevait de la devinette, et s'expliqua cette présence par une appartenance aux services de sécurité du parc ou quelque chose d'approchant. Impossible de le savoir avec certitude.

Il allait agir en fonction de son hypothèse de départ : Joanna Craig avait tué Sherman dans sa voiture, au bord du Canyon, au point de départ de la Piste du Sel. Elle s'était portée garante de Tuve, lequel la guidait maintenant sur la piste sinueuse qui conduisait au Colorado avec une dénivellation de plus de neuf cents mètres. Une fois qu'ils seraient parvenus en bas, il la conduirait au repaire du possesseur des diamants. Elle avait le même but que lui. Il se joindrait simplement à eux, s'associerait à elle pour se servir de Tuve et arriver aux pierres précieuses.

Les perspectives que présentait cette situation firent naître un sourire sur son visage... le premier de la journée.

Mais bon, il ne fallait plus penser aux diamants pour l'instant. La première étape consistait peut-être à éliminer Craig de l'équation. Il garderait quelque chose permettant de l'identifier afin de prouver à Plymale que sa tâche avait été accomplie et d'encaisser le paiement correspondant. Cela simplifierait les choses. Après quoi, si Tuve le guidait effectivement jusqu'aux diamants, il les conserverait comme bonus.

Le rocher sur lequel il s'assit devait être, d'après la description de Tuve, exactement celui où il avait attendu quand le vieil homme au diamant avait fait son apparition des années plus tôt. Il était quand même souhaitable de ne pas la tuer par balle. Pourquoi provoquer une enquête policière ? Un coup fatal à la tête avec une pierre était préférable. Et après, remplir ses vêtements de cailloux afin de la lester ? Ou la laisser dériver ? Probablement la seconde solution. Cela donnerait l'impression qu'elle avait été victime d'une chute, s'était heurté le crâne et était tombée dans le fleuve. Et Tuve ? Il avait besoin de lui pour trouver les diamants. Mais pourquoi laisser un témoin ? Sauf que Bernie et ses amis attendaient eux aussi sa venue. Il allait devoir patienter et voir comment la situation évoluait.

Ce sur quoi Bradford Chandler rangea les jumelles dans leur étui et se mit en quête de l'endroit qui lui serait le plus propice pour surgir devant Ms Craig (et devant Tuve) quand elle atteindrait le fond du canyon.

Et pour décider exactement de ce qu'il allait lui dire.

19

Du haut de la saillie rocheuse qui dominait le chemin, le sergent Jim Chee observait Cowboy Dashee en essayant de comprendre ce qu'il faisait. Au premier regard, il lui sembla occupé à ôter sa chaussure gauche. Mais au second il donna l'impression d'avoir abandonné ce projet pour tenter de couper, avec son couteau de poche, le bas de sa jambe de pantalon. Chee n'essaya plus.

– Cowboy ! cria-t-il. Qu'est-ce que tu fabriques ?

Dashee lâcha le couteau et leva les yeux en fronçant les sourcils.

– Où t'étais, bon sang ? T'es devenu sourd, ou quoi ? Je n'ai pas arrêté de hurler, je n'ai presque plus de voix.

– Tu t'es fait mal, conclut Chee en s'élançant sur la pente. Ça fait un moment que je te cherche. Qu'est-ce qui s'est passé ?

Dashee s'adossa à la roche, lâcha un long soupir de soulagement.

– Je suis heureux que tu aies enfin réussi à me trouver, dit-il en secouant la tête. J'ai glissé. J'ai essayé de me retenir dans ma chute et mon pied gauche s'est trouvé en porte-à-faux. Ma cheville a dégusté.

Chee était maintenant accroupi à côté de son ami et inspectait le pied douloureux.

– Tu t'es fait une entorse ?

– J'espère que c'est seulement ça.

– Tu penses qu'elle est cassée ?

– Je crois. C'est l'impression que ça donne. À moins que j'aie une rupture du tendon. J'essayais de retirer la chaussure avant que ça enfle trop.

Chee ramassa le couteau. Aussi délicatement que possible, il trancha les derniers lacets, dégagea précautionneusement la chaussure et inspecta la cheville.

– Elle a déjà gonflé, constata-t-il. Ça s'est passé quand ?

– Il y a à peu près une heure, répondit Cowboy entre ses dents. J'étais en train d'inspecter un petit canyon latéral, plus haut.

– Loin ?

Dashee parvint à émettre un rire forcé.

– Quelle différence ça fait ? Mais je dirais environ une heure en amont par rapport à ici, en rampant par terre et en observant quelques petits arrêts pour me lamenter sur mon sort et appeler au secours.

– Tu sais quoi, je vais te porter jusqu'au petit bassin profond, à côté du Sanctuaire du Sel. L'eau est froide à cet endroit-là. Tu pourras y tremper ta cheville pendant que je verrai comment je peux trouver de l'aide.

Ils en débattirent, Dashee exprimant ses doutes quant à la capacité de Chee à le porter sur l'étroit chemin parsemé d'embûches sans le faire tomber (ou, plus vraisemblablement, sans qu'ils tombent tous les deux) sur les rochers déchiquetés. Il avança une autre solution dans laquelle sa jambe de pantalon déjà fendue pourrait être convertie en bandage, maintenant solidement sa cheville. Il pourrait alors effectuer le parcours en sautant sur un pied tandis que son ami le soutiendrait du côté où il était blessé.

Pendant la mise en pratique de l'option bandage, ils se firent leurs rapports respectifs. Dashee avait inspecté deux ravines prometteuses qui se rejoignaient, trouvé des vestiges et des pétroglyphes datant de l'époque des Anasazis, et il rebroussait chemin dans la seconde quand sa chute était survenue. Chee relata qu'il avait inspecté diverses anfractuosités qui avaient pu servir de cavernes et dont l'une présentait des signes d'habitation remontant à très longtemps. Il s'était livré à une exploration détaillée d'un canyon de ruissellement assez important, avait repéré de vieilles traces, aussi bien d'homme que de cheval, mais rien d'assez prometteur pour suggérer qu'il puisse s'agir du refuge où vivait le distributeur de diamants. Puis il était revenu à l'endroit où ils avaient laissé Bernie afin qu'elle y attende Billy Tuve.

– Et elle avait des choses à te raconter ?

– Elle n'y était pas.

Dashee avait arrêté de grimacer suffisamment longtemps pour exprimer sa surprise. Puis son inquiétude.

– Comment ça ? Qu'est-ce qui s'est passé ?

– Elle a laissé un message sur le gros rocher plat. Pour dire à Tuve qu'elle partait remonter le long du fleuve un petit moment et que s'il arrivait pendant son absence, il devait l'attendre là. Et si nous, nous arrivions, même chose. Chacun son tour d'attendre.

Dashee réussit à grimacer un sourire.

– C'est tout à fait Bernie, ça.

– Ouais, fit Chee qui n'avait pas l'air d'apprécier autant. Alors j'ai patienté un moment. J'ai inspecté les environs. J'ai aussi trouvé d'autres traces que les nôtres. Laissées par des chaussures de randonnée neuves, des chaussures d'homme. Taille quarante-cinq ou quarante-six, je dirais. Mais personne dans le coin. Après, je me suis dit que tu avais peut-être découvert la grotte du distributeur de diamants, que tu étais revenu chercher Bernie et qu'elle était partie avec toi pour y jeter un coup d'œil. Je suis donc venu de ce côté et je t'ai entendu t'égosiller.

Dashee prit le temps de réfléchir mais cela ne lui plaisait pas du tout.

– Tu sais, je me demande où elle est passée.

– Je croyais que j'allais la trouver ici, avec toi. Maintenant, je commence à être un peu inquiet.

– Peut-être une cheville cassée, elle aussi. J'espère que ce n'est pas plus grave que ça. J'espère qu'elle n'a pas été enlevée par l'homme aux chaussures de randonnée taille quarante-six.

– J'ai vérifié, ça. Les traces qu'il a laissées avaient l'air beaucoup plus récentes que les siennes. Et à l'endroit où celles de Bernie remontent le long du fleuve, il ne les a pas suivies.

– N'empêche que ça te tracasse.

– Viens, on va redescendre là-bas. Je pense qu'on pourra entrer en contact par téléphone avec les secouristes du Parc pour qu'ils viennent te récupérer. Je veux partir à sa recherche.

20

Quiconque est rompu aux techniques de la traque aux fugitifs acquiert par la force de l'expérience l'art de se rendre invisible. On ne parvient pas plus à capturer un individu recherché qu'à récupérer une voiture dont les paiements souffrent d'arriérés si le coupable vous repère d'abord. Pratiquement en chaque point de ses presque quatre cent cinquante kilomètres de long, le Grand Canyon offre un magnifique assortiment de cachettes. Le bas de la Piste du Sel des Hopis ne faisait pas exception à la règle. Bradford Chandler se choisit une niche dans la paroi rocheuse proche. Elle lui garantissait de l'ombre, un endroit où s'asseoir confortablement, la protection de buissons de tamaris et une vue dégagée sur la dernière centaine de mètres de la piste par laquelle Joanna Craig allait déboucher. Pendant qu'il était assis là à attendre, il mit au point et affina la tactique qu'il allait utiliser vis-à-vis de cette femme.

Dans la mesure où c'était sans doute elle qui avait tiré sur Sherman, elle disposait certainement encore du pistolet et ne semblait pas hésiter à s'en servir. Si elle l'avait à la main, ce qu'il jugea peu probable, il l'abattrait sans autre forme de procès. Pourquoi prendre des risques? Mais l'arme serait très certainement rangée. Peut-être même s'en serait-elle débarrassée puisqu'elle devait logiquement s'attendre à être recherchée par la police. Quoi qu'il en soit, si le pistolet n'était pas visible, il se ferait passer pour un homme d'affaires qui lui proposerait un marché lequel, s'il présentait ses mensonges avec adresse, paraîtrait convaincant.

Il étendit les jambes, but une nouvelle gorgée d'eau et se représenta en pensée comment il allait s'y prendre. Il venait à peine de commencer quand elle fit son apparition, seule, traînant les pieds d'un air las sur l'ultime section accidentée de la piste, apparemment épuisée, échevelée et couverte de poussière.

Il se leva derrière le buisson qui le dissimulait. Joanna Craig s'arrêta au pied de la piste, étudia les environs un moment puis passa à moins de douze mètres de lui. Il surgit alors de sa cachette derrière elle.

– Ms Craig, l'appela-t-il d'une voix juste assez forte pour qu'elle l'entende. Je voudrais me présenter et vous parler quelques minutes.

Elle poussa une sorte de cri à demi étouffé et pivota sur place pour le dévisager, livide, les yeux écarquillés, l'air terrifié.

– Oh, fit-elle. Oh. Qui...

Elle respira à fond :

– Vous m'avez fait peur.

– Je suis désolé. Je vous demande pardon. Vous paraissez fatiguée. Et il fait tellement chaud ici, dans le fond. Vous devriez vous asseoir un moment. Vous reposer un peu. Est-ce que je peux vous proposer un peu d'eau ?

– Mais qui êtes-vous ? Comment se fait-il que vous connaissiez mon...

Elle n'acheva pas sa question, ce qui indiqua à Chandler qu'elle en connaissait peut-être déjà la réponse.

– Je m'appelle Jim Belshaw, dit-il. Ma profession est plus ou moins celle de détective privé. Et je crois que nous avons quelque chose en commun. Je voudrais vous expliquer mon but et voir si nous pouvons conclure une sorte d'association.

– Oh, fit-elle avant de se passer la main sur le front et de l'étudier.

Il écarta une des branches de tamaris, montra le rebord ombragé où il s'était assis.

– Il n'y a pas de coussins. Mais c'est confortable.

Il sortit sa bouteille d'eau de sa poche. La lui tendit.

– Elle est chaude et je crains de ne pas avoir de verre à vous offrir.

Joanna leva la main en signe de refus tout en continuant de le scruter du regard.

– Qu'est-ce que vous faites ici, dans le Canyon ? Et... et... vous m'avez dit que vous vous appelez comment ?

– Jim Belshaw. Je suis employé par la société des Enquêtes Industrielles et Commerciales dont le siège est à Los Angeles.

Il lui sourit, eut un petit rire. Attendit sa réaction puis ajouta :

– Mais ici, aujourd'hui, dans le Grand Canyon, je travaille pour mon propre compte. Et je parie que vous pouvez deviner pourquoi je suis ici.

– Euh, fit Joanna qui s'assit sur la roche, ferma les yeux et lâcha un soupir. Si vous vouliez bien me le dire ?

– En réalité, j'attendais l'arrivée d'un Hopi nommé Billy Tuve. Je vous ai vus, tous les deux, descendre la Piste du Sel, je crois que c'est comme ça qu'on l'appelle. Et maintenant vous êtes là mais je continue d'attendre Tuve. Est-ce qu'il arrive ?

– Pourquoi ? Qu'est-ce que vous lui voulez ?

– Pourquoi ? Parce que je suis à la recherche d'un lot de diamants. Et je crois que vous aussi.

Joanna prit son temps avant de répondre. Il n'y avait qu'une seule façon d'expliquer comment ce solide et athlétique gaillard pouvait connaître son nom, être au courant des diamants associés à ce nom, et c'était qu'il travaille pour le compte de Plymale. Et s'il représentait Plymale, il y avait une bonne chance qu'il puisse, en la tuant, accomplir la tâche qu'avait dû lui confier l'homme de loi. Il était suffisamment fort pour s'en acquitter de ses mains nues. Et le petit pistolet était rangé dans son sac à dos. Elle leva les yeux en tentant de lire quelque chose sur le visage qui lui souriait.

– Qu'est-ce qui vous fait croire que je suis à la recherche de diamants ?

– Parce qu'ils appartenaient à votre père.

– Oh.

Il était évident maintenant qu'il travaillait pour Plymale, mais alors, pourquoi cette conversation ? Elle frotta ses mains sur ses jambes, si fatiguée que ses muscles étaient pris de crampes. Elle le regarda, vit l'homme, jeune et robuste, qui la dévisageait toujours dans l'attente d'une réponse. Qu'il attende. Elle avait besoin de temps pour réfléchir.

– Et aussi parce que, s'il y avait une justice, ces diamants vous appartiendraient.

À nouveau il attendit.

– C'est vrai, non ?

– Je crois que oui, reconnut-elle. Et je crois également que vous travaillez pour l'homme qui a spolié ma mère. Qui l'a dépouillée de tout. Autrement, comment en sauriez-vous autant sur moi ? Sur mes affaires ?

– Je n'ai aucune certitude. C'est ce que le vieux M. Plymale m'a dit. Qu'en pensez-vous ? Est-ce que je devrais lui faire confiance ? Il m'a donné l'impression d'être fuyant comme une anguille. Et je fais un métier où on doit être capable de repérer les gens qui ne sont pas fiables.

– Je pense que c'est un voleur. Un escroc. Un personnage totalement dépourvu de scrupules. Alors pourquoi travaillez-vous pour lui ? Il vous paie pour faire quoi, déjà ?

Chandler eut un petit rire.

– Je pense que ça, vous le savez. Il veut que je fasse en sorte que vous ne mettiez pas la main sur les preuves dont vous avez besoin pour établir que vous êtes la descendante directe de Clarke senior, ce qui vous permettrait de récupérer la jouissance des biens dont votre père aurait hérité, de priver par la même occasion M. Plymale de sa soi-disant œuvre caritative mal acquise, et, ce qui est pire, bien pire encore, de le soumettre à un audit ordonné par le tribunal pour déterminer ce qu'il a fait de tout cet argent exempt de retenues fiscales. Ce qui aurait de grandes chances de l'expédier dans une prison fédérale.

Une fois de plus il attendit une réponse qui ne vint pas.

– Ce serait bien sûr une maison de détention douillette pour cols blancs, mais il n'aimerait pas ça.

Joanna se leva, fit quelques pas, se rassit et se massa les muscles des jambes.

– Il paraît que descendre une pente, une pente raide au moins, est plus exigeant pour les muscles des jambes que de la grimper, dit-elle. Maintenant, je le crois.

– C'est vrai, confirma Chandler avec un hochement de tête.

– Pourquoi me racontez-vous tout ça ? La seule raison que je puisse imaginer, c'est que vous voulez que je fasse une entourloupe à Plymale d'une façon ou d'une autre. Vous voulez les diamants pour vous.

– Vous devinez juste. Je veux vous proposer un marché. Une association. Nous sommes l'un comme l'autre à la recherche de l'endroit où l'homme qui a donné le diamant à Tuve habitait. Le petit Billy m'a communiqué quelques renseignements pour m'aider dans ma recherche. J'ai le sentiment qu'il a fait pareil avec vous. Peut-être les mêmes. Combien de temps il a fallu à ce vieil homme pour retourner à sa grotte, si c'en était une, et pour revenir avec le diamant. Des détails comme ça. Mais peut-être m'en a-t-il livré qu'il a oublié de vous préciser, et en connaissez-vous qu'il ne m'a pas confiés. Mon idée consiste donc à œuvrer de concert. Pour améliorer nos chances. Après, quand nous aurons découvert la grotte, puisque c'est le terme que Tuve a employé, vous trouverez ce que vous cherchez. L'os du bras de votre père avec son ADN. La preuve qui établit que vous êtes bien sa fille. Nous découvrirons les diamants et nous les partagerons moitié-moitié.

– Alors qu'ils m'appartiennent ?

– La compagnie d'assurance les a remboursés. Ne l'oubliez pas.

– Elle a payé cent mille dollars.

– Mais bon, légalement, à ce jour, ils font partie de la succession, laquelle revient à cette fondation de charité bidon dirigée par Plymale.

Joanna acquiesça tout en se massant les jambes et en s'efforçant d'imaginer un moyen de plonger la main dans son sac à dos sans éveiller les soupçons. Un moyen de s'emparer de son pistolet.

– J'ai soif, déclara-t-elle.

Si elle pouvait se retourner, ouvrir la fermeture éclair et sortir sa gourde, peut-être pourrait-elle en même temps se saisir de l'arme. La glisser dans sa poche. Elle se sentirait plus en sécurité. Elle pivota, tendit la main vers le sac.

– Laissez-moi vous aider, dit Chandler.

Il le fit glisser des épaules de Joanna, hors de portée pour elle, l'ouvrit, y préleva la gourde qu'il lui tendit. Sortit le pistolet, le retourna dans sa main, l'étudia, en vérifia la chambre et le chargeur. Porta le canon à son nez, le renifla.

– Il est encore chargé jusqu'à la gueule, commenta-t-il. Pas d'odeur de poudre brûlée. C'est avec lui que vous avez abattu M. Sherman ?

– Non, répondit-elle en pensant : Comment peut-il être au courant ?

– En tout cas, vous n'en aurez pas besoin, dit-il en le rangeant dans sa poche. Et pendant que vous reprenez un peu de forces, comparons ce que Tuve a appris à chacun de nous. Après quoi nous irons vous dénicher ces ossements.

Il riait désormais, l'air ravi. Il ajouta :

– Et ensuite, nous compterons nos diamants et nous les diviserons par deux.

21

Bernie Manuelito n'était toujours pas revenue à proximité du Sanctuaire de la Femme du Sel où le sergent Jim Chee lui avait donné pour instruction de l'attendre. Il n'y avait personne d'autre non plus. Que devait-il faire ? Il n'en avait pas la moindre idée. Il avait installé Dashee le plus confortablement possible pour quelqu'un qui souffre d'une fracture et dont la jambe est très enflée, était finalement parvenu à obtenir une communication par relais satellite avec les urgences du parc où on l'avait assuré que, « dès que possible », soit un hélicoptère, soit un autre moyen d'intervention serait sur place.

– Tu n'as plus qu'à prendre ton mal en patience, exhorta-t-il son ami. Je crois que je ferais bien d'aller voir si je peux trouver Bernie.

– Bon débarras. Ça me rend nerveux de te voir faire les cent pas en te rongeant les ongles.

Cowboy eut un gémissement et adopta une position plus favorable sur le sable. Chee lui demanda :

– Tu es sûr que tu n'as vu aucune trace d'elle dans le coin où tu étais ? Parce que tu sais, elle n'a pu partir que dans deux directions, l'amont ou l'aval, et moi je ne l'ai pas vue en bas.

– J'en suis sûr. Sûr et certain. Arrête de t'inquiéter. Elle va revenir. Mais tu pourrais commencer à te soucier du temps.

Dashee montra, vers l'aval, l'énorme cumulus dont le sommet, au contact des vents stratosphériques, adoptait la forme aplatie d'une enclume.

– Il va engendrer ce que vous, les Navajos, vous appelez les pluies mâles. Avec les éclairs, l'érosion des sols, le ruissellement des arroyos *, les torrents soudains et beaucoup de bruit. Nous, les Hopis, nous aimons les pluies femelles. Elles donnent les récoltes de maïs et l'herbe. Et à propos, ici, dans le fond, tu as intérêt à ne pas laisser le déferlement d'un de ces cours d'eau te rattraper dans un étroit canyon.

– Je vais m'inquiéter du temps aussi. Mais s'il est arrivé quelque chose à Bernie ?

Il pointa le doigt sur la cheville de Dashee avant de poursuivre :

– Quelque chose dans ce goût-là... Elle est plus intelligente que toi, et moins maladroite, mais un accident peut toujours arriver.

– Et pourquoi il ne t'arriverait pas quelque chose d'encore pire, à toi ? Par exemple, Bernie qui remarquerait un jeune touriste, beau garçon et poli, qui ferait partie de l'une de ces expéditions qui descendent le canyon en radeau. Elle s'apercevrait qu'elle pourrait trouver beaucoup mieux qu'un sergent de la Police tribale navajo plutôt moche et affligé de manières détestables.

– De manières détestables ? Comment ça ?

– Je me souviens du ton que tu as employé pour lui ordonner de rester. « Tu attends ici, Bernie. »

Dashee avait imité presque à la perfection le ton officiel de son ami.

– D'accord, reconnut celui-ci. Vous attendez ici, monsieur Dashee, et vous essayez de ne plus vous blesser. Avez-vous assez d'eau ?

– Je ne crois pas que nous allons devoir longtemps nous inquiéter pour l'eau, dit Cowboy au moment où un grondement de tonnerre venait ponctuer sa remarque.

Sur ce, Chee fit la seule chose qui lui semblait envisageable : il s'éloigna vers l'aval en concentrant ses pensées et son regard pour découvrir les traces de semelles quadrillées que les petites chaussures de sport de Bernie avaient pu laisser.

Il les découvrit d'abord dans le sable humide, au bord du fleuve. Quand il ne parvint plus à les y distinguer, il se dirigea vers tous les types de plantes un peu rares qui poussaient le long des versants et finit par les retrouver en même temps que d'autres indices car Bernie avait cédé à la tentation de prélever des graines sur toutes les espèces végétales qui lui semblaient intéressantes. L'irritation ressentie à être contraint de partir à sa recherche fut balayée par nombre de souvenirs : perdue dans ses pensées, elle était vraiment adorable, et aussi quand elle lui souriait, quand elle était folle d'admiration devant une formation nuageuse, un coucher de soleil, la forme d'une coque de noix ou les ombres qui s'étiraient sur les pentes parsemées de buissons de sauge lorsque le soleil était bas. Si elle se trouvait à ses côtés, pensa-t-il, elle admirerait l'orage qui menaçait au-dessus de leurs têtes.

Il consacra un moment à revenir sur ces souvenirs partagés, mais ces instants de plaisir furent interrompus quand il commença à repérer d'autres traces que les siennes.

Celles de deux personnes. Une qui portait des chaussures de randonnée. Grosses. Pointure quarante-cinq, estima-t-il. Les autres petites, étroites, sans doute laissées par des chaussures de marche, celles d'une femme. C'était généralement l'homme qui ouvrait le chemin, et elle empiétait parfois sur ses traces. Très près l'un de l'autre, en général. Deux touristes, pensa-t-il, pas de quoi s'inquiéter. Néanmoins, ils semblaient partager l'intérêt de Bernie pour différents spécimens de plantes poussant dans le fond du Grand Canyon.

À l'embouchure du canyon latéral, il fit halte sur un bloc rocheux qui avait roulé là et but une gorgée d'eau en réfléchissant à la signification de toutes ces traces. Deux touristes pouvaient fort bien s'intéresser aux particularités de la botanique locale. Il était très probable qu'ils ne s'intéressaient pas du tout à Bernie. Ou qu'ils se demandaient simplement ce qu'elle faisait.

Il revissa le bouchon sur la gourde puis reprit sa quête, progressant un peu plus vite désormais et appréciant moins cet exercice car il se souvenait que le lieutenant Leaphorn mentionnait souvent son incrédulité à l'égard des coïncidences.

À l'entrée du canyon secondaire suivant, il trouva les empreintes de Bernie qui s'y engageaient sur une centaine de mètres, et les deux traces associées la suivaient avant de ressortir derrière elle. Là encore, songea-t-il, il n'y avait peut-être pas lieu de s'inquiéter.

Mais inquiétude il y avait. Et il pressa le pas.

En franchissant l'angle suivant de la falaise, il arriva à une embouchure plus large. Bernie y était entrée. Les deux autres l'y avaient suivie. Quelqu'un qui était chaussé de petits mocassins s'était aussi engagé dans ce canyon récemment. Ces dernières traces étaient peu marquées et il lui fallut plusieurs minutes pour voir ce qu'elles pouvaient lui apprendre.

Les semelles de Bernie en recouvraient certaines. Et d'autres, en ressortant du canyon, avaient partiellement effacé celles de Bernie. Les mocassins étaient donc ressortis après que Bernie fut entrée. Intéressant, mais pas angoissant.

Ce qui était angoissant, en revanche, c'était l'absence d'indice montrant que soit Bernie, soit les deux personnes qui la suivaient, étaient ressorties. Chee perdit tout intérêt pour les mocassins et se hâta de remonter le canyon.

Durant les deux cents premiers mètres, il lui fut aisé de suivre les empreintes. Aussi bien Bernie que les deux autres avaient marché au beau milieu du sol de pierre régulier, laissant les marques de leur passage dans la poussière et les résidus accumulés. Puis celles de Bernie disparurent et il lui fallut un moment avant de découvrir à quel endroit elle avait escaladé un plan incliné où s'empilaient des blocs et des pans de roche. Il grimpa, trouva ses traces là où elle avait marché un certain temps et l'endroit où elle était redescendue en déclenchant sa propre petite avalanche. Au pied de cette pente, les empreintes reprenaient tout comme celles des deux inconnus et de multiples preuves du passage des petits mocassins.

La piste de Bernie repartait à l'assaut du canyon, imitée par les deux autres. Mais pas par les mocassins.

Pourquoi ? Chee n'en avait aucune idée. Pas plus que cela ne stimulait son attention. Ce qui le préoccupait c'était Bernie, le grand homme et la petite femme qui la suivaient avec une telle opiniâtreté. Les trois jeux d'empreintes étaient faciles à identifier, et il les remonta sur un rythme proche de la course. Le canyon résonnait maintenant d'échos de tonnerre, et le formidable nuage qu'il avait vu avant de s'engager dans ce défilé secondaire était désormais à la verticale, noircissant de son ombre cet univers confiné, faisant chuter la température et générant un vent frais.

La progression rapide du sergent navajo prit fin juste un peu plus haut. Sur la gauche du canyon débouchait une autre gorge creusée par le ruissellement. C'était une étroite encoche dont l'entrée était obstruée par la présence massive d'acacias griffes de chats, la plante que détestent tous les éleveurs de bétail et les bergers de l'Ouest aride. Les empreintes du grand homme et de la petite femme y étaient également visibles, recouvrant souvent celles de Bernie. Laquelle avait cherché un passage, pensa Chee, et avait échoué.

Il interrompit momentanément sa quête pour réfléchir tout en emplissant ses poumons d'un air brusquement devenu frais et pur. Un éclair illumina le canyon et, à peine une seconde plus tard, retentit l'explosion qu'il provoquait, suivie d'un bruyant grondement de tonnerre. Il n'y avait pas de temps à perdre ici. Il reprit sa course sur le sol du canyon principal, se hâtant désormais parce que le tonnerre se faisait presque ininterrompu et qu'une averse de grêlons gros comme des pop-corns avait débuté. Les boules blanches ricochaient sur la roche et le rebord de son chapeau. Jusqu'à présent il lui avait été facile de voir les traces de Bernie. Cependant, quand la pluie digne de ce nom allait commencer, elles seraient rapidement effacées.

Mais des empreintes, il n'y en avait plus en remontant le canyon. Plus aucune. Aucune marque laissée par les petites semelles quadrillées, nulle part, pas plus sur la roche lisse encore poussiéreuse du lit de torrent que sur ses rives ou dans aucun des endroits où des graines de végétaux dignes de l'intéresser auraient pu attirer Bernie. Il n'y avait pas non plus de traces des chaussures de randonnée de l'homme qui avaient été jusque-là faciles à repérer.

Ce qui signifiait quoi ? Bernie n'avait pas rebroussé chemin. Il n'aurait pas manqué de remarquer les indices qu'elle aurait laissés en redescendant. Elle avait dû trouver un passage à travers cette épaisse masse de griffes de chats. Poursuivre son chemin dans cette étroite fente. Et le grand type ainsi que la petite femme devaient s'y trouver eux aussi.

22

Lorsqu'elle était parvenue à se frayer un passage pour pénétrer dans la ravine, ce qui lui donnait maintenant l'impression de remonter à des heures et des heures, Bernie avait assimilé cet espace sombre où l'air ne circulait pas à une grotte. Mais bien sûr, ce n'était pas le cas. C'était une encoche dans la falaise, à l'exemple de centaines de parcours que l'eau de pluie avait creusés au fil des ères afin d'évacuer son trop-plein, depuis la surface du plateau jusqu'au Colorado, quinze cents mètres plus bas. Au sommet, une très étroite ouverture laissait donc entrevoir le ciel. Devant elle, Bernie n'avait distingué qu'une sinistre pénombre. Mais en inclinant la tête en arrière et en regardant à la verticale elle avait vu une étroite bande de ciel à découvert. Lumineux, d'un bleu ensoleillé par endroits, et obscurci à d'autres par la partie inférieure foncée des nuages.

Elle s'était raccrochée à cet aperçu réconfortant sur un monde extérieur joyeux, au-dessus d'elle, jusqu'à ce que les muscles de son cou deviennent douloureux. Elle ressentait le besoin impérieux d'être là-haut, dehors, dans la lumière claire et vive, loin de ce lieu. Et elle ne voulait pas tourner les yeux à nouveau vers ce qu'elle venait de découvrir. Tout au moins, pas avant que son estomac se soit calmé et que les battements de son cœur aient ralenti. Alors elle prit une profonde inspiration, accompagnée d'un tremblement, ralluma sa lampe de poche et regarda.

Le corps contre lequel elle avait failli trébucher gisait sur un dépôt de sable proche de la falaise. La base de la paroi était rose, la couleur typique du grès navajo. Juste au-dessus s'avançait une plate-forme de basalte bleu-noir. Là, un amas de couvertures enchevêtrées semblait avoir rempli le rôle de couche. Bernie supposa que l'homme était tombé de ce lit et qu'il avait roulé sur le sable en pente jusqu'à l'endroit où il s'était immobilisé, à la limite du sol de roche lisse. Cela s'était visiblement produit il y avait longtemps, ou tout au moins assez longtemps pour que la chair déshydratée se racornisse et que la peau prenne l'aspect du cuir séché. Il ne portait ni chaussures ni chaussettes, un vieux jean dont le bas des jambes était effiloché et une chemise de jean à manches longues déboutonnée. Sa tête était tournée sur le côté, laissant voir une partie de son visage juste suffisante, avant qu'elle détourne le regard, pour révéler la forme du crâne et une orbite vide.

Elle retint sa respiration et éteignit. Il fallait qu'elle économise la pile. Et elle avait les lieux à explorer. Tout de suite. Vite, afin de pouvoir partir. Il fallait qu'elle trouve Jim Chee et Cowboy Dashee. Pour leur parler de ça. Leur dire qu'elle avait trouvé l'homme qui avait donné le diamant à Tuve. C'était vraisemblablement lui qu'ils cherchaient. C'était bien un genre d'ermite qu'elle avait découvert. En tout cas, une présence qui paraissait très étrange.

Elle s'appuya contre la froide paroi de pierre, osant s'avouer que ses jambes ne la soutenaient plus, qu'elle se sentait soudain sans ressources physiques. Et il lui restait encore, comme l'avait exprimé Robert Frost, « des promesses à tenir et des kilomètres à parcourir avant de goûter au sommeil[1] ».

Des kilomètres pour retourner à la Piste du Sel, des kilomètres pour guider Chee et Dashee jusqu'ici. Jamais ils ne trouveraient le passage pour accéder à ce lieu à travers l'épouvantable entremêlement de branchages d'acacias griffes de chats si elle ne le leur montrait pas. Elle avait failli abandonner elle-même après être restée accrochée une demi-douzaine de fois à ces terribles épines.

Les acacias s'étaient refermés sur le lit d'écoulement par lequel les eaux de pluie, chaque fois qu'un orage engendrait un ruissellement, déferlaient hors de la fente. Bernie avait fini par se dire que la chaleur réverbérée par les parois de la ravine qui faisaient face au soleil devaient décourager ces plantes de s'y agglutiner. Elle était parvenue à s'insinuer à l'intérieur en ne déplorant qu'une manche déchirée. Et ce faisant elle avait remarqué l'élagage ancien pratiqué des années auparavant pour que cet accès reste praticable. Cela semblait prouver que quelqu'un avait, à une époque, occupé cette

---

1. Robert Frost (1874-1963), dans son poème intitulé *Stopping By Woods on a Snowy Evening*. (*N.d.T.*)

ravine, qu'il s'agisse ou non du distributeur de diamants qu'avait rencontré Billy Tuve.

Quand elle appuya à nouveau sur le bouton de la lampe et qu'elle en dirigea la lumière vers l'amont, ce qu'elle vit sembla confirmer cette idée. Dans la pénombre devant elle, le rayon lumineux fit naître un étrange scintillement.

Bernie s'en approcha lentement. Deux lignes verticales, d'environ un mètre vingt de haut et peut-être distantes de soixante centimètres, lui renvoyèrent le faisceau lumineux. Elles étaient tracées sur une plate-forme basaltique, probablement un prolongement de celle où reposaient les couvertures. Mais dans la mesure où le sol de la ravine s'élevait progressivement, la plate-forme en ce lieu n'était qu'à hauteur de genoux. Les points de lumière semblaient provenir de la paroi de grès qui dominait ce plan de basalte. Maintenant qu'elle en était plus près, elle s'aperçut que quelque chose se dressait entre les deux lignes de lumières scintillantes. Quelque chose qui ressemblait à un os blanc.

Elle s'avança encore avant de s'immobiliser, hypnotisée. C'était un os de bras humain. Il allait du coude au poignet où les os de la main tenaient encore par les tendons et les cartilages. Avant de donner sa démission de la Police tribale navajo, Bernie avait passé plusieurs heures très désagréables à la morgue et en salles d'autopsie, dans le cadre de son travail. Une expérience qui l'avait en partie habituée à contempler des fragments de corps humains. Mais pas complètement. Et le décor dans lequel elle se trouvait rendait les choses pires.

Très étrange. Les points de lumière venaient de petites boîtes en fer rondes qui semblaient adhérer au grès. Elle en dénombra vingt dans chaque ligne, renfermant toutes un diamant qui étincelait à la lumière. L'os de l'avant-bras était toujours relié au niveau du coude à celui du bras dont la majeure partie était enterrée dans le sable tassé. Tout autour, des cercles parfaits composés de diamants étaient disposés, chacun d'eux reposant sur un coussinet de cuir grisâtre à l'intérieur de sa petite boîte ronde.

Bernie tendit la main pour en prendre un, hésita, acheva son geste. Le coussinet était constitué par le cuir tendre et replié provenant d'une bourse à pollen. Le réceptacle était une boîte en fer-blanc qui, à en croire l'inscription tracée sur la tranche en lettres d'un rouge passé, contenait autrefois du *Truly Sweet*. Au-dessous, une ligne en caractères de taille inférieure affirmait qu'il s'agissait du

« Tabac à priser le plus doux du monde ». C'était exactement en ces termes que le lieutenant Leaphorn avait décrit la petite boîte où était rangé le diamant de Shorty McGinnis.

Elle déplia la bourse, y inséra le diamant, rangea le tout dans la boîte à priser qu'elle glissa dans sa poche de jean.

Elle se sentit gagnée d'exubérance. Maintenant, elle allait pouvoir quitter ce lieu lugubre. Elle allait retrouver Jim et Cowboy, leur annoncer que leur mission était accomplie. Elle avait découvert les diamants et le corps de l'homme qui les avait troqués. Elle avait découvert les preuves qui innocenteraient le pauvre Billy Tuve de cette accusation de meurtre. Et de celle de vol. Et tous les doutes que le sergent Jim Chee pouvait avoir entretenus sur le compte de l'agent Bernadette Manuelito seraient balayés à jamais.

Elle repartit sur le sol de roche lisse, faisant halte ici ou là pour inspecter une saillie rocheuse où l'ermite avait rangé ses provisions de nourriture dans des boîtes en fer et des sacs, et son eau potable dans des bidons d'une vingtaine de litres. À proximité, elle remarqua sa source, un filet d'eau qui gouttait d'un endroit envahi par la mousse, dans une fissure de la falaise. Elle en laissa quelques gouttes tomber dans sa paume qu'elle porta à ses lèvres avec prudence. Ça n'avait pas l'air toxique. L'eau ne traversait vraisemblablement pas des strates de roche contaminées par des minerais de fer ou des résidus chimiques.

Elle éteignit sa lampe. La lumière qui pénétrait par l'ouverture au-dessus d'elle était plus faible, mais il en restait suffisamment pour lui indiquer le chemin. Le coucher du soleil n'était quand même plus très éloigné et elle se hâta de négocier le sol en pente pour parvenir à l'embouchure de la ravine afin de regagner le canyon puis le fleuve pendant qu'elle disposait encore d'un peu de lumière naturelle. Ce fut à ce moment-là qu'elle entendit une voix de femme venant d'en bas qui se répercutait comme le faisaient tous les bruits dans ce lieu autrement silencieux. Puis la voix d'un homme, suffisamment proche pour qu'elle puisse la comprendre. Qui disait :

– Ms Craig. Parlez plus bas. Il ne faut pas qu'on fasse de bruit. Il se pourrait qu'elle soit dangereuse.

23

– Je ne parlais pas fort, répondit Joanna Craig dans ce qui ressemblait à un murmure indigné. Et pourquoi elle serait dangereuse ? Soit c'est une femme de petite taille, soit c'est un homme vraiment minuscule. À en juger par la pointure de ses chaussures.

Brad Chandler ne fit pas dc commentaire. Il se contenta de poser un doigt sur ses lèvres et une main derrière son oreille en indiquant à Joanna qu'ils devaient écouter attentivement. Elle le fit, n'entendit rien d'autre que le bruit cristallin de l'eau gouttant quelque part dans le passage ténébreux de la ravine, loin devant eux, et le faible soupir occasionnel du vent qui soufflait au-dessus de l'ouverture dans le plafond, tout là-haut à la verticale.

– Nous allons avancer encore un peu, murmura Chandler. Si tout reste silencieux et si nous ne décelons la présence de personne, je nous ferai un peu plus de lumière. Nous avons besoin de retrouver les empreintes de cette femme. Elle a forcément une raison de venir ici.

– Ça, oui.

– Et il faut partir du principe que c'est dangereux. Il y a énormément d'argent en jeu, et quand il y a de l'argent, il y a des gens dangereux.

– D'accord. Je comprends.

Il eut une sorte de rire étouffé.

– D'ailleurs, elle est peut-être pctite, mais vous n'êtes pas si impressionnante que ça, vous non plus. Et même les petites femmes peuvent être armées d'un pistolet. Vous vous souvenez ?

– Je me souviens que vous avez oublié de me rendre le mien. S'il y a du danger, je me sentirais beaucoup plus en sécurité en l'ayant. Vous n'avez pas dit que nous sommes associés ?

– Si. Mais ne vous inquiétez pas pour ça. Je prends toujours soin de mes partenaires.

Il alluma sa grosse lampe torche, du même modèle que celles des policiers, en fit courir le faisceau de droite à gauche sur la roche lisse du sol.

– Là, fit Joanna en pointant le doigt.

Sur la surface de pierre poussiéreuse se lisaient les faibles traces discrètes laissées par les semelles quadrillées de Bernie.

Aussi loin que portait la lumière dans la pénombre, les empreintes semblaient progresser selon un tracé irrégulier qui suivait la limite droite du sol rocheux.

– Espérons que ça va continuer à être aussi facile, commenta Chandler.

– Regardez là-haut, dit Joanna. Le ciel, presque à la verticale.

Il lui jeta un regard méfiant.

– J'ai vu un éclair, expliqua-t-elle.

Un grondement de tonnerre souligna ses propos, produisant une succession assourdissante d'échos entre les parois.

– On dirait qu'il va pleuvoir, fit-il en levant les yeux. Nous serons au sec, ici. Et si ça continue à tonner comme ça, vous pourrez parler aussi fort que vous voulez.

– Oui.

Elle avait eu l'intention de raconter à cet homme aussi massif qu'odieux ce qu'elle avait lu sur les conséquences des orages au-dessus du Grand Canyon. Et ce qu'un des employés du Centre d'accueil des visiteurs lui avait expliqué concernant les torrents soudains qui déferlent dans les petits lits de rivière drainant les sommets des mesas. Mais non. Son savoir, peut-être, combiné à l'ignorance de Belshaw, pourrait lui être utile si elle avait de la chance. Et Joanna Craig ne se faisait aucune illusion : de la chance, il allait lui en falloir beaucoup pour se sortir de cette situation.

Il fit courir le faisceau de la lampe, ne révélant rien d'autre que les irrégulières couches de pierre des falaises qui délimitaient la ravine sur leur gauche, puis il le dirigea plus haut et, après, de l'autre côté du passage. La lumière engendra un bref éclat scintillant quand elle passa sur les diamants, puis elle éclaira les falaises sur la droite.

– Là ! s'écria Chandler en gardant le faisceau braqué sur la haute plate-forme où Bernie avait vu le lit de l'homme aux diamants. Vous voyez ce tissu ? Je crois que nous avons trouvé quelque chose.

– Vous n'avez pas remarqué qu'il y a eu un reflet brillant ? demanda Joanna en désignant l'endroit avec son doigt. Par là.

Chandler ne tint pas compte de sa remarque. Il s'approcha de la plate-forme.

– Quelqu'un avait son lit ici, dit-il. Ça doit être l'endroit où vivait le vieil Indien de Billy Tuve.

Et au moment où il prononçait ces paroles, le rayon de sa torche éclaira le cadavre.

Joanna retint sa respiration.

– Oui, dit Chandler. Je le vois maintenant. Enfin, ce qu'il en reste.

Il braqua la lumière sur le corps :

– On dirait que quelqu'un est arrivé ici avant nous, dit-il en transférant la torche dans sa main gauche et en se servant de la droite pour dégainer son pistolet.

– Vous n'allez pas avoir besoin de votre arme, déclara Joanna. Il est déjà mort. Depuis longtemps, apparemment.

– Je le vois bien, bon sang. Mais qui l'a tué ?

– Regardez-le. Le temps, peut-être. Le grand âge. Ce qu'il y a de sûr, c'est que ça ne s'est pas produit récemment. Il est quasiment momifié.

– Je le vois, ça, maintenant. Et tenez, voilà d'autres empreintes. Il y en a partout, ici. Elle est sûrement tout près. Moi, je garde mon pistolet.

Il dirigea la lumière de la lampe sur le visage de Joanna.

– Je pourrais en avoir besoin, ajouta-t-il en grimaçant un sourire.

Elle détourna la tête et tendit la main.

– Alors rendez-moi le mien. Moi aussi, je vais peut-être en avoir besoin.

Il fit comme s'il ne l'avait pas entendue, orienta le faisceau au-delà du corps.

– Et là, fit-il. Ça alors ! Regardez un peu. Ça doit être mes diamants.

– Disposés en deux lignes.

Mais ce qu'elle regardait fixement c'était la forme blanche qui se trouvait entre les deux alignements scintillants. En se disant : Le bras de mon père. Et en se faisant la remarque que son « associé » avait dit : « Mes diamants. » Non pas qu'elle se soit jamais imaginé qu'il pût être disposé à les partager avec elle. Ni que ces pierres précieuses l'aient jamais intéressée le moins du monde. Ce qu'elle voulait, c'était cet os.

24

Bernie avait réagi vite aux premiers échos des voix. Des voix étranges. Celle de l'homme avait un accent des villes de la Côte est. Ce n'était ni Jim ni Cowboy, et ça ne ressemblait pas du tout à ce qu'elle s'attendait à entendre sortant de la bouche de Billy Tuve. Qui étaient ces gens ? Que faisaient-ils là ? Et pourquoi la suivaient-ils ?

Le lieutenant Leaphorn pensait que ces diamants jouaient un rôle dans une bataille juridique d'une importance telle qu'elle avait généré l'intérêt du FBI. Ces deux personnes étaient armées. Le règlement du parc interdisait la possession d'armes à feu dans le Canyon, ce n'étaient donc pas de simples touristes. S'ils croyaient qu'elle représentait un danger pour eux, cela signifiait qu'ils pouvaient en être un pour elle. Elle avait rebroussé chemin en courant le plus vite et le plus silencieusement possible sur le sol en pente douce parsemé de blocs rocheux. Elle voulait se trouver un refuge aussi éloigné que possible de ces voix. Un endroit où elle pourrait se cacher en attendant de trouver une issue pour quitter cette ravine.

Mais elle se précipita presque tout droit dans un cul-de-sac. Un pan de la falaise s'était écroulé en formant un très haut barrage de grosses plaques rocheuses, de blocs et d'énormes rochers, qui recouvrait complètement le sol et obstruait partiellement la ravine. Elle l'escalada. Un morceau de grès céda sous son poids, délogeant des pierres de moindre taille. Elle s'égratigna le genou tout en déclenchant un petit glissement de terrain qui réveilla une succession de bruits. Un fracas qui ne pouvait leur échapper. Elle se rapprocha avec prudence de la paroi, s'insinua sous un pan de roche incliné qui reposait contre et s'assit.

Le moment de contrôler sa panique. De se reposer. De réfléchir. De dresser un plan.

La réflexion arriva en premier. Elle se souvint de tout ce que Chee lui avait dit sur la genèse de cette histoire de fous. Puis elle se souvint (elle avait du mal à le croire) qu'elle s'était portée volontaire pour les accompagner alors qu'elle n'y avait pas été invitée et que sa présence n'était pas souhaitée.

Pourquoi ? Par goût de l'aventure ? Ou à cause d'un irrépressible désir de voir de près la magie botanique et géologique de cet incroyable canyon ? En tout cas, c'était la raison qu'elle avait avancée et elle était en partie exacte. Mais avant tout, elle voulait être avec Jim Chee. Elle l'aimait. Ou elle croyait l'aimer. Mais où était le sergent Chee maintenant qu'elle avait vraiment besoin de lui ?

Elle se glissa un peu plus loin sous le pan de roche, tentant d'adopter une position plus agréable, prenant conscience que cette ligne de pensée était totalement improductive. Il lui fallait se remémorer ce qu'elle savait d'autre, les éléments qui pourraient lui apprendre quelque chose sur ce couple dont elle se cachait. Tout ce qu'elle savait à ce niveau-là pourrait avoir une incidence sur ce qu'elle devait faire maintenant : les renseignements que Chee tenait du lieutenant Leaphorn, qui les avait pêchés auprès du réseau des bons vieux copains tissé du début à la fin de sa carrière et d'un bout à l'autre du continent.

Le FBI s'intéressait à une arrestation en rapport avec une histoire de mont-de-piété, à Gallup. Cela signifiait obligatoirement que quelqu'un d'important, au sein de la bureaucratie washingtonienne, suivait cela de près, ce qui à son tour, selon la façon dont fonctionnaient les antennes psychiques internes aux services du maintien de l'ordre, établissait un lien avec un vieux conflit juridique relatif à la succession d'un ploutocrate. En définitive, l'argent avait été confié à une fondation à but non lucratif et une femme, persuadée qu'elle aurait dû hériter, était bien décidée à récupérer son bien. Une immense somme d'argent était en jeu et, comme Bernie avait entendu l'homme le dire à la femme, il ne faut jamais dissocier les sommes colossales des gens dangereux qui tentent de se les approprier.

Probablement exact dans le monde des hommes blancs, se dit-elle, et dans ce canyon, assurément. Tous deux étaient venus avec des armes, ce qui les rangeait dans la catégorie des gens que Bernie jugeait dangereux. Et maintenant, l'homme était en possession du pistolet de la femme qui voulait le récupérer et à qui il ne voulait pas le rendre. Cela, plus le ton de la conversation, suggérait qu'ils n'étaient pas vraiment associés dans l'entreprise qui les avait conduits en ce lieu. Elle conclut que la femme devait être celle qui était persuadée d'avoir été spoliée de son héritage. Celle qui avait versé la caution pour permettre à Tuve d'échapper à la prison. Parce qu'il était détenteur d'un des diamants. Si elle se souvenait bien de ce que Chee avait dit, l'homme qui avait convoyé la mallette de diamants était son père, croyait-elle, et le juriste de la fondation l'avait dépouillée de l'héritage.

Bernie gémit. Elle ne disposait pas d'assez de données pour échafauder une théorie qui puisse l'aider dans cette situation. Elle regrettait de ne pas avoir prêté plus d'attention à ce que Chee avait dit. Sur le coup, ça lui avait fait l'effet d'une sorte de conte de fée. Un peu comme l'histoire des Havasupais concernant le shaman qui, en traversant le fleuve à pied avec un tronc d'arbre posé sur la tête, avait empêché les falaises du Grand Canyon de continuer à se refermer l'une sur l'autre pour tuer les gens.

Et l'homme ? Cette femme lui avait-elle demandé, avant que leur association ne vire à l'aigre, de l'accompagner pour l'aider ? Ou représentait-il la fondation, était-il là pour en protéger les intérêts ?

Bernie n'avait aucun moyen d'en décider, mais elle savait que si elle demeurait à demi cachée à cet endroit, ils la trouveraient s'ils le voulaient vraiment. Il fallait qu'elle ait un plan.

Un éclair gomma les ténèbres dans la ravine en contrebas de sa position, lui offrant une vue momentanée sur l'endroit où le distributeur de diamants avait vécu et était mort, ainsi que sur une petite femme et un grand gaillard qui se tenaient près du cadavre. Le coup de tonnerre qui s'ensuivit déclencha des échos qui se répercutèrent d'un côté à l'autre de la ravine. Un nouvel éclair illumina le décor. L'homme, à ce qu'elle vit, tenait maintenant un bâton blanc dans sa main, il l'agitait dans les airs. Probablement l'os du bras qu'elle avait vu précédemment.

Il fallait qu'elle cesse de dilapider le temps qui lui restait. Il fallait qu'elle échafaude un plan.

25

– Reposez-le, ordonna Joanna.

Chandler rit.

– Je m'amuse juste à l'idée de venir me planter devant M. Plymale et de lui agiter ce truc sous le nez, à ce vieux salopard. Je lui dirais : « Bon, le voilà, espèce de vieux salopard. Combien vous êtes prêt à payer pour l'avoir ? »

– Donnez-le-moi, ordonna-t-elle. Il est à moi. C'est le bras de mon père.

– Possession vaut titre, objecta Chandler. Alors parlons affaires. Vous pouvez prendre l'os de votre père. Moi, je prends les diamants.

Joanna acquiesça.

– Tous les diamants, je veux dire. Jusqu'au dernier.

– Je me fiche pas mal de ces fichus diamants. Donnez-moi le bras de mon père.

Chandler la dévisagea. Prit l'air pensif. Hocha la tête.

– Pourquoi pas ? dit-il. Mais il reste le problème de la femme que nous avons suivie ici. Elle devait connaître cet endroit. Sa présence me rend mal à l'aise. Je veux que vous continuiez à grimper et que vous voyiez si vous pouvez la dénicher.

Joanna réfléchit, tendit la main.

– D'accord. Vous m'avez dit qu'elle est dangereuse. Donnez-moi mon pistolet.

Chandler rit.

– Si vous avez ce pistolet dans la main, c'est vous qui risquez de devenir dangereuse. De toute façon, je ne crois pas que vous allez en avoir besoin. Ces petites empreintes signifient qu'il s'agit soit d'une femme de petite taille, soit d'un jeune garçon. On est d'accord ? Et le règlement du parc n'autorise personne à être en possession d'une arme à feu dans le fond du Canyon.

Il sortit son pistolet, eut un sourire narquois à l'adresse de Joanna et le pointa sur elle.

– Allez, en route. Trouvez-moi cette femme et ramenez-la.

Il consulta sa montre et ajouta :

– Je vous donne dix minutes et je viens vous chercher.

Joanna fit quelques pas sur le sol en pente. S'immobilisa. Se tourna pour regarder Chandler.

– Qu'est-ce qu'il y a maintenant ? demanda-t-il. Allez, bougez-vous.

Joanna montra une silhouette qui sortait de la pénombre et se dirigeait vers elle.

– Ça doit être elle, dit-elle.

Chandler braqua sa torche dans cette direction.

– Ça alors, fit-il. On dirait que nous avons de la visite.

26

La lumière éblouit Bernie.

– Éteignez-la, dit-elle en allumant la sienne. Éteignez-la.

Elle s'abrita les yeux, orienta sa lampe de poche sur Chandler.

– Je vous ai ordonné de *l'éteindre tout de suite.*

Chandler abaissa le faisceau lumineux.

– Qui êtes-vous ? demanda-t-il.

– Qu'est-ce que vous fabriquez ici tous les deux ? interrogea Bernie. Je vous ai bien entendus parler d'une arme à feu ? Vous êtes dans un parc national où aucune arme n'est autorisée. Si vous en avez une, donnez-la-moi.

Joanna désigna Chandler de la tête.

– Il a...

Puis elle se tut.

– Et vous allez me présenter vos autorisations de visite du Grand Canyon, poursuivit Bernie. Les formulaires qu'on vous a remis quand vous êtes arrivés dans le parc et que vous avez sollicité l'autorisation de descendre ici sans être accompagnés par un guide agréé.

Chandler n'avait cessé de l'étudier, sans faire un geste ni prononcer une parole. Il secoua alors la tête et rit :

– À condition de voir d'abord vos papiers officiels, dit-il.

– Je vais commencer par récupérer votre pistolet. J'ai entendu cette femme dire que vous en avez un.

– Vous ne me donnez pas l'impression d'appartenir aux services de la sécurité du parc. Où est votre uniforme ? Où est l'insigne officiel que les rangers portent à l'épaule ? Tout ce que je vois, c'est une femme de petite taille en blue jean poussiéreux, chemise déchirée et casquette de base-ball des Giants de New York.

– Remettez-moi votre arme, ordonna Bernie. Le simple fait d'être en possession d'une arme à feu ici constitue un délit fédéral. Si vous ajoutez celui de refus d'obtempérer à un agent de l'administration centrale, vous encourez une inculpation pour infraction à la loi fédérale.

– Oh, si c'est comme ça, dit-il. Ça ne vaut pas la peine de discuter.

Il sortit de sa poche de veste un pistolet qu'il tendit à Bernie, le canon en avant. Mais pas, remarqua-t-elle, assez près de sa main pour qu'elle puisse s'en saisir sans se placer facilement à la portée de cet homme. L'arme ressemblait aux automatiques Glock dont se servent de nombreuses forces de police.

– Tournez-le vers moi, la crosse en avant, et lancez-le, ordonna-t-elle.

– Si vous voulez.

Il leva l'arme qu'il pointa sur elle.

– Bon, dit-il, arrêtons de perdre notre temps. Montrez-moi les documents attestant que vous faites partie des services du parc. Ou votre badge, ce que vous avez sur vous. Et si vous avez une arme, que je ne vois pas d'ailleurs, il me la faut aussi.

– Je n'ai pas mon badge sur moi. Je suis ici en mission. Nous enquêtons sur des informations qu'on nous a communiquées.

– Sans rire ! s'exclama Chandler.

– Mon collègue va arriver d'un instant à l'autre. S'il vous voit me menacer avec ce pistolet, il tirera d'abord et après seulement il vous demandera ce que vous faites. Vous feriez mieux de me le remettre.

– Écartez vos bras à quatre-vingt-dix degrés par rapport à votre corps. Ms Craig va procéder à votre fouille. Voir si vous êtes armée. Vous devriez, même si vous êtes en mission.

– Vous êtes en train de vous attirer de sérieux ennuis. Tous les deux.

– Allez la palper, ordonna Chandler avec un signe de tête destiné à Joanna. Assurez-vous qu'elle n'est pas armée.

– Non, pas question. Je ne veux pas être mêlée à ça.

Chandler la fixa d'un regard sinistre.

– Je vois, dit-il avant de reporter ses yeux sur Bernie. Tournez-vous, ma petite dame, bras tendus, mains ouvertes.

Il s'avança d'un pas, vérifia qu'elle n'avait pas d'étui d'épaule, vérifia le pourtour de sa ceinture, lui palpa le dos. Hocha la tête.

– Maintenant que le problème est réglé, moi, je vais vous montrer mes papiers.

Il sortit son portefeuille, l'ouvrit, le lui colla sous le nez.

– Ici, vous voyez mon badge d'adjoint du shérif du comté de Los Angeles, en Californie. Et là (il préleva une carte) vous avez mon accréditation à agir comme enquêteur pour ce même comté. Je suis ici pour une affaire criminelle non élucidée, un ancien homicide qui a eu lieu en Californie et dont l'enquête nous a conduits jusqu'à cet endroit.

Bernie acquiesça non sans avoir remarqué qu'il avait retiré badge et accrédition avant qu'elle ait eu le temps de les lire. Il mentait, mais peut-être disposait-il du droit d'exercer le métier de détective privé. Le monde semblait regorger de ces gens-là.

Le tonnerre grondait de nouveau. Le claquement sec de la foudre, au sommet de la mesa, près de la ravine, se répercuta autour d'eux. Bernie remarqua que le lit poussiéreux de la rivière n'était plus poussiéreux. Il était recouvert d'une fine pellicule d'eau. Et pendant qu'elle la regardait, elle illustra un schéma auquel la jeune femme avait assisté un nombre de fois incalculable après les « pluies mâles » estivales dans le pays des mesas désertiques : une nouvelle vague de ruissellement courut à la surface du sol et la fine couche antérieure gagna environ deux centimètres et demi en profondeur. Elle éprouva un sentiment d'urgence. Une autre vague semblable allait venir, puis une autre et encore une autre. La pesanteur précipitait le mouvement de l'eau et ce petit ruisseau allait se muer en torrent.

– Bon, dit-elle, dans ce cas, que puis-je faire pour vous venir en aide ?

– Asseyez-vous seulement quelque part et ne vous mettez plus dans nos pattes. Nous voulons récupérer les éléments de preuves et filer de là avant que cet orage dégénère en quelque chose de sérieux.

Il se saisit de son sac à dos par la sangle, l'éloigna du trajet que suivait l'eau et l'ouvrit d'un geste vif. Bernie le regarda fouiller à l'intérieur, écarter une chemise, repousser des sous-vêtements, glisser un petit pistolet sous la chemise et finir par sortir une paire de grosses chaussettes en laine. Il les inspecta et regarda la femme qui l'accompagnait.

– Joanna, dit-il. Vous auriez un sac, dans vos affaires ?

– Pour quoi faire ?

– Ce que nous sommes venus faire, dit-il en montrant la double ligne de diamants.

Elle secoua la tête.

– Il va falloir se contenter de ça, alors, dit-il.

Il glissa une des chaussettes sous sa ceinture, s'approcha de l'avancée rocheuse où l'os s'était auparavant dressé à la verticale et entreprit de prélever les boîtes de tabac à priser qui étaient posées sur le sable, faisant tomber les diamants dans l'autre chaussette et se débarrassant des boîtes vides en les jetant. Ce fut plus long qu'il n'aurait été nécessaire car il garda le pistolet à la main.

Chaque diamant rejoignait ses prédécesseurs dans la chaussette avec un cliquetis. Bernie suivait du regard en comptant, attentive au temps qui s'écoulait, consciente que la surface balayée par le ruissellement s'élargissait rapidement, pensant à la quantité d'eau que le barrage de roches agglomérées au-dessus d'eux dans la ravine devait retenir. Ce qui ruisselait devant eux pour l'instant n'était que l'infime partie qui s'écoulait sous le pan de rocher où elle s'était cachée tout à l'heure. Si l'eau débordait au-dessus du barrage, ou si celui-ci était entraîné, tout ce qui se trouvait à proximité serait emporté dans la ravine.

Chandler s'arrêta. Toutes les boîtes qui avaient reposé sur le sable étaient maintenant vides et le pied de la chaussette, du talon jusqu'aux orteils, rempli de diamants. Il enfonça le pistolet sous sa ceinture, noua la chaussette à hauteur de cheville et entreprit d'extraire les pierres précieuses des boîtes fixées à la paroi de grès en les faisant tomber dans la deuxième chaussette qu'il referma par un nœud. Il attacha ensuite les deux chaussettes ensemble afin d'obtenir une seule torsade présentant, à chaque extrémité, un gros renflement.

Sa tâche achevée, il se tourna vers les deux femmes.

– Voilà qui fait un joli paquet de diamants, commenta-t-il en empoignant l'assemblage à l'endroit du nœud et en faisant tournoyer les deux extrémités en riant. Des gros diamants. Parfaits, d'un blanc bleuté, dont la taille augmente la valeur. Une trentaine dans cette chaussette-ci et... une quarantaine peut-être dans celle-là. Disons soixante-dix qu'il faut multiplier par quelque chose comme vingt mille dollars en moyenne, et j'ai là, on va dire, un million et demi de dollars.

Le tonnerre engloutit le reste de ce qu'il leur disait. L'orage devait être maintenant juste à la verticale. De l'eau gouttait du rebord de la fente, au-dessus de leurs têtes. Les petits grêlons ayant la taille de pop-corns les criblaient maintenant directement de leur impact. Le flux s'élargissait rapidement sur le sol.

Bernie adressa un signe de la main à Chandler pour lui dire de ne pas s'énerver et elle s'approcha hâtivement du sac à dos, le traîna sur le sol hors de la zone que l'eau envahissait. Elle glissa la main sous la chemise, se saisit du petit pistolet de Joanna, le mit dans sa poche, ferma le sac, le ramassa et le déposa en hauteur à bonne distance du déferlement continu. Puis elle relâcha sa respiration. Il ne l'avait pas vu faire et donc il n'avait pas tiré. Pas encore. Elle lui jeta un regard. Il lui adressait un sourire.

– Merci, dit-il.

– Il aurait été emporté. Il y a une sorte de barrage, là-haut, à l'endroit où des rochers sont tombés. Si l'eau les entraîne, tout sera balayé. On ferait bien de sortir de là.

– C'est gentil de votre part de m'avertir. Et merci d'avoir empêché le pistolet de Joanna de se mouiller.

– Oh, fit Bernie.

– Pour vous rendre la politesse, je devrais peut-être vous avertir que si l'occasion de me tirer dessus se présente, et si vous êtes tentée de le faire, ne prenez pas cette peine. Ça ne marchera pas. Je l'ai déchargé, juste au cas où elle le manipulerait avec maladresse. (Il rit.) Mais bon, si vous essayez de me tuer quand même, je tiens à ce que vous sachiez que moi, je tirerai. Probablement plusieurs fois. Et...

Il pointa le doigt vers le cadavre desséché de l'Homme Squelette :

– ... j'abandonnerai votre corps ici en compagnie de notre défunt ami.

– Merci de l'avertissement.

Pendant que Bernie prononçait ces mots, un nouvel éclair illumina la pénombre, suivi un instant plus tard par le fracas proche de la foudre et les échos assourdissants du tonnerre. Et tandis que ce bruit s'atténuait, un autre commença à enfler.

– Oooh ! fit Joanna sur un ton qui se situait entre le cri et le hurlement.

C'était le grondement, le grincement, le fracas des rochers entraînés par le brusque et irrésistible déferlement des eaux dévalant les pentes. Accompagnant ce bruit vint le spectacle d'un torrent qui gagnait tout à coup en hauteur, en largeur, balayant dans sa course un désordre de feuilles, de brindilles, de vestiges variés qui s'étaient déposés au fil des ans depuis que la dernière « pluie mâle » s'était abattue sur cette partie du Plateau de Coconino, avait déversé ses tonnes d'eau innombrables sur la surface de la roche et les avait précipitées dans le canyon.

Bernie s'y était attendue, mais sous une forme moins violente et plus progressive, et elle avait décidé de ce qu'elle ferait le moment venu.

Mais Chandler n'avait pas attendu qu'un plan se dessine. Il courait vers l'aval, soulevant des gerbes d'eau à la limite du courant, tout contre la paroi. Il cherchait un endroit où grimper, pensa-t-elle, ou espérait atteindre la sortie, là où la ravine allait cracher ses eaux dans le canyon. Il tenait fermement les chaussettes emplies de diamants dans sa course.

Bernie referma la main sur le bras de Joanna Craig.

– Venez ! lui cria-t-elle. Je connais un endroit où nous serons en sécurité.

Elle aurait bien aimé être aussi confiante qu'elle tentait de le paraître en prononçant ces mots. L'endroit auquel elle se référait était la plate-forme basaltique sur laquelle l'Homme Squelette avait installé sa couche. Il devait bien connaître le canyon et s'était perché là pour se prémunir contre les torrents soudains. En inspectant les lieux, elle avait remarqué, sur les parois de la ravine, à quelle hauteur les débris emportés s'étaient déposés lors de précédentes montées des eaux. La plate-forme de l'Homme Squelette ne présentait peut-être pas des garanties de sécurité absolues mais elle serait plus sûre que leur emplacement actuel.

Joanna Craig, d'ailleurs, semblait lui accorder sa confiance. Elle la suivait, éclaboussant dans l'eau furieuse qui leur montait maintenant aux genoux, les poussait en avant, les chassait dans leur fuite, tentait de faucher leurs pieds sous elles. Puis elles atteignirent le bord en légère pente de la plate-forme.

Quand Bernie s'y hissa, elle sentit la force du courant qui écartait ses pieds de son chemin. Elle aida Joanna à grimper à son tour et à hisser le sac à dos jaune vif de Chandler qu'elle avait ramassé.

Elle s'assirent un moment pour reprendre leur souffle.

– Pourquoi vous l'avez pris ? demanda Bernie en touchant le tissu mouillé du sac.

Joanna Craig l'ouvrit, plongea la main à l'intérieur et en sortit l'os qu'elle montra à Bernie en souriant.

– C'est ce que je suis venue chercher. Maintenant je peux prouver que je suis bien la fille de mon père.

Et à sa voix, Bernie comprit qu'elle pleurait.

27

La première fois qu'il était venu dans le fond du Grand Canyon, Jim Chee avait eu le sentiment que le réseau fluvial du Colorado était une sorte de copie inversée du système vasculaire humain, le fleuve lui-même représentant une artère, et les multiples canyons de taille moindre qui se jetaient dedans, ses capillaires. La gravité faisait bien évidemment fonctionner tout le système de manière inversée. Les rigoles et les arroyos récupéraient la pluie sur toute la surface des plateaux de Coconino et de Kaibab avant d'alimenter les cours d'eau proches d'un bout à l'autre de l'immense Plateau du Colorado. Puis ces rivières petites et grandes se déversaient dans le fleuve quelque quinze cents mètres en contrebas. Ayant personnellement constaté la vitesse que la pesanteur conférait aux torrents venant des mesas de lave dans le nord du Nouveau-Mexique, il était persuadé qu'il trouverait ce déferlement (entraîné par une force gravitationnelle multipliée par dix) absolument stupéfiant au fond du Grand Canyon.

Il ne s'était pas trompé.

Il était recroquevillé sur une modeste saillie rocheuse de la falaise à l'endroit où le canyon qu'il suivait depuis le fleuve recevait un ruissellement d'eau qui provenait d'une étroite fente. Il était trempé jusqu'aux os à cause de la pluie battante, mêlée par moments de petits grêlons. Il était également égratigné et écorché à la suite d'une vaine tentative pour progresser à contre-courant dans le plus petit des deux cours d'eau. La violence du débit l'avait éjecté sur son passage et déposé, à demi noyé, à côté de la falaise sur laquelle il se trouvait maintenant. Et ce torrent-là était ridicule comparé au flot rugissant dans lequel il se jetait.

La fente où il avait essayé de se glisser était celle dans laquelle Bernie avait disparu, il en était aussi certain que la situation pouvait l'y autoriser. Elle devait s'y trouver en compagnie de ceux qui la suivaient. Peut-être suffoquaient-ils déjà. S'ils se noyaient, les eaux allaient les entraîner par ici. Il avait déjà vu un bout de seau en bois emporté par le torrent.

Puis vint ce qui ressemblait à un tissu, et ce qui était peut-être un chapeau détrempé. Après, secoué comme un bouchon à la surface et tournant sur lui-même, apparut un cadavre qui semblait desséché et terriblement émacié. Il portait une chemise bleue déchirée et un jean en lambeaux. Les cheveux plaqués sur le crâne étaient blancs et le corps si amaigri que les os affleuraient sous la peau. Le torrent l'emporta rapidement et il disparut au milieu de l'écume là où les eaux qui dévalaient par la fente se jetaient dans le lit beaucoup plus large du canyon principal.

– L'Homme Squelette, murmura Chee.

Ils avaient fini par le trouver. Ou plutôt, Bernie l'avait trouvé. Et tout ce qu'il pouvait faire, alors qu'elle était là-haut, dans cette ravine et en danger, consistait à prendre son mal en patience et à se ronger les sangs en attendant que le torrent se calme.

L'eau qui se déversait de la fente ainsi que les rapides qui balayaient le canyon faisaient un vacarme d'enfer rendu plus assourdissant encore par les échos qui se répercutaient sur les parois. Mais tout à coup Chee entendit ce qui ressemblait à un cri. Bref et brusquement étranglé.

Un instant plus tard, un homme jaillit de la fente, la tête hors de l'eau, s'efforçant de nager.

Chee se leva d'un bond, s'écarta précipitamment de la paroi et s'engagea sur le plan incliné qui plongeait dans le torrent.

L'homme tenta de s'agripper aux branches des griffes de chats devant lesquelles l'eau l'entraînait, il parvint à en saisir une, s'y cramponna. La force du courant emporta ses jambes vers l'aval. Il était sur le dos maintenant, et aperçut Chee.

– Au secours ! hurla-t-il. À l'aide !

– J'arrive, lui cria le policier navajo. Ne lâchez pas prise.

L'homme ne se tenait qu'avec la main gauche, il avait une sorte de corde serrée dans l'autre.

– Servez-vous de vos deux mains ! lui cria-t-il. Je vais m'avancer dans l'eau le plus loin possible. Quand je serai assez près, vous vous lâcherez en donnant une impulsion et j'essaierai de vous attraper.

L'inconnu posa sur lui un regard éperdu, tenta de dire quelque chose, n'y parvint pas. Puis il fit un geste avec son bras droit pour tenter d'assurer une autre prise. La corde qu'il tenait partit dans les airs, se prit dans les épines. L'homme voulut s'en saisir.

Il essaye de se hisser, pensa Chee. Impossible. Le buisson ne peut supporter son poids. Il s'avança d'un nouveau pas dans l'eau qui lui montait presque jusqu'aux genoux, luttant pour ne pas perdre ses appuis sur la roche, se penchant pour résister à la force du courant. L'homme tirait sur la corde avec l'énergie du désespoir.

– Arrêtez. Ne l'arrachez surtout pas, bon sang ! Cherchez un appui, poussez et essayez de nager vers moi. Hé, arrêtez de tirer dessus !

La corde se décrocha, emportant un fragment de branche avec elle. L'homme disparut sous la surface, réapparut, pivota latéralement sous la violence des flots qui l'entraînèrent devant Chee sans lui laisser la moindre chance de le saisir au passage.

Le policier navajo battit en retraite dans l'eau peu profonde, se retourna pour regarder.

Le torrent roulait l'homme dans ses flots déchaînés. Il fut englouti pendant une seconde ou deux, refit surface avec sa main qui serrait toujours la corde. Puis les eaux issues de la fente se jetèrent dans le déferlement rugissant venu du canyon. Dans l'écume et les tourbillons, l'homme disparut.

Chee s'appuya contre la falaise, reprit son souffle. Il n'y avait plus aucune trace de l'inconnu. Il s'imagina ce qui adviendrait de lui. Le grand torrent arrivant du canyon charriait des rochers dans son cours. Les coups sourds et les heurts qu'ils faisaient quand ils brisaient les obstacles sur leur route étaient perceptibles. Peut-être flottait-il assez près de la surface pour échapper à pareille mort. Pendant un temps au moins. Chee se souvint de l'important dénivelé qu'il y avait dans le canyon, à un kilomètre et demi en aval. Il devait être transformé en cataracte. Le courant entraînerait l'homme au pied de la chute, il le brasserait en même temps que ces gros blocs rocheux, recracherait ce qu'il resterait de lui afin qu'il poursuive son voyage vers la chute d'eau suivante, puis la suivante, au fil des divers rapides, jusqu'au confluent avec le Colorado. À moins que des aventuriers en canot pneumatique n'aperçoivent sa dépouille prise au milieu de débris d'arbres quelque part au bas des rapides, il poursuivrait sa descente jusqu'au barrage de Boulder.

Mais la pluie avait presque fini de détremper cette partie du Grand Canyon et s'éloignait vers le nord-est, abandonnant le plateau de Coconino pour déverser ses tonnes d'eau sur le plateau de Kaibab, de l'autre côté du fleuve. Ce serait au tour des canyons qui drainaient l'autre rive d'accueillir des torrents rugissants.

Chee dirigea un regard déterminé vers le courant qui jaillissait de la fente. D'ici quelques minutes, il pourrait l'affronter. D'ici quelques heures, il serait réduit à la taille d'un simple filet d'eau. D'ici quelques jours, le sol de la ravine serait redevenu sec, la poussière s'y déposerait à nouveau dans l'attente de la prochaine « pluie mâle » qui viendrait tout nettoyer.

Dix minutes plus tard, Chee pataugeait péniblement vers l'amont face au flux décroissant. En criant le nom de Bernie.

28

– Je pense qu'on doit pouvoir y aller sans risques, dit Bernie. L'eau n'est plus aussi profonde. Le courant plus aussi fort. On peut descendre et sortir de là.

Joanna Craig n'avait pas l'air convaincu.

– Vous oubliez cet homme. Il est quelque part en bas. Et il a son pistolet.

– Je pense qu'il nous a quittés. Définitivement. Et nous avons votre pistolet, nous aussi.

– Je ne sais pas, quand même. S'il revient ?

– S'il revient, on lui tire dessus, répondit Bernie. Sortons d'ici avant que la pluie reprenne et que ça redevienne pire.

– Il a dit qu'il avait retiré les balles.

– Il l'a dit, mais il ne l'a pas fait. Il est toujours chargé.

– Vous savez vous en servir ?

– Je travaille dans la police, répondit Bernie.

Elle fut surprise d'entendre un accent de fierté dans sa voix. Remarqua qu'elle n'avait pas dit : « Je travaillais. » Elle croyait avoir tracé un trait sur tout ça.

Les deux femmes se laissèrent descendre de la plate-forme dans l'eau qui ruisselait. Elle ne montait pas beaucoup plus haut que leurs chevilles maintenant, mais elle était froide. Quelle que soit la chaleur estivale, ces « pluies mâles » du haut pays étaient toujours glaciales. Si Jim Chee avait été là, Bernie aurait été tentée de dire « aussi froide que le cœur d'un sergent de la police ».

Au moment même où cette pensée lui venait, elle entendit la voix de Jim qui criait son nom. Les falaises du défilé s'en renvoyaient l'écho : « Bernie, Bernie, Bern, Ber... » Pourtant, même dans ces échos elle reconnut sa voix.

– Jim ! s'exclama-t-elle. Nous sommes là, en haut. Nous redescendons.

Ces mots aussi se transformèrent immédiatement en une clameur répétée. Mais il avait dû en entendre assez pour comprendre.

– Venez, dit Bernie à Joanna en prenant les devants et en éclaboussant dans sa course.

En se disant qu'elle n'était pas absolument certaine que l'homme blond armé du pistolet ait disparu définitivement. Qu'elle aurait dû prévenir Jim. Qu'il était maintenant trop tard pour ça. Et en s'arrêtant pour sortir le pistolet de Joanna de sa poche, afin de parer à toute éventualité.

Quand elles reprirent leur course, Jim Chee arriva en sens opposé en soulevant des gerbes d'eau.

– Bernie ! cria-t-il sans ralentir sa course. Quel bonheur !

– Jim, dit-elle en montrant sa compagne du bras. Je te présente Joanna Craig et...

Leur réunion fut trop violente pour qu'elle puisse achever sa phrase. Il se précipita sur elle dans un grand éclaboussement, en partie parce qu'il était emporté par sa joie et en partie parce qu'il avait perdu l'équilibre. L'impact entre cet homme trempé et cette femme aux vêtements relativement secs fut assez brutal pour projeter un nuage de gouttes. Puis ils se serrèrent l'un contre l'autre en y mettant toute leur force et tout leur enthousiasme.

– Jim, dit Bernie quand elle eut retrouvé suffisamment de souffle pour parler. Où étais-tu ? J'ai eu peur que tu...

– J'ai cru t'avoir perdue, Bernie, parvint-il à articuler.

Mais hélas, il ajouta :

– Pourquoi tu ne m'as pas attendu ? Je croyais t'avoir dit...

Il fut assez intelligent pour en rester là.

Bernie prit un peu de distance :

– Ms Craig, dit-elle, je vous présente le sergent Jim Chee, de la Police tribale navajo. C'était mon chef, avant. Parfois, il s'imagine qu'il l'est toujours.

– Enchanté de vous revoir, dit-il à Joanna. Nous allons nous marier sans délai.

Et il serra à nouveau Bernie dans ses bras.

Ce fut donc au creux de son oreille droite qu'elle le mit en garde.

– Jim, il y a un homme ici. Il a un pistolet. Il prétend être shérif adjoint, en Californie. Un grand type blond.

– Il n'est plus là, dit-il sans la lâcher. Emporté par le courant dans le canyon en contrebas, puis dans le Colorado.

– Je suis heureuse également de vous revoir, monsieur Chee, déclara Joanna. Mais si cela ne risque plus rien, nous devrions sortir de toute cette eau. Trouver un endroit à l'extérieur, à ciel ouvert.

Ils reprirent leur marche dans l'eau dont le niveau baissait rapidement. Bernie racontait de manière précipitée comment elle était arrivée ici, parlait des diamants, de l'arrivée de Joanna et de Chandler, du cadavre desséché et émacié, de Chandler qui avait volé les pierres précieuses.

– Le cadavre dont tu parles est passé sous mes yeux, il a été emporté par les eaux. Le type blond aussi, il tenait une sorte de corde nouée aux extrémités. En réalité, je pense que j'aurais pu le sauver mais la corde s'est prise dans les épines du buisson de griffes de chats à l'embouchure du défilé. Au lieu d'essayer de se rapprocher de l'endroit où je pouvais le hisser sur la rive, il a voulu la dégager en tirant dessus comme un dément.

– Il y avait tous les diamants à l'intérieur, dit Bernie en lui expliquant comment Chandler avait lié deux grandes chaussettes de randonnée en laine pour les emporter.

– Eh bien, cette fois, ils ont disparu pour de bon. Ils couleront peut-être au fond du Colorado, à moins qu'ils ne soient emportés jusqu'au lac Mead.

– C'étaient les diamants de Ms Craig. Enfin, ils auraient été à elle. J'en ai préservé un que Billy Tuve pourra présenter comme preuve... si nécessaire.

Elle sortit de sa poche la boîte de tabac à priser qu'elle lui tendit.

– Fais attention, Jim. Ne la laisse pas tomber.

Il lui adressa un sourire un peu crispé.

– Hé, Bernie, tu n'es pas censée me parler comme ça tant que je ne suis pas ton mari.

Mais il fit très attention, prit la bourse, rangea le diamant à l'intérieur, puis la bourse dans la boîte et, enfin, la boîte dans sa poche.

Les prémisses du crépuscule, dans l'univers situé en dehors de la ravine, les accueillirent alors. Ils se glissèrent sous les branches d'acacias griffes de chats et s'écartèrent du flot désormais sans profondeur pour grimper sur la rive proche de la falaise où Chee avait attendu.

– Enfin libres, commenta Bernie.

Ils entamèrent leur marche le long du canyon jusqu'à son confluent avec le Colorado. Là aussi, le déferlement avait beaucoup perdu en intensité. Au moment où ils atteignaient le fleuve, Chee acheva de relater la mésaventure survenue à Dashee. Au-dessus d'eux, ils entendirent un hélicoptère qui franchissait le rebord de la falaise.

– C'est sûrement celui qui vient chercher Cowboy, dit-il.

– J'espère qu'il va être assez intelligent pour les faire patienter un peu au cas où on arriverait.

Effectivement. Sur le trajet du retour vers la plate-forme d'atterrissage des hélicos des Services du parc, Chee remit à son ami hopi la boîte de tabac à priser, la bourse et le diamant, les objets dont Billy Tuve allait avoir besoin pour établir son innocence.

– Et n'oublie pas de lui dire d'aller récupérer le diamant dont il est légitimement propriétaire dans la réserve du palais de justice où sont entreposées les preuves matérielles. Quand il aura utilisé celui qui vient du sanctuaire de l'Homme Squelette et que Bernie est parvenue à préserver pour lui permettre de faire annuler les poursuites engagées contre lui, dis au shérif qu'il doit se mettre en quête d'un autre suspect dans cette histoire d'homicide qui a eu lieu à Zuni, et après, je pense qu'il serait bon qu'il rende ce diamant-ci à Ms Craig.

– À moins que la compagnie d'assurances ne veuille le récupérer, intervint Joanna. Je vais appeler mon conseiller juridique pour voir comment il convient de s'y prendre.

– Encore une chose, dit Chee. Dis bien à Tuve de ne plus essayer de déposer son diamant de vingt mille dollars contre un billet de vingt dollars. Les responsables des monts-de-piété, ça a tendance à éveiller leurs soupçons.

– Et il s'ensuit bien trop de difficultés, renchérit Bernie.

– Je vois quand même un aspect positif à tout ça, reprit Chee. Le vieux Joe Leaphorn est à la retraite depuis tellement longtemps que les histoires qu'il adore raconter, lors des petites rencontres où ils partagent un café à l'Auberge Navajo, commençaient à être terriblement rebattues. Quand il va connaître tous les détails de celle-là, elle va lui fournir des munitions pour deux années entières.

Ils se séparèrent au quartier général des Services du parc. Après maints échanges de poignées de main et quantité d'au revoir, Joanna partit en direction du Grand Hôtel pour s'offrir un bain chaud et une longue nuit de sommeil. Cowboy fut emmené à l'hôpital où il devait subir une radio de la cheville et la pose d'un plâtre. Et Chee parvint à trouver quelqu'un pour les reconduire, Bernie et lui, à l'endroit où sa voiture était garée, près du point de départ de la Piste du Sel, au bord du Grand Canyon.

Très vite, tandis que Chee prenait le chemin de chez Bernie, l'épuisement total l'emporta contre l'excitation qu'elle ressentait au terme de cette aventure, mais pas avant que certains points demeurés dans le vague n'aient été élucidés. Chee lui avait proposé, si cela lui convenait, de passer la chercher le lendemain afin qu'ils aillent repérer une maison susceptible d'être achetée, ou un terrain à bâtir si ça leur paraissait une meilleure idée.

– Tu sais, Jim, dit-elle. Hier, je suis retournée à l'endroit où se trouve ta maison mobile.... c'était hier ou le jour d'avant ? Je suis trop fatiguée pour m'en souvenir. Mais je crois que tu as raison. Je crois que nous devrions y vivre, au début. Après, si ça ne nous plaît pas, nous pourrons toujours trouver une autre solution.

– Je n'en reviens pas, que tu puisses me dire ça.

– Écoute, j'y suis passée et tu n'y étais pas, alors j'ai fait le tour. J'ai un peu inspecté les lieux, disons. Et elle pourrait être en partie remise à neuf.

– Tu dis seulement ça parce que tu es fatiguée, que tes vêtements sont mouillés et que tu as tellement sommeil que c'est tout juste si tu parviens à garder les yeux ouverts. C'est uniquement parce que tu n'as pas la force de reprendre notre vieille dispute.

Elle rit, sans beaucoup d'énergie.

– Non, c'est parce que je me suis assise sur ce tronc où tu aimes t'installer, et j'ai regardé la rivière couler, le vent souffler dans les trembles de Fremont, et j'ai écouté tous les oiseaux qu'il y a là-bas. Et je m'y suis sentie bien.

– Ça alors, je n'aurais jamais cru !

Chee fit suivre ces mots d'un temps de méditation puis il reprit :

– Bernie, j'étais sur le point de t'annoncer que j'ai fait peindre un gros panneau À VENDRE. Je l'ai déjà fait installer sur le bord de la route, avec une flèche qui indique la direction. Et j'ai communiqué par téléphone le texte d'une petite annonce aux gens du *Gallup Independent* et du *Farmington Times* en précisant mon numéro et...

Bernie viola le code Navajo consistant à ne jamais interrompre quelqu'un qui s'exprime.

– Quelle description tu en as donnée ?

– Ben, j'ai dit : « Merveilleux site ombragé dominant la San Juan, en limite ouest de Shiprock, équipé d'une maison mobile de caractère, spacieuse et confortable. Lignes électriques et téléphoniques disponibles. »

Bernie rit, se tourna vers lui et l'entoura de ses bras.

– Tu n'as pas parlé de l'eau.

– Ben, ce n'est pas un gros problème, de faire venir l'eau jusque-là. Il y a le réservoir tout près de la caravane, le tuyau qui arrive directement dans la cuisine...

– Et un autre pour desservir le reste. C'est ça ?

– Euh, je n'ai pas mentionné ce problème-là.

Bernie garda le silence.

– J'avais envisagé d'expliquer comment ça marche mais en fait, tu payes au nombre de mots imprimés. Et j'ai eu peur, tu sais, que ça en atténue un peu l'attrait. Qu'est-ce que tu en penses ?

– Je crois que ça en atténuerait un peu l'attrait, répondit-elle avant de bâiller.

– Je vais essayer de trouver un moyen de tourner la difficulté. Tu as des idées, pour ça ?

Mais, hélas, Bernie dormait déjà.

29

Le capitaine Pinto revint à la table que l'Auberge Navajo avait pris l'habitude de réserver pour les conversations que Leaphorn et ses amis venaient échanger en buvant du café. Il apportait un plateau de *doughnuts*, un pour chacun des participants. Il se garda celui au chocolat.

– Prenez celui que vous préférez, dit-il en s'asseyant et en se tournant vers Leaphorn. Joe, tu t'apprêtais à nous raconter comment cette histoire d'amour qui a été si lente à se développer, entre le sergent Chee et Bernie Manuelito, a résisté à cette aventure. J'ai raté quelque chose ?

– Rien d'intéressant, répondit le capitaine Largo.

– Eh bien, je crois que vous connaissez tous l'heureux dénouement de l'histoire, dit Leaphorn. Ils ont célébré un beau mariage traditionnel chez la mère de Bernie. Mais...

– Mais quoi ? demanda Pinto.

– Eh bien, apparemment, la prestation de Chee au fond du Canyon a laissé une telle impression sur Bernie qu'elle a cédé et qu'ils habitent dans cette vieille caravane que Jim appelle sa maison.

– Je parie que ça ne va pas durer longtemps, dit Largo. Cette jeune Manuelito, elle ne va pas se laisser faire.

Ils goûtèrent leur *doughnut*, burent un peu de café.

– Bernie a eu des nouvelles de cette femme, Joanna Craig, annonça Leaphorn. Celle qui voulait récupérer l'os du bras de son père. Elle lui a annoncé qu'ils avaient procédé aux tests d'ADN et que ça correspond à la perfection. Elle a raconté à Bernie que le juriste qui avait fait main basse sur les biens autour desquels toute cette affaire tournait a appelé son avocat personnel pour lui proposer un marché. Et Joanna a répondu qu'elle préférerait griller en enfer que de signer un accord avec lui.

– Autre chose, intervint Pinto. Tuve aurait dit aux policiers de l'État d'Arizona que Ms Craig a tiré sur le détective privé, celui qui s'appelait Sherman. Comment a-t-elle fait pour s'en sortir, de cette sale histoire-là ?

– D'après ce qu'on m'a raconté à moi, Sherman n'était peut-être pas si fier que ça de s'être fait tirer dessus par une femme avec son propre pistolet, ou peut-être ne tenait-il pas tellement à ce qu'il y ait une enquête approfondie sur ce qu'il fabriquait dans le coin. Enfin bon, il a affirmé qu'il s'agissait d'un accident. Il a prétendu qu'il tripotait son pistolet et que le coup est parti.

– Mais de quoi vous parlez ? interrogea Largo. Je n'étais pas au courant, moi.

– Ne pose surtout pas la question, ironisa Pinto. C'est bien trop compliqué pour qu'on puisse te l'expliquer.

– Et les diamants, alors ? insista Largo.

– Chee m'a dit que les employés du parc et les unités de recherche de l'Arizona ont retrouvé le cadavre de ce Chandler. Le Colorado l'a entraîné jusqu'à l'extrémité la moins profonde du lac Mead. Mais pas de diamants sur lui. On a aussi retrouvé le corps de l'Homme Squelette. Sans parvenir à l'identifier. Ils n'ont pas plus de chances d'y parvenir que de mettre la main sur les diamants.

Joe Leaphorn, le Légendaire Lieutenant, eut un sourire :

– Imaginez un peu. Des millions de dollars en diamants au fond du fleuve. Ou dans le lac Mead. Les pompes du barrage en aspireront peut-être plusieurs. Ou nous aurons des récits qui mentionneront des diamants recrachés par ces magnifiques jets d'eau décoratifs qu'ils ont, à Las Vegas. Imaginez un peu la recrudescence de légendes auxquelles cette histoire va donner naissance.

Glossaire

Anasazis : les premiers habitants de l'Amérique du Nord. Venus probablement par le détroit de Béring, ils se réfugient dans les habitations troglodytiques du plateau du Colorado et parviennent à vivre de la chasse et de l'agriculture dans ce climat semi-aride. Puis, brusquement, ils disparaissent à la fin du XIIIe siècle.

Apache : dans le Sud-Ouest on recense généralement huit tribus apaches aux traditions nomades et guerrières (*apachu* signifie « ennemi » en zuñi) dont les plus importantes sont les Chiricahuas, les Jicarillas, les Kiowas et les Mescaleros.

Arroyo : terme espagnol désignant le lit à sec, en général au fond d'une gorge ou d'un canyon, d'une rivière dont l'eau se tarit en été.

Bâton de prière (*paho*) : offrande faite aux esprits tutélaires. Le plus souvent, il s'agit d'une tige de saule rouge décorée de plumes que l'on plante dans le sol. Également appelée plume de prière.

Bench : terme géographique pour désigner un plateau en faux-plat.

Bourse à medicine ou **bourse des Quatre Montagnes** (*jish* en navajo) : indispensable pour assurer les rites guérisseurs, elle symbolise l'harmonie avec le monde et les autres, la substance de la vie et la force de vie (v. dualisme), et est constituée d'un ensemble d'objets sacrés parmi lesquels des échantillons provenant du sol des Quatre Montagnes sacrées.

Chant : v. chanteur et rites guérisseurs.

Chanteur (*hatalii* ou *yataalii* en navajo) : chez les Navajos il est celui que l'on appelle pour tenir les rites guérisseurs car il est le dépositaire de ces procédures extrêmement complexes destinées à libérer le malade de l'emprise d'un sorcier (par exemple), au moyen de prières et de chants associés à des peintures de sable. Un chanteur ne peut donc connaître que plusieurs « chants » et certains rites disparaissent actuellement car ils appartiennent exclusivement à la tradition orale. Mais le chanteur n'est ni un *medicine-man* ni un shaman : la guérison est collective, profite d'abord au patient puis, par voie de fait, à l'univers tout entier qui retrouve l'harmonie (*hohzho*). Encore convient-il de comprendre qu'il s'agit souvent davantage d'un retour à la sérénité morale du patient au sein de son environnement que d'une véritable guérison au sens médical du terme.

Clan (ou peuple) : concept familial très élargi. Chez les Navajos, on en dénombre 65 (v. famille). La quatrième partie du *Diné bahané* (transcription par Paul G. Zolbrod du cycle relatant les origines des Navajos) raconte leur création et la façon dont ils ont reçu leur nom. Chez les Hopis, ils se forment et trouvent leur nom juste après l'émergence du Quatrième Monde des Profondeurs, au moment où ils s'apprêtent, en application des préceptes de Masaw, à partir pour leurs diverses migrations en quête du lieu où ils s'installeront.

Cœur-double (*powaqa*) : concept hopi du sorcier ou de la sorcière. De créatures comparables à des insectes dans le Premier Monde des Profondeurs, ceux qui deviendront les Hopis connaissent au fil de leur ascension vers la surface les formes d'animaux, puis d'hommes. Certains, qui se détournent des principes fondateurs de Tawa, l'Esprit du Soleil, et font le mal en étant persuadés qu'ils se sont créés eux-mêmes, sont les sorciers. Seule une *powaqa* est autorisée à suivre les Hopis par le *sipapuni* (v. origines).

Concha : les ceintures concha se composent d'une forme unique répétée ou de deux formes alternées en argent rappelant des coquillages.

Dine, Dinee ou **Dineh** : le Peuple (également le Clan) ; tel est le nom que se donnent les Navajos. Ils habitent la région qu'ils appellent Dinetah, la plus grande réserve des USA, d'une superficie de 64 750 km^2.

Dualisme : Dieu-qui-Parle et Dieu-qui-Appelle, Premier Homme et Première Femme, Garçon Abalone et Fille Abalone, la source de vie qui contient à la fois la « matière » nécessaire à la vie et le moyen lui permettant de passer l'épreuve du temps, la forme non physique dissimulée à l'intérieur de la forme physique des choses, tous ces éléments de la mythologie navajo relèvent d'un dualisme presque systématique pouvant être associé à un pôle positif et un pôle négatif, un caractère masculin et un caractère féminin ; ces contraires complémentaires sont ensuite regroupés pour donner des séquences de quatre dont le premier couple est à son tour considéré comme « positif », le second comme « négatif », l'association des « contraires » pouvant culminer dans la fusion finale et le recommencement symbolisés par le chiffre neuf.

Famille : système matrilinéaire chez les Navajos ; les jeunes époux se mettent en quête d'un endroit où construire leur hogan (v. ce mot), tant pour s'isoler que pour avoir suffisamment d'espace afin de pratiquer l'élevage des moutons. Il faut ici distinguer la notion de clan de ce que Hillerman appelle « outfit » en américain et que nous avons traduit par famille élargie : une sorte de clan géographique au sens large permettant aux Navajos isolés de se regrouper à trois ou quatre « familles » afin de coopérer pour certains travaux ou certains rites. Cet « outfit » peut regrouper de 50 à 200 personnes. Ce terme peut également s'appliquer aux habitations et installations attenantes. Chez les Hopis, système matrilinéaire exogame où les clans peuvent être regroupés en phratries qui associent deux d'entre eux.

Femme-qui-écoute : Celui (ou Celle)-qui-Écoute, Celui (ou Celle)-dont-la-Main-Tremble, Celui (ou Celle)-qui-Lit-dans-le-Cristal (ou les Étoiles), autant de « voyants » que l'on consulte, chez les Navajos, pour déterminer le rite guérisseur nécessaire afin de permettre à un malade de retrouver l'harmonie avant de faire appel au chanteur qui exécutera la cérémonie.

Grand-père : terme qui, du fait du système clanique des Navajos, s'applique aux hommes âgés appartenant au clan de la mère. De même des termes comme oncle, voire père ou mère, n'ont qu'un rapport très lointain avec le sens que nous leur donnons quotidiennement.

Harmonie : v. hozho.

Hatalii : v. Yataalii

Havasupai : tribu de cultivateurs de l'Arizona, appartenant au groupe yuma. La réserve du « peuple de l'eau bleu-vert », se situe juste à l'est de celle des Hualapais. De taille plus réduite, elle épouse le cours de Havasu Canyon et abrite environ 600 personnes, notamment dans le village de Supai.

Heure : selon Tony Hillerman, le concept navajo le plus déroutant car « ... pour eux, ce n'est pas un continuum, un flot régulier. Ils se le représentent sous la forme de blocs. De rencontres. Et par voie de conséquence des mots comme " en avance " ou " en retard " n'ont pour eux aucun sens. (...) Les Navajos ne sont jamais où ils sont censés être. Les autres Indiens appellent cela " l'heure navajo ", ce qui signifie " Dieu sait quand ! " » (interview accordée au traducteur, octobre 1987, publiée dans *Polar n° 1*, Rivages, 1990).

Hogan : la maison du Navajo, structure au toit arrondi faite de rondins et de boue séchée. Un abri et un corral au minimum viennent la compléter. Le hogan d'été utilisé pendant le pacage des moutons est de facture plus grossière. Des règles précises commandent l'orientation de l'habitation traditionnelle.

Hopi : dans la langue de ces Indiens pueblo, *hopitu* signifie « le peuple qui suit la voie du bien ». Leur réserve se trouve enclavée dans la réserve navajo du nord de l'Arizona : le recensement de 1989 indiquait que 9617 personnes habitaient sur la réserve hopi mais ils ne seraient pas plus de trois mille à vivre réellement dans les villages ancestraux des trois mesas. Ce sont avant tout des cultivateurs et des chasseurs. Leur mythologie est proche de celle des autres pueblos (les Zuñis) et ils sont célèbres pour leur Danse du Serpent (septembre-octobre), leurs cérémonies religieuses (Soyal ou retour des esprits en décembre-janvier, Powamu ou plantation des fèves en janvier-février, Niman ou retour des esprits vers les Monts San Francisco en juin-juillet, Wuwuchim ou initiation des garçons en novembre-décembre) et leurs statuettes kachinas. Le Centre Culturel Hopi associe musée, restaurant et motel (v. aussi origines, Masaw, kachina, kiva, villages et cœur-doubles).

Hosteen ou **hostiin** : mot navajo qui exprime le respect dû à la personne (en général l'homme adulte) à laquelle on s'adresse.

Hozho ou **hohzho** : mot navajo qui signifie la beauté, l'harmonie de l'individu avec le monde qui l'entoure.

Hualapai ou **Walapai** : tribu très proche des Havasupais. Un millier de membres du « peuple des hauts pins » occupe une réserve relativement vaste englobant la rive sud du Colorado entre le lac Mead et le Parc national du Grand Canyon. Peach Springs en est le village principal.

Kachina : essentiellement les esprits tutélaires ancestraux chez les Hopis, mais également les masques portés pour les personnifier et les statuettes qui les représentent. Ils protègent, nourrissent et guident les vivants auxquels ils apparaissent sous la forme de nuages de pluie.

Kinaalda : la cérémonie célébrant l'arrivée des premières menstruations et le passage d'une jeune fille à l'âge adulte chez les Navajos.

Kiva : chez les Pueblos, une chambre cérémonielle souterraine (on y accède par une échelle, elle est donc représentation du monde inférieur et de son émergence, en empruntant un bambou, v. origines) où se tiennent de nombreux rites et danses secrets ; il en existe plusieurs par village. Le terme désigne également une fraternité religieuse regroupant des membres appartenant à des clans différents, renforçant ainsi la cohésion de la tribu.

Maïs : l'une des quatre plantes sacrées des Navajos (les autres étant la courge, le haricot et le tabac). Quantité de rites font appel à la farine de maïs qui peut être offrande faite au Peuple Sacré mais également symbole de purification et de fécondité.

Masaw (orthographes diverses) : Esprit de la Mort, Détenteur du Feu et Maître du Monde de la Surface de la Terre, il remet ses tablettes directrices au Clan de l'Ours et au Clan du Feu après l'émergence du Quatrième Monde des Profondeurs.

Mesa (mot espagnol) : montagne aplatie caractéristique des États du Sud-Ouest. Lorsqu'elle ressemble plus à une colline qu'à un plateau elle devient une butte. Et une butte au sommet arrondi est une colline. Parmi les mesas les plus connues, citons Mesa Verde, dans le

Colorado, haut-lieu archéologique, et les Première, Deuxième et Troisième Mesas sur lesquelles se perchent les villages hopi ancestraux.

Mohave ou **Mojave** : tribu yuma autrefois nombreuse et dont le nom d'origine, *hamakave*, signifie « trois montagnes ». Ils seraient moins de 3 000 dont 500 environ vivant sur le territoire de leur réserve, au sud du barrage Hoover, où ils développent des activités de tourisme et de détente.

Mort : les Navajos ont une crainte maladive de la mort au point de s'entourer de toutes sortes de précautions et d'éprouver une intense répugnance à toucher un cadavre qu'ils enterrent le plus rapidement possible dans un lieu secret. Pour eux, il n'y a pas de « paradis », au mieux le repos.

Navajo : les prêtres espagnols les appelaient « *Apaches del nabaxu* » ; le terme actuel est donc la corruption espagnole du mot pueblo signifiant « grands champs cultivés », « *apachu* » signifiant ennemi en zuñi. Arrivés tardivement en Arizona, ils se rendirent odieux par leur violence et leurs rapines avant d'acquérir, au contact des autres civilisations, nombre de techniques et de connaissances. Leur faculté d'adaptation s'est une nouvelle fois vérifiée dans le domaine des transmissions lors de la Seconde Guerre mondiale. Ils habitent la plus grande réserve des USA, la terre de leurs ancêtres, et exploitent eux-mêmes les ressources naturelles d'un sous-sol riche par l'intermédiaire du Conseil Tribal. Ils constituent la nation indienne la plus importante du pays (près de 200 000 membres).

Oiseaux : aigle, canard colvert, chouette, faucon pèlerin (*falco peregrinus*), geai des pins pignons (*gymnorhinus cyanocéphalus*), hirondelle à face blanche (*tachycineta thalassina*), oiseau mouche, vautour à tête rouge (*cathartes aura*).

Origines : avant d'atteindre la surface de la terre, les hommes durent émerger des mondes inférieurs (de quatre à douze suivant les mythologies) en suivant le tronc d'une plante ou d'un arbre perçant les différentes couches successives. Les Navajos émergent du dernier monde souterrain, alors envahi par les eaux, en empruntant un roseau (*sipapu*). Le monde actuel est la fusion des quatre mondes précédents (v. quatre et surtout dualisme). Chez les Hopis, on appelle *sipapuni* le lieu de l'émergence dans le Quatrième Monde, atteint en grimpant un bambou. Grand-Mère Araignée, qui a guidé les hommes durant les phases de l'émergence, recouvre ce trou à la surface du sol d'une étendue d'eau avant que les Hopis ne partent pour leurs migrations en quête de leur lieu de résidence.

Ours : le premier clan hopi se forme et acquiert son nom au début de sa migration à la surface de la terre en trouvant la carcasse d'un ours. Masaw lui donne ensuite des tablettes contenant ses instructions, et ce clan devient le plus important, celui qui possède le don de guérison et qui fonde les premiers villages au sommet des Deuxième et Troisième Mesas.

Paiute : tribu du Nevada et de l'Utah dont la langue est affiliée à celle des Utes.

Peuple Sacré (*Haashch'ééh dine'é*) : concept navajo. Ils sont capables du bien comme du mal et l'on peut arriver à les manipuler à l'aide de chants et de prières appropriés ; le Peuple de l'Esprit de l'Air, issu des mondes souterrains, qui donnera naissance au Peuple de la Surface de la Terre à Cinq Doigts, peut avoir l'aspect d'animaux (Grand Serpent, Grande Mouche, Coyote...), d'êtres humains (Femme-qui-Change, Premier Homme...) ou d'éléments naturels (le Peuple du Vent, le Peuple du Tonnerre...)

Peyote ou **peyotl** : terme mexicain. Plante contenant de la mescaline, laquelle provoque des hallucinations. Les Navajos l'utilisent pour avoir des visions (v. religion).

Pollen : il intervient dans quantité de rites navajo au même titre que la farine de maïs, l'une des quatre plantes sacrées.

Porteur-de-peau : les sorciers navajos, hommes ou femmes, décidés à apporter le mal à leurs congénères, commettent leurs méfaits la nuit en se dissimulant souvent sous des peaux d'animaux.

Premier Homme : sa création, associée à celle de Première Femme, est l'œuvre du Peuple Sacré, à partir de deux épis de maïs, et avec l'aide du Vent (v. Dualisme et Peuple Sacré).

Pueblo : village en espagnol. Au contraire des bergers navajo, semi-nomades, les Indiens Pueblos (Hopis, Zuñis, Jemez, Lagunas, etc.), sont des agriculteurs sédentaires. On les trouve exclusivement dans le Sud-Ouest des USA. Taos, au Nouveau-Mexique, est le plus visité des pueblos.

Quatre : ce chiffre joue un grand rôle chez les Navajos qui dénombrent quatre montagnes sacrées, quatre plantes sacrées, quatre bijoux sacrés, etc. (v. également dualisme).

Religion : pour l'essentiel, les Indiens du Sud-Ouest croient à l'interdépendance des choses de la nature ou à l'harmonie (ou beauté), *hohzho* en navajo, qui doit régner dans leur réserve et, par suite, dans l'univers tout entier.
Mais les rites navajo sont, à l'exception de la Voie de la Bénédiction, destinés à guérir alors que chez les pueblos, les cérémonies religieuses ont pour but d'appeler les bienfaits que les kachinas, ou esprits ancestraux, pourront leur apporter sous la forme de nuages de pluie.
Des Navajos convertis au christianisme, on dit qu'ils suivent la route de Jésus. Certains se convertissent à la foi mormone. D'autres adhèrent par exemple aux croyances de la Native American Church, organisation religieuse regroupant plusieurs tribus; elle adapte le christianisme à des croyances et à des rites locaux, autorisant en particulier l'utilisation sacramentelle du peyote hallucinatoire.
Chez les pueblos, il existe une pluralité de prêtrises et de fraternités qui se partagent l'administration du sacré en renforçant la cohésion de la tribu et ses principes moraux. Pour les Hopis, v. kiva.

Réserve-aux-Mille-Parcelles ou **réserve en damier** : selon les propres termes de Tony Hillerman : « Au XIXe siècle, lorsque la politique nationale fut de construire des voies de chemin de fer d'un bout à l'autre du continent, le Congrès attribua aux compagnies ferroviaires des portions de terre qui s'étendaient sur presque 50 kilomètres (30 miles) de part et d'autre de la voie. Une parcelle sur deux, chacune de 2,5 km^2, était donnée à la compagnie alors que l'autre restait la propriété du gouvernement, c'est ce que nous appelons les terres appartenant au domaine public. Par la suite, une part de ce domaine public a été attribuée aux Navajos comme faisant partie intégrante de leur réserve. D'où le damier que constituent terres navajo et terres privées. Aujourd'hui, une grande partie de ces terres privées ont été acquises par la tribu. »

Riche : le désir de posséder est, chez les Navajos, le pire des maux, pouvant même s'apparenter à la sorcellerie. Citons Alex Etcitty, un Navajo ami de l'auteur : « On m'a appris que c'était une chose juste de posséder ce que l'on a. Mais si on commence à avoir trop, cela montre que l'on ne se préoccupe pas des siens comme on le devrait. Si l'on devient riche, c'est que l'on a pris des choses qui appartiennent à d'autres. Prononcer les mots " Navajo riche " revient à dire " eau sèche ". » (*Arizona Highways*, août 1979).

Rites guérisseurs : chez les Navajos, à chaque maladie correspond un rite guérisseur qui peut durer jusqu'à neuf jours. Parfois, pour un seul chant, plusieurs centaines de prières et d'incantations doivent être exécutées au mot près. Si le chanteur est à la hauteur, le patient retrouvera l'harmonie. Par exemple, la Voie de l'Ennemi permet de guérir celui qui est sous l'emprise d'un sorcier, la Voie du Sommet de la Montagne celui qui s'est trop approché d'un ours...

Shaman : terme quelque peu impropre (de même que *medicine-man*) pour désigner le chanteur navajo.

Supai : v. Havasupai.

Ute : tribu du Colorado formée de sept nations, originaire des Rocheuses, ennemie des Navajos, qui vécut en relative bonne harmonie avec les Blancs jusqu'en 1878, lorsque ceux-ci les spolièrent de leurs territoires pour en exploiter les précieuses ressources.

Végétation : acacia griffes de chats (*acacia gregii*), genévrier (*juniperus*), olivier de Bohême (*elaeagnus angustifolia*), pin pignon (*pinus pinea*), pin ponderosa (*pinus ponderosa*), tamaris, tremble de Fremont (*populus tremuloides*), pour les arbres.
Pour herbes et buissons : cactus à coupelles grenat (*claret cup hedgehog* en américain, *echinocereus triglochidiatus*), herbes-qui-roulent (*tumbleweeds* en américain, appellation commune qui désigne ces plantes que le vent arrache et fait rouler sur le sol), roseau, rose des parois rocheuses (*cliff rose* en américain, *cowania mexicana*), sauge, stipa (*needle grass* en américain, mot regroupant

une centaine de variétés de plantes piquantes). Pour certaines de ces plantes nous avons préféré le terme local souvent imagé au terme scientifique ou usuel français (quand il en existe un).

Village hopi : situés à peu près à deux mille mètres au-dessus du niveau de la mer, ils étaient traditionnellement perchés au sommet des trois mesas (ainsi que sur Antelope Mesa) alors que cultures, pâturages et certains points d'eau se trouvaient au pied de celles-ci. On trouve aujourd'hui des villages parallèles à la base des mesas, offrant l'eau courante et l'électricité. Les villages d'autrefois portent des noms très imagés : Sityatki (La-Vallée-Étroite ou Maison-Jaune), Shongopovi (Le-Village-de-la-Source-aux-Roseaux), Oraibi (Le-Haut-Endroit-sur-un-Rocher), etc. Oraibi le Vieux est le village le plus ancien du continent, habité sans discontinuité depuis l'an 1150.

Wash : le lit, souvent asséché, d'un cours d'eau d'importance variable que des pluies torrentielles parfois tombées très loin en amont peuvent soudain transformer en un fleuve ou torrent en furie.

Yataalii ou **hatalii, hataalii, hathatali** : terme navajo pour désigner le chanteur.

Ye eeh teh ou **ya eeh teh**, **ya-ta-hey** : salutation navajo.

Yuma, **Yuman** (ou Quechan) : Indiens des berges du Colorado. Beaucoup de lieux ont pris le nom de ce groupement de tribus comprenant Yumas, Hualapais, Havasupais, Mohaves et de nombreux autres groupes décimés ou anéantis.

Zuñi ou **Zuni** : peu nombreux, vivant en accord avec leurs coutumes ancestrales, ils ont su préserver leur identité au fil des siècles. Ce sont avant tout des agriculteurs travaillant une terre aride. Ils sont 5500 à vivre sur la réserve du pueblo le plus important du Nouveau-Mexique.

Dans la même collection

Cesare Battisti, *Terres brûlées* (anthologie sous la direction de)
Cesare Battisti, *Avenida Revolución*
William Bayer, *Labyrinthe de miroirs*
William Bayer, *Tarot*
William Bayer, *Le Rêve des chevaux brisés*
Marc Behm, *À côté de la plaque*
Marc Behm, *Et ne cherche pas à savoir*
Marc Behm, *Crabe*
Marc Behm, *Tout un roman !*
James Carlos Blake, *Les Amis de Pancho Villa*
James Carlos Blake, *L'Homme aux pistolets*
James Carlos Blake, *Crépuscule sanglant*
James Carlos Blake, *Un monde de voleurs*
Lawrence Block, *Moisson noire 2002* (anthologie sous la direction de)
Edward Bunker, *Aucune bête aussi féroce*
Edward Bunker, *La Bête contre les murs*
Edward Bunker, *La Bête au ventre*
Edward Bunker, *Les Hommes de proie*
James Lee Burke, *Prisonniers du ciel*
James Lee Burke, *Black Cherry Blues*
James Lee Burke, *Une saison pour la peur*
James Lee Burke, *Une tache sur l'éternité*
James Lee Burke, *Dans la brume électrique avec les morts confédérés*
James Lee Burke, *Dixie City*
James Lee Burke, *La Pluie de néon*
James Lee Burke, *Le Brasier de l'ange*
James Lee Burke, *Cadillac Juke-Box*
James Lee Burke, *La Rose du Cimarron*
James Lee Burke, *Sunset Limited*
James Lee Burke, *Heartwood*
James Lee Burke, *Purple Cane Road*
James Lee Burke, *Jolie Blon's Bounce*
Daniel Chavarría, *Un thé en Amazonie*
Daniel Chavarría, *L'Œil de Cybèle*
Daniel Chavarría, *Le Rouge sur la plume du perroquet*
Daniel Chavarría, *La Sixième Île*
George C. Chesbro, *Bone*
George C. Chesbro, *Les Bêtes du Walhalla*
Michael Connelly, *Moisson noire 2004* (anthologie sous la direction de)
Christopher Cook, *Voleurs*
Robin Cook, *Cauchemar dans la rue*
Robin Cook, *J'étais Dora Suarez*
Robin Cook, *Le Mort à vif*
Robin Cook, *Quand se lève le brouillard rouge*
David Cray, *Avocat criminel*

Pascal Dessaint, *Mourir n'est peut-être pas la pire des choses*
Pascal Dessaint, *Loin des humains*
Tim Dorsey, *Florida Roadkill*
Tim Dorsey, *Hammerhead Ranch Motel*
Wessel Ebersohn, *Le Cercle fermé*
James Ellroy, *Le Dahlia noir*
James Ellroy, *Clandestin*
James Ellroy, *Le Grand Nulle Part*
James Ellroy, *Un tueur sur la route*
James Ellroy, *L. A. Confidential*
James Ellroy, *White Jazz*
James Ellroy, *Dick Contino's Blues*
James Ellroy, *American Tabloid*
James Ellroy, *Crimes en série*
James Ellroy, *Moisson noire 2003* (anthologie sous la direction de)
James Ellroy, *Destination morgue*
Valerio Evangelisti, *Anthracite*
Davide Ferrario, *Black Magic*
Barry Gifford, *Sailor et Lula*
Barry Gifford, *Perdita Durango*
Barry Gifford, *Jour de chance pour Sailor*
Barry Gifford, *Rude journée pour l'Homme-Léopard*
Barry Gifford, *La Légende de Marble Lesson*
Barry Gifford, *Baby Cat Face*
James Grady, *Le Fleuve des ténèbres*
James Grady, *Tonnerre*
James Grady, *Comme une flamme blanche*
James Grady, *La Ville des ombres*
Patrick Hamilton, *Hangover Square*
John Harvey, *De chair et de sang*
John Harvey, *Demain ce seront des hommes* (anthologie établie par)
Vicki Hendricks, *Miami Purity*
Vicki Hendricks, *Sky Blues*
Tony Hillerman, *Le Voleur de temps*
Tony Hillerman, *Porteurs-de-peau*
Tony Hillerman, *Dieu-qui-parle*
Tony Hillerman, *Coyote attend*
Tony Hillerman, *Les Clowns sacrés*
Tony Hillerman, *Moon*
Tony Hillerman, *Un homme est tombé*
Tony Hillerman, *Le Premier Aigle*
Tony Hillerman, *Blaireau se cache*
Tony Hillerman, *Le vent qui gémit*
Tony Hillerman, *Le Cochon sinistre*
Craig Holden, *Les Quatre Coins de la nuit*
Craig Holden, *Lady Jazz*
Philippe Huet, *L'Inconnue d'Antoine*
Thomas Kelly, *Le Ventre de New York*
Thomas Kelly, *Rackets*

Helen Knode, *Terminus Hollywood*
William Kotzwinkle, *Midnight Examiner*
William Kotzwinkle, *Le Jeu des Trente*
Jake Lamar, *Nous avions un rêve*
Terrill Lankford, *Shooters*
Michael Larsen, *Incertitude*
Michael Larsen, *Le Serpent de Sydney*
Dennis Lehane, *Un dernier verre avant la guerre*
Dennis Lehane, *Ténèbres, prenez-moi la main*
Dennis Lehane, *Sacré*
Dennis Lehane, *Mystic River*
Dennis Lehane, *Gone, Baby, Gone*
Dennis Lehane, *Shutter Island*
Dennis Lehane, *Prières pour la pluie*
Elmore Leonard, *ZigZag Movie*
Elmore Leonard, *Maximum Bob*
Elmore Leonard, *Punch créole*
Elmore Leonard, *Pronto*
Elmore Leonard, *Beyrouth-Miami*
Elmore Leonard, *Loin des yeux*
Elmore Leonard, *Viva Cuba libre !*
Elmore Leonard, *Dieu reconnaîtra les siens*
Elmore Leonard, *Tishomingo Blues*
Bob Leuci, *Odessa Beach*
Bob Leuci, *L'Indic*
Jean-Patrick Manchette, *La Princesse du sang*
Dominique Manotti, *À nos chevaux !*
Dominique Manotti, *Kop*
Dominique Manotti, *Nos fantastiques années fric*
Tobie Nathan, *Saraka bô*
Tobie Nathan, *Dieu-Dope*
Tobie Nathan, *Serial eater*
Jim Nisbet, *Prélude à un cri*
Jim Nisbet, *Le Codex de Syracuse*
Jack O'Connell, *B.P. 9*
Jack O'Connell, *La Mort sur les ondes*
Jack O'Connell, *Porno Palace*
Jack O'Connell, *Et le verbe s'est fait chair*
Jean-Hugues Oppel, *French Tabloïds*
Samuel Ornitz, *M. Gros-Bidon*
Hugues Pagan, *Tarif de groupe*
Hugues Pagan, *Dernière Station avant l'autoroute*
David Peace, *1974*
David Peace, *1977*
David Peace, *1980*
David Peace, *1983*
Andrea Pinketts, *La Madone assassine*
Andrea Pinketts, *L'Absence de l'absinthe*
Michel Quint, *Le Bélier noir*

Rob Reuland, *Point mort*
John Ridley, *Ici commence l'enfer*
Édouard Rimbaud, *Les Pourvoyeurs*
John Shannon, *Le Rideau orange*
Pierre Siniac, *Ferdinaud Céline*
Les Standiford, *Johnny Deal*
Les Standiford, *Johnny Deal dans la tourmente*
Richard Stark, *Comeback*
Richard Stark, *Backflash*
Richard Stark, *Flashfire*
Richard Stark, *Firebreak*
Richard Stratton, *L'Idole des camés*
Paco Ignacio Taibo II, *À quatre mains*
Paco Ignacio Taibo II, *La Bicyclette de Léonard*
Paco Ignacio Taibo II, *Nous revenons comme des ombres*
Ross Thomas, *Les Faisans des îles*
Ross Thomas, *La Quatrième Durango*
Ross Thomas, *Crépuscule chez Mac*
Ross Thomas, *Voodoo, Ltd*
Jack Trolley, *Ballet d'ombres à Balboa*
Andrew Vachss, *Le Mal dans le sang*
Y. S. Wayne, *Objectif Li Peng*
John Wessel, *Le Point limite*
John Wessel, *Pretty Ballerina*
John Wessel, *Kiss It Goodbye*
Donald Westlake, *Aztèques dansants*
Donald Westlake, *Faites-moi confiance*
Donald Westlake, *Histoire d'os*
Donald Westlake, *361*
Donald Westlake, *Moi, mentir ?*
Donald Westlake, *Le Couperet*
Donald Westlake, *Smoke*
Donald Westlake, *Le Contrat*
Donald Westlake, *Au pire, qu'est-ce qu'on risque ?*
Donald Westlake, *Mauvaises Nouvelles*
Donald Westlake, *Dégâts des eaux*
Donald Westlake, *Moisson noire 2001* (anthologie sous la direction de)
J. Van de Wetering, *Retour au Maine*
J. Van de Wetering, *L'Ange au regard vide*
J. Van de Wetering, *Le Perroquet perfide*
Charles Willeford, *Miami Blues*
Charles Willeford, *Une seconde chance pour les morts*
Charles Willeford, *Dérapages*
Charles Willeford, *Ainsi va la mort*
Charles Willeford, *L'Île flottante infestée de requins*
Daniel Woodrell, *Sous la lumière cruelle*
Daniel Woodrell, *Chevauchée avec le diable*

Achevé d'imprimer par Corlet, Imprimeur, S.A. - 14110 Condé-sur-Noireau
N° d'Imprimeur : 90396 - Dépôt légal : février 2006 - *Imprimé en France*